刘跃进 著

从师记

人民文学出版社

图书在版编目(CIP)数据

从师记 / 刘跃进著. —北京：人民文学出版社，2022
ISBN 978-7-02-016627-5

Ⅰ.①从… Ⅱ.①刘… Ⅲ.①散文集—中国—当代 Ⅳ.①I267

中国版本图书馆 CIP 数据核字(2022)第 052177 号

责任编辑　杜广学　葛云波
装帧设计　黄云香
责任印制　王重艺

出版发行　人民文学出版社
社　　址　北京市朝内大街 166 号
邮政编码　100705

印　　刷　三河市鑫金马印装有限公司
经　　销　全国新华书店等

字　　数　216 千字
开　　本　880 毫米×1230 毫米　1/32
印　　张　9.375　插页 7
印　　数　1—6000
版　　次　2022 年 5 月北京第 1 版
印　　次　2022 年 5 月第 1 次印刷

书　　号　978-7-02-016627-5
定　　价　55.00 元

如有印装质量问题，请与本社图书销售中心调换。电话：010-65233595

1975 年，在北京红领巾公园

1984年9月,杭州大学古籍所八四级研究生和老师们合影。前排左起:张金泉、郭在贻、平善慧、姜亮夫、徐规、刘操南、王荣初。后排左起第八位为作者

1986年4月,和魏隐儒先生在昆明海埂公园

1986年5月,和王达津先生在杭州桐庐严子陵钓台

1992年5月,和曹道衡先生(中)、沈玉成先生(左)在长春伪满皇宫博物院

1995年11月,和罗宗强先生在南京大学举办的"魏晋南北朝文学国际学术研讨会"上

求学时期的听课笔记

目 录

引言 ……001

上 编

"跃进"时代萌生的文学梦想 ……003
黄湖的记忆 ……015
"我在这战斗的一年里" ……023
从师记 ……037
记忆中的水木清华 ……080
好诗不过近人情
　　——谈谈文学和文学研究所 ……110

下 编

《王伯祥日记》中的俞平伯先生 ……191
记汪蔚林先生二三事 ……203

"小室无忧"
——记古籍版本学家魏隐儒先生 ……218

来谕悁悁，亲如促叙
——记复旦大学王继权老师 ……237

斯人已逝，德音未远
——傅璇琮先生印象 ……256

致辞一束

积厚流光，触类旁通
——纪念王伯祥先生诞辰130周年 ……273

专精与宏通的境界
——纪念吴世昌先生 ……281

双楯书房的学术天地
——纪念吴晓铃先生 ……285

裴斐先生的傲骨与逸情 ……289

附录

求其友声三十年
——由一场学术讲演说起 ……292

引 言

  一个学者在成长过程中,能遇上好老师,往往会影响到他的一生。我心目中的老师大体有三种:一是直接授业的老师,二是间接师承的老师,三是衷心私淑的老师。在《从师记》的结尾,我写道:"韩愈《师说》曰:'师者,所以传道、受业、解惑也。'杜甫《戏为六绝句》说:'别裁伪体亲风雅,转益多师是汝师。'在我过去四十多年的求学经历中,老师们的影响既广且深。他们不仅传道、授业、解惑,那种坚忍不拔的人格魅力和实事求是的学术品格,更是激励我不断前行的不竭动力。"过去几年,我写了若干纪念前辈业绩的文章,评述了范文澜、梅兰芳、潘天寿、郑振铎、姜亮夫、钱锺书、逯钦立、孙犁、柳青、曹道衡、樊骏、沈玉成、邓绍基等人的贡献。我很景仰他们,也很感念他们,很希望有更多机会将这种感念之情表而彰之,让更多的读者从不同侧面了解前辈学者的为人风范和学术业绩。这些文章,多已收录到我的论文集《走向通融——世纪之交的中国古典文学研究》《回归中的超越——文学史研究的多种可能性》以及《跂予望之》中,有兴趣的读者不妨参看。

  过去一年,疫情肆虐,我困居家中,有更多的时间整理资料,于是又撰写了若干新篇。《传记文学》编辑胡仰曦女士鼓励我开辟专栏,畅所欲言，这极大地激发了我的写作积极性。人民文学出版社杜广学博士看过我为俞宁教授《吾爱吾师》所写的序言，深表赞赏，盛情邀约编辑此书。对于他们的高情雅意，我心存感激。在书稿编辑过程中，我又选择几篇不曾在上述文集中收录的文章，也有敝帚自珍之意。《"我在这战斗的一年里"》是为纪念恢复高考三十周年而作，2008年底发表在《中国社会科学院院报》上，已收在《跂予望之》中。此后，我对文章作了较大的修订充实，实为重写，很有时代色彩，故不揣谫陋，收录本集中。这是唯一重收的文章，请读者谅解。

上编六篇以我个人成长经历为线索，说到知青生活、求学经历、两代人对清华大学文科建设的记忆，以及我在文学研究所工作的点点滴滴。下编九篇则是对前辈学者的追忆和纪念。

本书原拟名"闻斯行之"，想与我另外一本随笔集《跂予望之》相呼应，表达对学术的仰望之情、对前辈的追随之意。"闻斯行之"语出《论语·先进》。孔子希望恭谦的弟子做事要大胆一点，听到就做，不要犹豫。我为人处世向来胆怯，时常退让，但求学问道却很积极，颇近于"闻斯行之"的风格，故取作书名，给自己壮胆。交稿后，编辑建议我选择一个更通俗的书名，便于传播，这也不无道理，于是便想到"从师记"三个字，简洁明快，既是书中的一篇，也与全书弥漫的情思一致。

刘跃进

辛丑年端午节记于京城爱吾庐

上编

"跃进"时代萌生的文学梦想

> 我们那个时代，激情澎湃，如同我的名字，一直在"跃进"中。
>
> 我的文学梦想之树，也在一天天长大。
>
> 我叫刘跃进，1958年11月出生。1976年底，我年满十八岁，在文学梦想中结束了中小学生活。

我的名字很有时代色彩，介绍自己时，我通常会说：我是"大跃进"年代的产物，年龄写在脑门上。早些年，大家都心领神会，哈哈一笑。现在，这种会心的回应是越来越少了。

我对自己的名字也有腹诽，觉得激进色彩较重。四十八岁那年，我用陶渊明"众鸟欣有托，吾亦爱吾庐"的诗意，给书斋起名叫"爱吾庐"，是取法自然之意。六十岁以后，自号"缓之"，意思是想让生活节奏慢下来，品味平淡之美。

我老家在山东潍坊寿光县（今寿光市），曾祖那代闯关东，到了吉林。父亲早年在白城团地委工作，1964年调到团中央，后来在中国青年出版社《中学生》杂志当编辑，全家移居北京。

我生日较晚，是在11月，按照当时北京规定，9月1日前年满七岁的孩子才能入学。正常情况下，我应该在1966年上小学。父母想让我和1958年出生的孩子一起上学，就在1965年夏天把我送到白城农村老家入小学。我的第一个老师叫什么，今天已全然不记得，只记得一个教室里有四个班级，四个班级就是四个年级，一个老师给四个年级轮流上课。

不到半年，我转学回到北京，到了东城区后圆恩寺小学。茅盾就住在这条胡同，现已辟为茅盾故居。我们小学比邻文天祥就义的北兵马司（当时是交通部所在地），马路对面的府学胡同有文天祥祠。南边是隆福寺、中国美术馆，北边是安定门城楼，还有很长一段城墙。城外是护城河，看得见清澈的流水。我在后圆恩寺小学加入少先队，入队仪式非常隆重，是在鼓楼上举行的。课后，我们常到这些地方玩，比试胆量，就沿着错落修筑的城墙往上攀爬。"文革"中，安定门城楼给拆了，儿时记忆的地标也变得模糊起来。

"文革"开始前，我转学到朝阳区的幸福村第一小学。班主任叫戴翠茹，看起来三四十岁的样子，齐耳短发，是当时最流行的发型。她在"文革"开始不久就被揪出来，以后就没有给我们讲过课。大学毕业那年，我在路上好像见过戴老师，只是不敢确认，就没有打招呼。此后多次搬家，再也没有机会见到戴老师了，很后悔当初没有喊一声老师。——人生常常是这样，很多事，一旦错过，就是永远。

"文革"正酣的时候，每个人都被卷入其中，很难置身事外。周振甫先生是老开明书店的，那时还不算很老，个子不高，稍胖，略微驼背，肤色白皙，戴着圆圆的眼镜，总是笑眯眯地看着你。走路的时候，身子随着手臂的摆动微微晃悠，在孩子眼里，像个老太太。他不善言辞,"大批判"时,用浓重的湖州话念批判稿,声音很小,结结巴巴的,一副迂腐的样子,成为众人笑料。我也随着大人傻笑。

1969年珍宝岛事件后,中苏关系日益紧张,战火好像马上就要燃起,甚至第三次世界大战就要爆发。毛主席发出指示,"深挖洞,广积粮",备战备荒。很多大工厂、大企业迁往西部大后方城市。那些日子,每隔几天就搞防空演习,演练如何卧倒以防机枪扫射,如何披上白床单以防核辐射。有时,深夜睡得正香,防空警报会突然拉响,所有人都要迅速跑到地下室躲起来。母亲从干校托人捎来花炮,我很神气,就在大楼里燃放,招来很多小孩围观。工人纠察队以为是特务投放的信号弹,就把我们扣起来。在那种紧张状态下,我们都想尽快离开北京,河南信阳潢川县的团中央"五七干校"自然是我们首选的避难所。

从1969年到1971年底,我在河南信阳潢川黄湖农场生活了三个年头。

1972年初,我只身回到北京,回到原来的家,房间空空如也,"下放"时,家具都已还给公家。王良吉叔叔从单位借来一个木板床,用两个长条凳子支着,还有一把椅子。那个小家,当时连桌子都没有,只能趴在床上写作业。那时,父母仍在干校,我不到十四岁,就开始在北京独立生活。早上起不来,起来后随便吃点东西就赶去上学,第三四节课,经常是饥肠辘辘。后来,我从生活费中积攒一些零花钱,课间花八分钱买一两动物饼干充饥。长此以往,饥一顿,饱一顿,就得了胃病。一次炒芹菜,吃着又苦又涩,找不出原因。后来才知道,炒芹菜,得先把叶子择掉。看到别人家孩子有新衣服,我就把妈妈的旧衣服领子缝起来,同学们说我穿的是女式衣服,叫我好尴尬。舅妈探亲路过北京,见我的裤子短得不能再穿,就接了一截,又对付了几年。

生活的苦,还可以忍受,而寂寞就比较难耐。一个人在北京,受到委屈,无人倾诉,就把自己关在屋里大哭。有几次,还惊动了邻居。叔叔阿姨看我挺可怜,不时给我送些吃的。那个时候,给我帮助最大的是马玉和。他是中国青年出版社食堂马师傅的儿子,大我五六岁,经常到家里,教我做饭,陪我聊天。每次他离开,我都会感到孤独、伤心,很想念远方的父母。一些小伙伴说我逃离干校,是革命意志不坚定。他们哪里知道,我是多么想念父母,多么想回到干校,过着无忧无虑的生活。父母知道这些情况后,决定让我花点钱,中午到三里屯服务楼吃小饭桌,晚上再自己做饭。后来,我每天中午下课后就能及时吃到热腾腾的饭菜,那种幸福感至今还在记忆中。

1973年,中国青年出版社接到上级指示,逐渐恢复业务,派我父亲回到北京,为重印一些书籍作准备。这年年底,母亲生病,以病退的名义,带着妹妹也回到北京。这样,我们全家生活才又逐渐走上正轨。

1972年春节过后,我进入北京朝阳区三里屯第二中学读初中,认识了新同学。班主任叫安同,教地理,对我很好,叫我担任地理课代表。在新的环境里,我的孤独感才慢慢退去。

也就是从那个时候起,我开始做起了文学梦。

1972年春夏之交,著名作家柳青到北京治病。此后几年,他几乎年年来京看病,就住在我家楼下的342房间,修改《创业史》第二部。那时,大人们多数还在干校,楼里空空荡荡的。柳青每天都要下楼遛弯儿,完全是一副老农民的样子,肤色黝黑,戴个西瓜皮帽子,有些驼背。但他的眼睛炯炯有神,给我印象特别深刻。孩子们总爱围着他转,他也笑眯眯地和孩子们打招呼,摸摸这个孩子的头顶,拍拍那个孩子的肩膀,偶尔还会聊上几句。

柳青住过的房间,还接待过其他作家,譬如《红岩》作者之一的杨益言,《红旗谱》的作者梁斌,还有《李自成》的作者姚雪垠等。姚雪垠的眉毛特别长,眼睛也很明亮,从我们身边走过,总是挺胸抬头,显得很高傲,不搭理我们。

1974年春,周恩来在全国四届人大会议上提出了"四个现代化"的问题。邓小平复出,整顿经济秩序。大家都感觉到形势要变了,要好好学习。我在小学和中学那几年没有怎么读书,天天搞运动,每天就上半天课,每个学期都要学工、学农、学军至少一个月。那年年底,我就要升入初三,开始思考未来的路该怎么走。在"文革"中,像我们这样城里长大的中学毕业生,所谓阶级成分是早已确定了的:喝的是"封、资、修"的墨水,是小资产阶级知识分子,必须来一番脱胎换骨的改造才能成为工、农、兵的学生。因此,我们的前途似乎只有一条,那就是"上山下乡",像父母在干校那样,接受贫下中农再教育。当然,我也不想一辈子困在农村,到农村去锻炼,是为了更好地创造自己的未来。在"文革"中,一个人能写文章,会写文章,确实令人羡慕。我想,将来下乡时,磨练一手老茧,写出漂亮文章,至少可以像"白卷英雄"张铁生那样,通过推荐上大学,当工农兵学员,实现自己的梦想。

那个时候,"两报一刊"(《人民日报》《解放军报》和《红旗》杂志)上刊载的"梁效"(北京大学、清华大学"两校"谐音)文章和各地"大批判组"文章是全国学习的典范,我们都很熟悉。若干年后,我大学毕业，分配到清华大学文史教研组工作，我的同事中有好几位是"梁效"的笔杆子，包括"梁效"副组长。人生际遇，真是不可思议，曾经高不可攀的偶像，竟然成了同事。我到北京大学旁听课程，几位老师也是"梁效"成员。在"文革"中，这些人大多有着较高的政治地位，思想敏捷，口含天宪。他们的文章，是我们学习的范本。高中阶段，我还阅读了中苏论战的"九评"，姚文元的文学评论集《新松集》，还有鲁迅的著作。在我早期的人生阅历里，温情是没有市场的，只有"东风吹，战鼓擂，现在世界上究竟谁怕谁"的战斗激情。文学同样是匕首，是刀枪，是战斗的武器。现代文学作品、"十七年"的小说，多数被禁。茅盾的《子夜》，大家私下传阅，是被当做"黄色小说"来读的。还有《第二次握手》，是手抄本，也是偷偷阅读。这些作品都属于"小资产阶级情调"，如果被人发现，就会受批判。

后来，中国青年出版社积极筹备恢复业务，我近水楼台，借着出版社子弟的便利，借阅了王愿坚、峻青、浩然、杰克·伦敦、凡尔纳等大作家的名著，还有曾经流行的小说如《黑眼圈的女人》《一双绣花鞋》等，沉浸在文学的幻想中。有些课文如《吊灯岭的灯光》《西去列车的窗口》《谁是最可爱的人》等，可以背得滚瓜烂熟。我的语文老师叫张云彩，个头不高，圆圆的脸庞，白里透红，两只眼睛炯炯有神。譬如《吊灯岭的灯光》，张老师领读的时候，眼里含着泪花，很动感情：

> 吊灯岭的夜是迷人的。每当太阳刚刚收敛起它的余晖，天幕上的星辰才闪出微弱的光芒，我们"朝阳"水电站的机器就响了。刹那间，电灯星罗棋布，胜似银河移到了人间。那一行行，攀着山岭蜿蜒而上的，是路灯；那一簇簇，组成奇丽的灯花的，是农

小学三年级合影。第二排左四为张云彩老师,第四排左二为作者

机厂、碾米厂、锯木厂、广播站和居民点的灯;还有那用红色的灯镶成的"毛主席万岁"和"农业学大寨"的大标语,在山间闪烁着灿烂的光辉……

文字很美,眼前呈现出一幅迷人的画面,有一种身临其境的现场感。

张老师朗诵贺敬之《西去列车的窗口》:

在九曲黄河的上游,

在西去列车的窗口……

是大西北一个平静的夏夜,

是高原上月在中天的时候。

一站站灯火扑来,像流萤飞走,
一重重山岭闪过,似浪涛奔流……

此刻,满车歌声已经停歇,
婴儿在母亲怀中已经睡熟。

将近五十年过去,那优美诵读的声音,至今依然响在心头。一时间,语文课成为我的最爱,张老师也成了我的偶像。

团支部成立时,我是第一个发展对象。入团仪式是在香山的香炉峰上举行的,张老师说了很多动人的话。她鼓励我说:"朴实、谦逊和对自己永不满足,是任何进步的人的根本特征之一。"后来,有同学给我起外号,叫我"彩豆",用现在的话说,我是张云彩的粉丝。不管怎么说,我的文学梦想被点燃了。

我模仿着写小说,写散文,写各类官样文章。在班上,我积极为板报写稿;回到家里,在"向阳楼"的传达室门口,有一块黑板,我也是主要撰稿人。大楼里住的都是中国青年出版社的大编辑,我的作文,还有小诗,天天都展示在这些大人面前,有时会得到小小的夸奖,让我暗自得意。1975年,我写过一篇类似于人物速写之类的文字,趁作家浩然到我们学校讲课的机会,语文老师向他推荐了这篇作文,希望给予指点。可想而知,肯定没有下文,但对我来讲,这依然是莫大的鼓励。

1974年底,我初中快毕业的时候,部队来学校征兵,我积极报名,可惜视力不合格，这个愿望落空了。别无选择，我只能积极准备下乡。幸运的是，就在这时，部分学校恢复高中学制。大家可以自己选择，要么初中毕业下乡，要么读高中。我毫无犹豫地选择了后者。我还是想学习，而且学习的目标也更加明确：练好文笔，多写文章，准备到农村去施展才能。

那时的高中学制是两年，我实际上只上一年，在1976年初就结束了。

那一年，发生了很多大事。1月8日早上六点半，新闻联播报道沉痛哀悼周恩来去世的消息，犹如晴天霹雳。父亲正在刮胡子，满脸肥皂沫，听到消息，一下子惊呆了，一动不动。不一会儿，脸上的泡沫逐渐变红，不知什么时候把脸刮破了。从那时起，各种大事就像事先预谋一样，接踵而来。

清明节前后，很多群众自发地到天安门广场举行悼念活动。人越积越多。送来的花圈，先是围放在纪念碑周围，后来，花圈越来越多，几乎占了半个广场。花圈上挂着各种各样的纸条，上面写满了悼念的诗。那些天，我们完全没有心思上课，每天下午都去天安门广场。那里早已人山人海，有的继续在花圈上挂自己写的诗文，有的在那儿抄写。人太多了，根本看不到上面写的什么，于是就人骑人，上面的人大声念诗，下面的人就把纸放在前面人的后背上抄诗，互相传阅。几天下来，我们也抄录了很多作品。"欲悲闻鬼叫，我哭豺狼笑。洒泪祭雄杰，扬眉剑出鞘。"剑鞘所指是谁，我们不知道，但我们强烈地感觉到某种变化，悼念之情已逐渐演变成某种压抑不住的愤怒。我突然发现，诗歌不仅仅是歌功颂德的工具，它还是利剑，是火焰。众所周知，那年4月5日，天安门广场悼念活动被定为反革命事件。上面有令，凡是藏有《诗抄》的一律上交，否则按反革命分子处理。从我懂事时起,我的身边就有两种命运截然不同的人:一种是飞黄腾达的所谓革命的积极分子,一种便是反革命分子、右派等。而后者所遭受的非人待遇,至今想来仍不寒而栗。我无论如何是不敢冒这个风险的。

一天夜里,我独自一人将抄来的诗稿付之一炬,内心之困惑难于名状。那场面令我永生难忘。"天安门事件"平反后,我曾怀着极其复杂的心情写了一首在今天看来十分幼稚的小诗,叫《清烟在飘》,前有简短的说明:"一九七六年清明,我含泪从天安门广场抄了很多诗。过了不久,一些人蓦然追查到我们身上。一天深夜,我偷偷地把这些诗稿烧掉,清烟在飘、在飘、在飘……"

> 缕缕清烟,静悄悄,静悄悄,
> 在暮春的深夜,飘呵,飘呵,飘……
> 清烟袅袅,火光映照,映红了脸,烧碎了心,
> 飘呵,飘呵,飘……
> 慢慢闭上双眼,任清烟缭绕;
> 轻轻扣住胸口,任心房狂跳。
> 火光中浮现人的海洋,清烟中响起花的怒潮,
> 爱与恨的交织,组成这缕缕清烟;
> 红与黑的较量,伴随着人民的哀悼。
> 诗稿一张张烧掉,清烟一缕缕飘向九霄。
> 一行行诗句凝聚着千万首赞歌,
> 一缕缕清烟闪动着千万句声讨!
> 愿你穿过时代的风云,愿你冲破重重的阻挠!
> 愿你告慰"四五"战友,愿你告诉亿万同胞:

无声的中国,终于掀起,"四五"狂潮!
缕缕清烟,清烟袅袅,
看颗颗亦诚的心,在清烟中闪耀;
看敬爱的总理,在清烟中微笑!

清烟在飘,在飘,在飘……

那年7月28日,唐山大地震,一下子夺去二十多万人的生命。7月,朱德去世。9月9日,毛泽东去世。从小受到的教育让我们有一种强烈的使命感,我们要解放全人类。现在,伟大舵手毛主席不在了,中国革命向何处去?前程一片暗淡,整个国家沉浸在巨大的悲痛中。但这悲伤并没有持续多久,10月6日,突然传出消息,"四人帮"被粉碎,我们又连夜到长安街游行,举国欢腾。一悲一喜之间,一年过去了。那时,凡是毛主席说的就要照办,凡是毛主席决定的都要执行。我们别无选择,到农村去,接受贫下中农再教育是必由之路。

1974年、1975年前后,一批知青作家如汪雷(《剑河浪》的作者)、张抗抗(《分界线》的作者)等在文坛崭露头角,他们的作品描述北大荒的知青生活,叫人向往。我也很喜欢浩然的小说,乡土气很重。他的《喜鹊登枝》《艳阳天》等,我都读得很熟;我不喜欢《金光大道》,当时就觉得读不下去。而《艳阳天》很好读,很耐读。小说第一句是:"萧长春死了媳妇,三年还没有续上。都说'二茬子'光棍儿不好过,萧长春本身还沉得住气,最心急的人,倒是他爸爸萧老大……"开篇就留下悬念,故事由此展开。读了这些小说,我对"广阔天地"非常向往,觉得在那里可以大有作为。于是,"上山下乡",就成为我人生奋斗的第一个目标。

我们那个时代,激情澎湃,如同我的名字,一直在"跃进"中。

我的文学梦想之树,也在一天天长大。

我叫刘跃进,1958年11月出生。1976年底,我年满十八岁,在文学梦想中结束了中小学生活。

(原载《随笔》2020年第4期)

黄湖的记忆

> 我们课后常去打草,然后堆成草垛,烧火时随手可取。我们还学会了用稗子、柳条编织草筐,用自制的工具摘鸡头米、菱角,逮青蛙,钓鳝鱼。这些留在齿间的味道,到现在我还念念不忘。

1966年5月7日,毛泽东给林彪写了一封信,即著名的"五七指示"。随后,"五七指示"精神在全国贯彻下去。两年以后的5月7日,黑龙江柳河"五七干校"成立,这是全国第一所"五七干校"。1968年10月5日,《人民日报》头版发表《柳河"五七"干校为机关革命化提供了新的经验》,刊头有毛主席语录:"广大干部下放劳动,这对干部是一种重新学习的极好机会,除老弱病残者外都应这样做。在职干部也应分批下放劳动。"接着,中共中央、国务院直属机关的事业单位、政府部门在河南、湖北、江西等十八个省创建"五七干校"。毛主席坚定地认为,中国社会的根基在基层,工人、农民是百分之百要依靠的对象。他号召干部下放,除备战需要外,可能还有一个重要目的,就是让他们到基层去,真正了解农民,依靠工人,接受工农再教育。

一、初到干校

1969年4月15日，团中央第一批干部离开北京前，在天安门前举行了庄严的宣誓活动。我的母亲随第一批干部去了河南信阳团中央"五七干校"，父亲暂时留守在京，协调安排留守家属。在那半年多时间里，每天都有新情况。就说干校这件事儿，之前几乎没有任何征兆，突然就都开拔，也有不少老弱病残者，还有家属，都来不及安顿。一些老干部很不情愿，说"前半辈子做官，后半辈子为民""早知当农民，何必学外文"。我们这些孩子更是不知所以，懵懵懂懂地跟着大人走。

母亲所在的团中央"五七干校"坐落在河南信阳潢川县黄湖农场，这里原本是一个泄洪区，后来成为一个劳改农场。团中央下放到这里约两千人，分为十二个连队，按照不同部门，分在不同区域。团中央机关在洪岗，是一连；机关学校部在白虎岗，是二连；还有部分机关干部在关寨，是三连；机务队是四连；中国青年报社、中国少年报社在二郎岗，分别是五连、六连；中国青年出版社等单位在李竹围孜，是七连；《中国青年》《万年青》《辅导员》等杂志社也在白虎岗，是八连；中国青年出版社、中国青年报社印刷厂在杨老寨，为九连；中央团校教职员工在小周寨，为十连；亚非学生疗养院在霸王台，为十一连；青年印刷学校在王营子，为十二连，后来合并到十连。

黄湖"五七干校"成立军代表管理下的革命委员会后，实行军事化管理，军代表是尹中尉，为核心人物。团中央书记中参加革委会核心领导小组的只有两人，一个是王道义，一个是路金栋。其他书记如胡耀邦、胡克实等只是普通一员。在干校，无论职位高低，大家一律被称为"五七战士"，孩子们被叫作"小五七战士"。大人们白天修路挖渠，平整土地，盖房子，种庄稼，空余时间还要召开各种批判会，排里开、连里开、全干校也要开，斗私批修、"一打三反"，清查"五·一六"反革命集团等，整天忙得不可开交。

我和妹妹是1969年11月11日抵达黄湖农场的。那次，中国青年出版社来了八户人家。老社长叶至善给他父亲叶圣陶的信中说，那次来干校的有四十一人，包括十个老人、十三个中学生，还有十八个更小的孩子。我和妹妹就是那十八个小孩子中的两个。在去农场的绿皮火车上，一帮孩子叽叽喳喳，快乐极了。

那时，黄湖农场骤然间来了这么多人，房子不够用，大家就自己动手，脱坯，搭建简易房子。开始，母亲带着我和妹妹，王淑英阿姨带着她的儿子刘左，我们两家住在一间土坯房里，屋子中间用布帘隔开。王阿姨的丈夫是中国青年出版社的领导，当时还留在北京。我们到干校时已是初冬，屋外大雪纷飞，屋内的泥墙湿漉漉的，特别阴冷，我手上生了冻疮。更叫人揪心的是，那么多孩子，住的地方都不够，哪有地方给孩子开辟教室，让他们读书呢？最后，干校领导协调当地政府，在干校周围的胡族、官渡、桃林等地找到安置点，安排我们就近读书。

二、胡族小镇

我们这个年级的孩子被安排在三十多里外的胡族小镇读书。说是学校，其实就是几排茅草屋，宿舍、教室都在一起。晚上，大家睡在大通铺上，很难入眠。有的孩子想家，就躲在被窝里偷偷抹眼泪。有的孩子淘气，比如刘左，他索性逃回家里，结果被家长痛打一顿后又送了回来。

每天早上起来，我们就蹲在屋后的池塘里洗脸。正是隆冬季节，水面上结着薄冰，我们要破冰取水，因此两只小手经常冻得通红发肿。

我们只能在周末步行回家。一次，我们想抄近路，结果被一条小河沟挡住，沟两旁是斜坡，大一点的孩子手脚麻利，连滚带爬地跳过去。结果我跳过去后没有站稳，就滑到了水沟里，棉裤全湿透了，我至今都记得那种刺骨的冰冷。多年后，我在中国社会科学院文学研究所常听到先师曹道衡先生在干校时的笑话，说他路过水沟，别人纵身一跃跳了过去，曹老师念念有词：单腿为跳，双腿为蹦。到底是蹦还是跳，他在慌乱中一跃，就掉到了水里。我经历过这样的事情，所以相信一定是真的。当时，我自然没有念念有词，因为在犹豫中掉到水里后惹人笑话，那种感觉很不好。回家的路上，我拖着冷冰冰、沉甸甸的双腿，走得很慢。到家后，我不禁哭着请求妈妈不要再送我去读书。

三、家有睦邻

当然，胡族镇留给我的也有不少美好的记忆。那时，这个小镇每周都有集市，我们搬回校部后，还常常来这里赶集。有一次赶集时，我花五毛钱买了只甲鱼。我把甲鱼带回家，母亲很高兴，因为我们可以改善一下生活，还邀请了同一连队的胡耀邦叔叔来家做客。

在干校时，母亲常感到前程渺茫，爱发牢骚，让我们感到欣慰的是身边有几家好邻居。胡耀邦总是这样劝慰母亲说："小王啊，趁着年轻，还是多读点书吧。"他在劳动之余总是手不释卷，被大家传为佳话；他的胃口不好，常把馒头烤煳了吃，说这样对胃有好处，大家又很同情他。后来，住房条件有所改善，我们每家分到一间房子，每家房前还可以整一方菜园子，种一些常见蔬菜，如韭菜、西红柿、黄瓜等。有时候，宋显绪叔叔会带着白酒，约上胡耀邦和其他几个叔叔一起来我家吃饭，菜园子里的黄瓜、西红柿、韭菜就成了他们的下酒菜。

那时，胡耀邦是国家五级干部，每月工资三百多元钱。一次，他拿出十元钱买西瓜请客，没想到，买到的西瓜竟堆成了一个小山，叫当地人艳羡不已。我听文学所的老人讲，俞平伯在干校时也曾有过这样的"豪举"。那时他是一级教授，工资也是三百多。当时，各地工资有地区差别。在北京，一个大学毕业生的工资也就四五十元钱，一个学徒工的是十六元钱，出师后能拿三十八元。当地农民每天的口粮是七两，住的是土坯房，顶多有个窗框，糊个窗纸。西瓜也就三五分钱一斤，能拿出十块钱买西瓜，真是豪奢。"文革"期间，一切都是凭票供应。粗粮、细粮搭配，粗粮是玉米面和高粱米，细粮是八五比例的面粉和粗糙的稷米。那会儿，胡耀邦自己坐火车回京开会，用裤子装大米，两头一扎，挎在脖子上。那情景至今历历在目。

在这个群体中，我还认识了周振甫先生。他和夫人带着六个月的外孙，一道乘火车来到这里。她的夫人个子高，大方脸，快人快语，做事泼辣，与周先生有着很大反差。我喜欢古代文学，知道周先生很有学问，常常向他求教。每次都是周师母答复得多，周先生多是"嗯嗯"几句，偶尔插几句话。周先生虽然沉默寡言，但他严肃认真的治学态度一直影响着我。我和他的忘年交保持了多年。我大学毕业以后，他每出一本书，都会题签送我一本。

四、亦苦亦乐

在胡族镇借读不到一年的时间，黄湖"五七干校"中小学建成，坐落在校部所在地，来自各连的子弟都集中在这里上学。较之胡族镇，新学校还是有模有样的，两排房子呈直角形，一边是小学部，一边是中学部，教室里的墙是稻草泥抹的，桌椅就地取材，把大树锯成片，用钉子钉上。尽管这些桌椅晃晃悠悠的，我们已经很满足了，毕竟可以在家门口读书了。老师也都是从团中央下放干部中选任的。团中央学校部的戴云是首任校长，梁裕淑是我们的班主任，我的母亲也在这里教小学音乐。

遵照毛主席"学制要缩短，教育要革命"的指示，小学压缩成五年，我们四、五两个年级合并成一个年级，称四甲班和四乙班。我在这所小学读了三个学期。"五七干校"由军队接管，有严格的纪律，"五七战士"外出都要请假。小孩子就比较自由了，可以到处疯跑。那时，我们的心情也像歌中唱的那样："那时候，天总是很蓝，日子总过得太慢。"对我这个小学生来说，在黄湖的时光确是童年里难忘的记忆。

黄湖"五七干校"所在地是一个干涸的湖底，地势低洼，大大小小的池塘很多，池塘里的黑鱼随处可见。课余时间，我们用大头针做鱼钩去钓黑鱼，黑鱼很容易上钩。由于是低洼地，杂草丛生，水蛇很多。夏天,孩子们常下塘游泳,水蛇就在身边游着,好在水蛇无毒。大个头的花脖子蛇也很常见。最可怕的是遇上土崩子,也就是蝮蛇,土褐色是它的保护色,它趴在地上根本识别不出来,据说它最具毒性,且会蹦起来咬人。

当地有句顺口溜:"黄湖坡,荒草窝。白天无人走,夜晚鹰雁落。"这里冬天阴冷,夏天闷热且蚊子极多,我们常常点燃艾蒿,驱赶蚊子。四五月插秧时,最麻烦的是被蚂蟥叮住。蚂蟥吸血时,我们还不能用手拽,要用鞋底子拍打,这样才能让它退出来。好在这里也有三宝:野鸡、兔子与茅草。我们课后常去打草,然后堆成草垛,烧火时随手可取。我们还学会了用秫子、柳条编织草筐,用自制的工具摘鸡头米、菱角,逮青蛙,钓鳝鱼。这些留在齿间的味道,到现在我还念念不忘。

每到夏季,最紧张、最辛苦的劳动是"双抢":抢收小麦、抢插稻秧。刚忙完"双抢",大水又来侵扰,抗洪救灾是每年夏天必须面对的挑战。这里有一条淮河的支流叫白露河,几乎年年泛滥,大堤也会被洪水冲垮,大地变成一片汪洋。大人们忙时,我们小孩子就在漫水的路上用网兜捞鱼。黄湖农场水多,我们从小练就了较好的水性。1970年7月16日,为纪念毛主席畅游长江四周年,干校在东大塘举行盛大的集体游泳活动。那时我读四年级,还不到十二岁的我一口气游了近三千米。

经过一段时间的努力,"五七干校"基本做到了自给自足:自己发电,自己榨油,自己盖房,自种自收,自办学校。

1971年,政治环境发生了一些微妙的变化,听说有人恢复了工作。这年年底,我已经读完小学五年级,父母希望我能回北京接受更好的教育。1972年初,中国青年出版社的王良吉来潢川汇报工作,父亲托付他把我带回北京。我们一路颠簸,从黄湖到信阳再到北京。至此,我三个年头的干校生活结束了。

(原载《名人传记》2020年第12期)

"我在这战斗的一年里"

> 考试那天，东方刚泛起一抹鱼肚白，我就从被窝里爬起来，独自漫步在寂静的西陶，想让自己清醒一点，再突击一把。不远处是连绵起伏的燕山山脉，那样孤寂；还有那条白练似的水库大坝，有些凄冷。辽阔的麦田里，麦苗在寒风中战栗着。就像临战前的寂静，远处不时传来几声寒鸦的啼叫，也会叫你莫名惊悚。在空旷的原野，我大声地背诵着备考的题目，寒风不时地把我噎得喘不上气来。

1977年12月10日，我在北京远郊密云山区参加高考。这是恢复高考后的第一次考试，《我在这战斗的一年里》就是北京地区语文考试的作文题目。那天，试卷展开，我一下子就兴奋起来，感觉那题目好像专为我准备的，一年来的往事就像电影一样，一幕一幕地浮现在眼前：我代表全体下乡知青在动员会上的宣誓，下乡头一天的不眠之夜，第一天干活的情形，"龙口夺粮"的日日夜夜，还有复习高考的点点滴滴、分分秒秒。一年来的希望、一年来的苦恼、一年来的欢乐，瞬间都涌向笔端……

这年初春，乍暖还寒，北京三里屯第二中学租用两辆大公交，把我们送到密云山区。一大早出发，大概走了五六个小时才到达塘子公社。前焦家坞大队党支部副书记刘栋早已等候在那里，他简单地向大家说了一些鼓励的话，就陪我们到了前焦家坞大队。进村的时候，差不多已是傍晚时分。大队党支部书记辛守臣迎接我们，介绍了一下大队的情况，宣布了分配名单，把我们一行八十多人分散到十一个生产小队中。知青宿舍还没有盖好，先暂时住到老乡家里。那天晚上，我和好几位同学睡在老乡家的大炕上，全身爬满虱子，瘙痒难耐，没有睡踏实。

接受贫下中农再教育的知青生活就这样开始了。

我们是在临行前几天才确知要到塘子公社插队。任务下达后，很多人忧心忡忡，不愿意离开城里。我则异于是，很高兴有机会到"广阔天地"去实现自己的梦想。离校时，到派出所办理户口转移手续，看到介绍信写着自己的身份是非城市户口时，内心还是狠狠地紧缩了一下，突然觉得自己已经没有退路可走了，只能勇敢地走下去。

临别之际，母亲伤心落泪。她不仅担心我的未来，更让她难受的是，我父亲凭借着自己的不懈努力，终于把祖辈传下来的农民身份转为城市户口，到我这儿又变成农民，他们一辈子奋斗的结果现在归零了。

第二天一大早，我们就得下地干活。我们从小在城里长大，读书期间虽然有过学工、学农、学军的经历，但毕竟还是学生，人家还有所照顾，而今不一样了，学生装已经脱下，要和当地农民一样干活，没有人会认为你是城里学生，就会照顾你。日出时分，所有社员一早就集中到麦场上，由小队长派活。我们春天来到农村，起圈、撒肥、春耕、播种、间苗、除草是最主要的活儿。生产小队长根据你的劳动技能、身体状况来派活。间苗锄地、跟车撒肥，是比较轻松的活儿，通常派给女社员。即使这样，女知青也受不了。每人一垄，一蹲就是半天。老乡很快就干完，收工回家。女知青哪里蹲得住啊，最后干脆跪下来干，裤子都磨破了，膝盖处血迹斑斑。

男社员多是脏活累活。譬如起圈，两脚踩进泥乎乎的猪圈里，用大方铁锹往外铲肥，身上全是猪粪。我下乡的目标比较明确，所以干劲十足。那年5月，我们在潮河边上的黄狼峪山坡上开垦条田，手磨出五六个血泡，就用手绢包起来，继续干活。当时劳动按工分计算，壮体力通常10分，知青通常6到8分之间，我表现不错，很快就被定为9分，在知青里是最高的。我们大队算是比较富裕，工分值九毛钱。如果天天出工，每月可以挣二十多元钱。一年以后，我离开农村时，扣除头年口粮，还剩下七十多元，便是我全年的纯收入，给父母、妹妹买点衣物，也就所剩无几了。

后来，大队盖了三排砖房，知青集中在一起住，一个房间三到四人不等，队里还派了一位管理员负责我们的食宿。我们的管理员个头很高，黝黑的脸庞，沟壑纵横。他总是弓着腰，出门骑着一辆破旧的自行车。我们都叫他"老管"。他的主要任务是负责做饭。同寝室的王志刚擅长做饭，也派过去当二厨子。我们的主食只有窝头，青菜加咸菜，还有漂了几片油花的酱油汤，很少见到油腥。只有农忙的时候，才能吃到白面馒头。那时，我一顿能吃五六个馒头。我们小队的李志华饭量不大，常把省下来的饭票给我。在农村，这样互助的事很多，在孤单劳累中还可以感受到一丝温暖。正是长身体的时候，我们实在太馋了，胡小力就偷了一只鸡。王志刚借职务便利，从食堂顺了一点佐料，深更半夜，我们用洗脸盆把这只鸡给炖了。

不久，我被选为大队团总支副书记。团总支书记刘建新和我年龄相仿，给人的感觉很憨厚。另外一位副书记是女同志，叫宋立君。她和刘建新一样，都是返乡青年。三人组成了一个团支部，经常在大队广播室碰头商量工作。宋立君脸上略有雀斑，总是很严肃的样子，说起话来一本正经，有点像刘心武《班主任》中的女班长谢慧敏，让我敬而远之。广播室的女播音员很招人喜欢。下乡的第一天，就听到她甜美的嗓音，不免很好奇。她爱穿红衣服，个头不高，圆圆的脸蛋，红扑扑地放着光，笑声爽朗，充满青春活力。中学时，男女同学不敢单独说话，怕人笑话。到农村后，逐渐打破禁忌，开始有了接触，相互照顾，难免产生各种复杂的情愫。那年9月9日，毛主席逝世一周年，我创作了一首《知识青年怀念毛主席》的诗歌，她在广播站作了配乐朗诵，叫我很感动。我有事没事，总是找机会和她说话。母亲来乡下看我，很敏锐地发现了"敌情"，严肃地跟我说，与女生要保持距离，决不能在农村谈恋爱。母亲的提醒使我一激灵，我感觉到问题的严肃，从此便克制自己，尽量少往广播室跑。多年后，听李春波唱《小芳》，我总会情不自禁地想到那位穿着红衣服、爱说爱笑的女播音员。可惜，她叫什么名字，我都忘记了。

再后来，我又被选为知青先进代表，到公社参加大会，事实上成了这里北京知青的领袖。此前，北京密云二中的部分知青在这里插队，他们常常抱团欺负我们这些后来者。见此状况，我们合计着也要抱团争夺地盘。经过几次比较"血腥"的群殴，我们人多势众，最终占据上风。以后的日子，波澜不再，日出而作，日入而息，时光平淡无奇。

过去把农村想得很美好，真正当了农民，才感到落差太大。春天已经够累，到了夏天，特别是6月中下旬，要赶在雨季来临之前，十

1978年夏，在知青宿舍前合影。前排中间为作者

天内将小麦全部收割完毕，运到麦场上脱粒。我们管这叫"龙口夺粮"。那些天，通常凌晨两点出工，晚上八点多才收工，有时通宵干活，非常紧张。刚下乡那会儿，我还趴在炕头写一点文字，个把月以后就坚持不住了，一天下来，累得一点劲儿都没有。在严酷的现实生活面前，理想啊，抱负啊，其实都不如待在家里吃一顿好饭。

我常常躺在地头，望着蓝天遐想：什么时候才能回城呢？因为渴望回城，就拼命干活表现自己。越是这样，文学的梦想就离我越远。那年"三夏"最高潮时，我刚吃过晚饭，正准备下地抢收小麦，大喇叭突然喊我的名字，我踏着月光来到大队部，会议室有副书记刘栋、团总支副书记宋立君，还有几位不认识的干部模样的人，看样子，就等我一人了。

刚落座，刘栋就说："跃进，交给你一个任务，后天是'七一'，你写篇稿子，全大队要印发，公社要用。这几位就是公社来的……"

只有一天时间了，怎么写呢？刘栋看出我的心思，说："明天不用出工了，集中写稿子。"

我理解领导的好意，但我想，作为一名团干部，在这样一个"龙口夺粮"的关键时刻，是不能落在别人后头的；而这又是一个表现自己写作能力的机会，我必须接受任务。于是我当即向领导表示：照常出工，不能耽误工作，一定完成写作任务。

这天夜战回来，已经是凌晨两点，我借着微弱的灯光，趴在炕沿上起草文字。第二天午休片刻，继续写作，终于按时完成了任务，文章的题目叫《以实际行动向"七一"献礼》。那时，我几乎是一种无我的状态，不知疲倦，即使脱皮掉肉，也心甘情愿。"七一"过后，精神略有松弛，身体就垮了下来。躺在炕头，我想到了那些公共汽车上的售票员，风吹不着、雨淋不着的，真叫人羡慕。在商店里当售货员也是我向往的工作，每天打酱油、卖杂货，不用面朝黄土背朝天，该是多么惬意！经过"三夏"磨练，我唯一的愿望就是好好劳动改造，争取到工农兵学员的资格。至于文学的梦想，早已像天边的游云，渐渐散去。

那年七八月间，盛传要恢复高考，当然还有很多政策限制，说报考者必须有两年以上的工作经历。我们刚刚下乡，自然没有希望。9月，得到正式消息，应届毕业生都可以报考。二十多年后，我整理资料，看到罗建华采写的《刘西尧：小平重启"高考之门"——教育部老部长刘西尧回忆恢复高考》(《长江日报·长江周末》1998年2月6日)，知道实际情况和当时的传言差不太多。实际情况是这样的：1977年8月4日，邓小平组织召开科教界座谈会，有代表正式提出恢复高考的建议。8月13日，教育部在北京召开第二次全国招生会议，正式决定恢复高考。同年10月12日，国务院批转《关于1977年高等学校招生工作意见》，决定从高中毕业生中直接招考大学生，不再由群众推荐。当然，所有这些也是后来才知道的。我是那年秋天才明确自己可以以同等学力报名考试。屈指算来，距离考试已不足两个月的时间了。

10月下旬，我借口到县里开会，悄悄地翻墙头，走小路，就像小偷一样，溜回家中寻找复习材料，还抽空拜见了来北京改稿的复旦大学王继权、潘旭澜老师，略微知道了一点高考的知识。他们回到上海，还寄我一些复习材料，嘱咐我如何复习，怎么答题。二十多年以后，我曾多次去复旦大学看望王、潘两位老师。而今，他们业已离世多年。抚今忆昔，叫人感念不已。

初秋时节，休整农田，主要任务就是推土方。每人有固定的土方，完不成扣工分。扣工分倒无所谓，关键是怕有损名誉，影响未来分配。所以，我白天要参加繁重的体力劳动，晚上还要到各生产小队参加揭批"四人帮"第三战役的活动，每天晚上几乎要到十点以后才开始复习，困了就和衣而睡，凌晨三四点用凉水冲冲脸，继续复习。从11月中旬到12月上旬，是我最为艰苦的时期。后来，为了找地方复习，我便把知青点值夜班的任务包下来，一天到晚，没有按时睡过觉，困了就眯一会儿，每天的睡眠不足三小时。

北京的高考，统一安排在1977年12月10日开始。

那两天，密云山区，晴空万里，但寒冷异常。考试那天，东方刚泛起一抹鱼肚白，我就从被窝里爬起来，独自漫步在寂静的西陶，想让自己清醒一点，再突击一把。不远处是连绵起伏的燕山山脉，那样孤寂；还有那条白练似的水库大坝，有些凄冷。辽阔的麦田里，麦苗在寒风中战栗着。就像临战前的寂静，远处不时传来几声寒鸦的啼叫，也会叫你莫名惊悚。在空旷的原野,我大声地背诵着备考的题目,寒风不时地把我噎得喘不上气来。

袅袅炊烟升起来的时候,我回到知青点。这时同学们也都陆续起来。前焦家坞大队参加高考的有五十多人,我们相约到汽车站集合,结伴步行,雄赳赳,气昂昂,走在清冷的大路上。考场设在塘子中学。我们到时,早已人山人海,叫人感到无形的压力。

第一天上午考政治,下午文科生考史地;第二天上午考数学,下午考语文。中午没有地方休息,大家就蹲在墙根下,啃着凉馒头,享受着寒冬的阳光。平时,都要出工下地,回来就啃窝头,哪能享受这样的闲暇!下乡前,看了很多描写农村生活的小说,挺向往。真正当了农民才知道,那是作家笔下的虚构。最后一门是语文,打开作文试卷,那题目确实让我百感交集。作文是如何构思的,我已经记不得了,但是题目却牢牢地印在心底,无法抹去。1977年的经历,对我来讲是战斗的一年,是我真正了解社会的开始。

走出考场,已是夕阳西下,天还是那样寒冷,但我们的心热乎乎的,忘记了时间,忘记了饥饿。回去的路上,见山说山,见水说水,看到什么就说什么。十几里的山路,似乎凝聚着过去一年的风景,不知不觉地就走完了。"有客放船芳草渡,何人吹笛夕阳楼。"二十多年以后,北京师范大学为郭预衡教授祝贺八十大寿,我们前去祝寿,先生给我写了这个条幅,告诉我说,1977年北京高考的作文题目就是他拟定的。当时,我就像找到了"芳草渡"一样的激动。

考试结束,转眼就到了1978年。

那年春节,我是在忐忑不安而又异常忙碌的状态下度过的。一过元旦,很多知青早早回到北京准备过年。而我不知考试结果,是否还要在农村奋斗,我猜想快有消息了。于是我决定春节和老乡一起过。那年春节好像是2月7日。我名义上是看守房子,实际上是等通知。

年三十那天一大早,大队党支部副书记刘栋突然找到我,提出想到北京城里做知青家访,责我陪同。于是我在年三十回到城里。

除夕之夜,刘栋住在我们家。家里人都感觉不自然。突然来了一个可以决定儿子命运的领导,父母不知该怎么款待才好。我又在忐忑不安地等待着考试结果。总之,好像过得很不自然。正月初一、初二、初三这三天,就是挨家挨户地走访。各家的招待大体一样,都是三两瓜子、半斤花生,然后就是一点点水果糖。生活好一点的,还备点水果。印象比较深的是到一个张姓同学家,父母格外殷勤。那年参加高考,这位同学起得晚了一点,步行已经来不及,就想搭车,在路上截了一辆手扶拖拉机。为此,他与司机发生口角,动手打了司机。结果耽误了考试,还受了处分。这在当时,就意味着他很可能比别人要在农村多待上若干年,甚至终身务农。父母见到大队领导,如同见到救星,几乎是哭着向刘栋反复赔礼道歉,恳求原谅自己的儿子。那场面给我留下的印象实在太深了。可怜天下父母心啊!时隔三十年,我又回到了当年插队的地方,才知道刘栋也早早离开了人世,已无法知道他当时是怎样想的。

2008年12月,中央电视台10频道播放了一部名为《似水流年》的专题片,选择有代表性的事件、人物,记录二十世纪中国人过春节的特殊经历和心态。其中,1978年春节的第一个镜头就是采访我,旁白说:"1978年的春节,京城有个叫刘跃进的人,在焦虑地等待着大学录取的通知。"

此后十多天,还是没有任何消息,我心里越发忐忑不安。2月27

日，借口去公社递交团总支汇总的入团志愿书的机会，我借"老管"的破自行车赶到公社，看通知是否下来了。公社知青办公室曹淑英老师说，通知已经发出，取信的人还在路上。听到这个消息，我的血液几乎一下凝固了，什么都想到了，什么都不敢想，总之是胡思乱想，脑子里一片空白。

走出房间，徘徊在尘土弥漫的大道上，凛冽的寒风让我感到略微清醒。我踱步走进小邮局，坐在长凳上，做了几下深呼吸，拿出纸笔，信口胡诌了几句诗。刹那间，我感到时间停止了，地球也不转了。回到知青办，信使还是没有回来，但屋子里已挤满了人，多是其他大队的干部，也来等通知书。有几个人开会时见过，我心不在焉地和他们打声招呼。其中一人对我说："小刘，你就等通知吧，没有问题。"

我赶紧答道："不是不是，我是来交大队汇总的入团志愿书的。怎么，你也等通知吗？""是啊！"他很神气地点点头，"据可靠消息，我已被北大录取。"瞬间，我被羡慕感融化了。正说着，取信的老孙走进办公室。人们一拥而上，把他团团围住。老孙不慌不忙地从兜里拿出一大摞信件，一个一个地念着名字。我躲得远远的，不敢靠近。人就是这样奇怪，你渴望的事情突然降临的时候，往往会产生错觉。我正发呆，突然一个声音喊道：

"刘跃进，南开……"

我不相信，站着没有动，喃喃自语道：

"别起哄了……"

公社知青办的曹老师拉着我的袖口，兴奋地说：

"真是你的，快去接通知啊！"

我这才相信，好事就这样降临了。我小心翼翼地接过通知书，反反复复看了好几遍，半晌说不出话来。跑出知青办，直奔邮局，给家里挂了长途，报告这个好消息。

在返回大队的路上，我手舞足蹈，引吭高歌，恨不得要把自行车举起来。

进了村口，看到红砖灰瓦的知青宿舍，有一种前所未有的亲切感。第一排是食堂、仓库，第二排是新知青的男生宿舍，第三排是老知青的男生宿舍，后两排是女生宿舍。刚走到第一排房前，就碰到好几个同学，都知道我去取通知，一下把我围了起来。

赵军问："接到通知了吧？"

我说："是。"

随后就听到周围啧啧不已的赞叹声。

王小刚、蒋朔见到我，问是哪个学校。我兴奋地回答说："南开大学。"那一瞬间，感觉真好。

我正要回到宿舍，张玲拿着饭碗过来，一见我，先问了我的学校，然后又问："没有其他人的通知吗？"

听说大队仅有我一人的消息，她脸上顿时布满阴云。我后来知道，她报考复旦大学数学系，同济大学曾征求她的意见，问她是否同意调剂到同济大学土木系。她当然同意，但怎么没有通知书呢？我赶紧告诉她说，明天还有一批。她没有说什么，低头离开了。

第二天上午，大队党支部书记辛守臣见到我，拿着信封问："你知道张玲住在哪个房间吗？这是通知书，给她送去吧。"

张玲接到通知，很平静地问我："你什么时候办手续？什么时候回家？"

我说:"就今天下午,办完了就回去。"

张玲说:"你到我家说一声,叫他们来帮我拿行李。"

后来,她又决定和我一起回去。2月28日下午,我们到大队公社办理了各种关系。本想赶下午五点的火车,办完手续已经四点多了,只能再多待一天。那天晚上,几乎全体知青同学都来为我们送行。

众人散去后,我又到大队部,正好大队党支部书记辛守臣、副书记刘栋、团总支书记刘建新等几个大队干部都在那里,又和他们谈了很久。他们同样给了我很多祝福和希望。

回到宿舍,我收拾好简单的行装,上床睡觉。想到一年来的经历,想到这是以知青身份在密云山区度过的最后一个夜晚,思绪万千,根本无法入眠。夜里,我走出房间,望着夜空,胡诌了四句诗:

  担心复担心,片刻不安宁。心绪乱如麻,彳亍月下行。

终于熬到天亮。王志刚、胡小力给我买了点心,章骏还把他心爱的钢笔送我留作纪念。他们陪着我,王小刚、蒋朔等同学陪着张玲,一起到东柏岩火车站。

那天上午,初春的阳光,明媚怡人,天空湛蓝湛蓝的,空气中都弥漫着香甜的味道。火车启动的瞬间,我的眼眶湿润了。

1977年3月24日下乡,1978年3月1日,我终于离开"广阔天地",告别了"战斗的一年"。

从此,我的人生翻开新的一页。那时,我还不到二十周岁。

附记

（一）

我到南开大学报到的当月，就向组织递交了入党申请书。按照组织原则，前焦家坞大队党支部副书记刘栋还代表当地组织给我出具了一份鉴定意见。他来信说："你的鉴定已给学校党组织邮去了。鉴定里的内容都是实际情况。的确，全体干部群众对你评价很高，这都是和你自己的主观努力分不开的。望你继续努力，在新的单位一定靠近组织，团结同学，发扬成绩，克服不足，也就是要开展批评和自我批评，在斗争中锻炼成长。虽然和你一起工作的时间不长，但对你比较了解，相信你在任何地方不会出现问题，能够遵守各方面的规定。但这还不够，还要在社会上多开展活动，多经受锻炼和党组织的考验。在党中央华主席的领导下，做一个真正的无产阶级可靠的接班人。原来准备把你放在这一批（发展党员），可是工作需要没能来得及，已经把你的情况和支部的意见写给学校党委。"这是组织上给我的鉴定。

（二）

1979年9月3日，接到大队团总支书记刘建新信。他告诉我，他已被落实政策，从农业户口转为非农业户口，1979年参加北京招工考试，被北京公安学校录取。后来他在县政法委工作。2006年，我回到前焦家坞村寻旧。原来的住房早已翻盖多次，而今，这里已经成为幼儿园的所在地。当年的老支书辛守臣就在这里看门,当年的副支书刘栋早已去世,团总支副书记宋立君现在密云三中任教。所有这一切,都是一个叫刘进的妇女告诉我的。她当时在六队,现在也在县里工作。临别,我们还互留了联系电话。我心目中的那个"小芳"叫什么,我都忘记了,自然也就打听不出她的下落……

(原载《传记文学》2020年第6期)

从 师 记

> 韩愈《师说》曰:"师者,所以传道、受业、解惑也。"杜甫《戏为六绝句》说:"别裁伪体亲风雅,转益多师是汝师。"在我过去四十多年的求学经历中,老师们的影响既广且深。他们不仅传道、授业、解惑,那种坚忍不拔的人格魅力和实事求是的学术品格,更是激励我不断前行的不竭动力。

1977年年底在北京密云山区参加高考后,我在1978年春走进南开大学。从那时起,我有幸得到很多老师的指点,逐渐走上学术研究之路。

一

南开大学中文系七七级有七十七位新生,论年龄,我排行第七十,属于小字辈。报到第二天,系领导给新生讲解中文系的课程设置,两大类(政治课和专业课),总共十七门:形势教育、党史、哲学、政治经济学、国际共运史、文艺理论、现代文学、现代汉语、写作、古典文学、古代汉语、外国文学、工具书、专题课、英语、体育、军事。前三年是基础课,最后一年是专业课。此外,还有一些选修课、专题讲座，内容很丰富。四年八个学期的课，外语学习任务最重。我过去学了五年德语，重新学习英语，压力很大。

大一时，同学们都很兴奋，多聚焦当代文学，关注文坛变化。从《班主任》到《爱情的位置》，从《伤痕》到《在社会的档案里》，每有新作问世，大家都争相传阅，争论分析，常常彻夜不眠。不久我们班就成立了文学社，分为评论组、诗歌组、小说散文组、戏剧组等，大家经常凑在一起，交流文学创作和评论心得。同学们还把自己的作品贴在墙上，供人品头论足。进校不到一个月，中文系同学又创办了《春芽》杂志，蜡板油印，人手一册。大家的心思都在文学创作上，暗暗较劲，看谁能最早出头。想当作家的人多如牛毛，发表作品的机会则微乎其微。好在那时不被录用的稿子，刊物会退还作者。我有一个同学，试图验证编辑是否看过他的稿子，就将中间一两页稿纸用糨糊黏上一点。退稿后，他发现那两页黏上的纸并没有被撕开，说明编辑根本就没有看完，但这并不影响大家的积极性。

1978年4月14日《人民日报》刊登马克思十七岁时写的《青年在选择职业时的考虑》，给了我很大鼓励。马克思说："那么我们就可以选择一种使我们最有尊严的职业；选择一种建立在我们深信其正确的思想上的职业；选择一种能给我们提供广阔场所来为人类进行活动、接近共同目标（对于这个目标来说，一切职业只不过是手段）即完美境地的职业。如果一个人只为自己劳动，他也许能够成为著名学者、大哲人、卓越诗人，然而他永远不能成为完美无疵的伟大人物。如果我们选择了最能为人类福利而劳动的职业，那么，重担就不能把我们压倒，因为这是为大家而献身；那时，我们所感到的就不是可怜的、有限的、自私的乐趣，我们的幸福将属于千百万人，我们的事业将默默地、但是永恒发挥作用地存在下去,而面对我们的骨灰,高尚的人们将洒下热泪。"①我们的职业理想是当作家。在当时,全社会都沉浸在文学的狂热中,都愿意献身文学事业。

　　文化部有关部门曾收到全国各地作者寄来的文学剧本、小说、诗歌等,大概数量很多,简单退掉未免可惜,不如披沙拣金,也许能发现优秀作品。文化部将这些作品分派到重点大学中文系作初步筛选,提出处理意见。这个办法在北京大学、北京师范大学、北京师范学院试行,一举两得,效果很好。文化部又继续推广到其他院校。我们正好上文学评论课,审读作品可以作为教学实践的内容。每人都分了好几个剧本,写出读后意见。我小有得意,觉得自己可以审读别人的作品,离文学梦想越来越近。写作课还安排我们到厂矿企业进行实地采访,撰写通讯稿。我和同学韩异到天津计量检定所南开分所,采访张光寅老师的先进事迹。这些活动对我们的写作帮助很大。

　　随着课程的增加,同学们的读书志趣逐渐疏散开来。宋玉柱老师的现代汉语课调动起部分同学对现代汉语的兴趣。宋老师很会讲课,要求极严。一段时间,我们整天把"词性""句子构成""特殊成分""一般成分""单句""复句"之类的话放在嘴边,分析"打得他到处乱跑"的句式结构,看见什么都像"状语"。譬如看见卖冰棍的,一个说"大街上有个卖冰棍的",另一个接着说"这是存现句"。有些问题,老师都难以回答。譬如"我们明天回到北京",老师说,"回"是动词,"到"是介词,和"北京"构成介词结构作补语。同学说,"到"后可以加时

---

① 人民教育出版社 1986 年出版的《马克思、恩格斯论教育》引用这段文字,与《人民日报》所引有较大出入,现据人民教育出版社版征引。

态助词"了",这不变成动词了吗? 宋老师说,他从来没有见过像我们这届这么用功的同学。

我们读书时,都喜欢佩戴白底红字的校徽,非常自豪。"南开大学"四个字是毛主席的题字,"开"的繁体字是"開"。假期到农贸市场买菜,那些乱跑的小孩子还凑近来看校徽,把"開"念成"门",喃喃自语道:"南门大学。"我心想,管它是"南门"还是"南开",上了大学,就是一种荣光。学校经常请一些名人讲学。听了张庚、孟伟哉、王朝闻、严济慈、于光远、杨润身、吴小如、杨志杰等作家、学者的讲座,我深切地意识到自己的浅薄,基本上没有读过什么书。无知才无畏,想当作家就是因为自己无知。古代、现代、当代,举凡优秀的作家,多有深厚的学养,对历史、对现实、对人生均有深刻的认识。

我过去的阅读范围很窄,除鲁迅外,对中国青年出版社的"三红一创"(罗广斌、杨益言的《红岩》,吴强的《红日》,梁斌的《红旗谱》和柳青的《创业史》),还有《高玉宝》《欧阳海之歌》等红色经典相对熟悉。开学不久,作家梁斌来作报告,谈创作《红旗谱》的经验;侯宝林讲生活与创作的关系;刘绍棠讲思想解放等问题。我在《从作家梦到学者梦》等文中谈道:走进校园,远离社会生活,自感作家梦难以实现,我又做起了学者梦,想做现当代文学研究。为此,还托老邻居苏醒阿姨找到一份中国社会科学院文学研究所面向社会招聘科研人员的试题,其中现代文学试题是:

一、基础题

1. 标点翻译古汉语《三国志》。(40分)
2. 作文:我爱读的一本书。(60分)

二、专业基础题

1. 什么是典型环境中的典型人物？（30分）
2. 《讲话》后文学创作的特点是什么？（30分）
3. 回答下列各题：(40分，每题4分)

   "诗界革命"是什么？

   答王敬轩的"双簧信"是怎么回事？

   鲁迅的第一篇小说是什么？用文言文还是用白话文写的？

   现代文学史主要文学社团有哪些？

   文学研究会和创造社的主要文学主张及其后期的变化。

   曹禺有哪些作品？

   抗战后有哪些文学刊物？

   《讲话》前夕，延安文艺界进行过哪些论争？

   什么是两结合的创作方法？

   美学的根本问题是什么？

4. 参考题：试论鲁迅、郭沫若、茅盾在文学史上的地位。

三、专业题

论文题任选一个：

1. 鲁迅的创作特点。
2. 左翼文学运动简评。

四、参考题

1. 鲁迅思想有没有分期？
2. "五四"文学革命在现代文学史上的地位和意义。

以我对现代文学的了解，这些问题似乎不难回答，起码略知一二。古代文学比较高深,离我很远。

　　我对文艺理论课也很期待。下乡前,借阅过一本苏联人编写的文学理论教材,一知半解。文艺理论课先由郎保东老师主讲。郎老师刚从复旦大学调来,为人热情,课上课下,互动频繁,大家都很愿意和他交流。后来换了一位年长的老师,不苟言笑,总是津津乐道所谓文学与时代发展不平衡的规律,从概念到概念,没有多少实际内容。我觉得乏味,就常在课堂上看闲书。最后一堂课,我没有认真听课,看《元杂剧选》,被老师发现,不仅没收了作品选和笔记本,还把我名字记下来,大概列入了"黑名单"。从此,我对文艺理论便产生了一种逆反心理。

　　1979年春天,我们开始上现代文学课,从"五四"运动讲到"左联",一直讲到二十世纪五十年代的文学。现当代文学课让我知道了萧也牧和《我们夫妇之间》的故事。老师不无遗憾地感叹说,这部作品被批判后,作家就在文坛销声匿迹。我后来知道,这位作家真名叫吴小武,一直在中国青年出版社做编辑,与我住在同一楼。1969年,团中央干部下放到河南信阳潢川县黄湖农场"五七干校",吴小武第二年就惨死在农场①。这段刻骨铭心的往事,让我觉得从事现当代文学研究有一定风险。

　　开始上中国古代文学史课程时,我并没有多少兴趣。杨成孚老师、郝志达老师讲先秦两汉文学。杨老师刚从山西大学调来,腿有残疾,年纪不大,看起来很威严。他对作品很熟,拿着一本油印讲义,慢条斯理地讲解《诗经》《楚辞》,很多诗句,脱口而出。讲着讲着,他会

---

① 张羽《萧也牧之死》,见河南省潢川县政协文史委编《干校记忆》(团中央"五七干校"专辑之三,2015年印刷),第241页。

突然发问:这本书读过吗?那本书翻过吗?绝大多数同学和我差不多,都没有看过,甚至没有听说过。一次,杨老师说到先秦某一典故,问道:"《墨庄漫录》看过吗?"现在知道,宋人笔记中常有关于先秦两汉文学作品的独到见解,那时当然不知道,纷纷摇头,觉得这么有名的书都没有看过,有点汗颜,只能老老实实地听讲,不敢应付。不过,我虽然敬佩,却不羡慕。因为,我从来没有想到自己会从事古代文学研究工作。

1979年春天,叶嘉莹先生回国讲学,我们七七级、七八级是叶先生回国讲学的第一批学生。2019年9月10日,南开大学举办庆祝叶嘉莹先生归国执教四十周年大会,我代表老学生发言,大意如下:

四十年前的春天,叶先生来南开执教,我是先生的第一批学生。

查日记,叶先生在南开的第一讲是1979年4月24日,在第一阶梯教室。老人家用自己的诗句"书生报国成何计,难忘诗骚李杜魂"作为开场白,一下子就把我们全都吸引过去。那天,先生整整讲了一天。那周有两个半天自习课,也都用来讲课。此后,先生白天讲诗,晚上讲词,讲《古诗十九首》,讲曹操的诗,讲陶渊明的诗,讲晚唐五代词。讲座一直安排到6月14日。将近两个月的时间里,每堂课,学生们都听得如痴如醉,不肯下课,直到熄灯号响起。"白昼谈诗夜讲词,诸生与我共成痴。"叶先生的诗句形象地记录了当时上课的场景。叶先生的课,给我打开了一个全新的视野。此后,我便成了叶先生的忠实粉丝。先生到北京讲课,只要我知道,就一定要去旁听。我在清华大学讲授古典诗词,也模仿叶先生的讲课风格。先生的重要著作，自是案头常备，也是常读常新。今天，我能有机会当面向叶先生表达敬仰和爱戴之情，非常激动，非常荣幸。先生对我的教诲，可以用三句话来概括。

第一句话是叶先生的课在蓦然回首之间就改变了我的学术选择。1979年5月3日，叶先生讲王国维《人间词话》，讲到词的三重境界，引申到人生的三重境界，对我影响极大。我们这些高考恢复后首批进入大学中文系的人，大多来自农村、兵营、厂矿，有着比较丰富的人生阅历，也多怀抱着文学的梦想。对我而言，当作家梦不再的时候，很自然地，就转向现代文学、当代文学研究。听了叶先生的课，我才知道古典文学原来这么美，完全颠覆了此前对古代文学课程刻板、政治化的印象。"众里寻他千百度，蓦然回首，那人却在灯火阑珊处"，是叶先生点燃了我的古典文学研究梦想，是叶先生引导我去追寻古典文学世界中的"那人"，迄今整整四十年。

第二句话是叶先生让我们理解了文学的力量在于兴发感动。她引赵翼的话说："国家不幸诗家幸，赋到沧桑句便工。"一个文学工作者，对人生、对社会要有丰富的体验、深刻的认识，才能更好地理解诗。叶先生《杜甫秋兴八首集说》，将杜甫的创作放在特定的时间、空间，站在历史的高度给予理解，让我们深刻地体会到杜甫创作成就的取得，离不开时代，离不开人民，更离不开崇高的思想境界。这些观点至今仍有现实意义。

第三句话是叶先生的言传身教让我们知道，生命的意义在于生生不息的追求。叶先生说，忍耐寂寞也是人生的一大考验。她常引顾随先生的话教育我们："以无生之觉悟，为有生之事业；以悲哀之心境，过乐观之生活。"先生一生，备尝苦难，但对祖国、对文学的热爱，始终如一。1979年6月14日，先生暂时告别南开大学，要到北京大学去讲座。那天举行了隆重的欢送仪式。我的日记这样写道："两个月来，叶先生渊博的知识、诗人的气质、热爱祖国的真挚情感、严谨求是的治学态度，都给我留下终生难忘的印象。叶先生不仅仅向我们传授中国古典诗词的知识，更是向我们传递一种人生哲理和向上的力量。她说，如果说实践是检验真理的唯一标准，那么真诚则是追求真理的重要途径。做人做事要真诚，学习钻研要真诚。真诚是做人的重要标准，古代这样，今天也是如此。"那天，我的日记还记录了叶先生的一首词："虽别离，经万里，梦魂通。书生报国心事，吾辈共初衷。天地几回翻覆，终见故国春好，百卉竞芳丛。何幸当斯世，莫放此生空。"今天读来，依然感动。近一个世纪以来，老人家用生命书写出对祖国历史文化的那种真挚、深情的爱，是叶先生传授给我们的最宝贵的精神财富。

长期以来，我们的古代文学研究比较僵化，多采用阶级分析的方法。叶先生的讲座，如春风化雨，让我对古典文学之美有了一种全新的感知。

王双启老师和叶先生是同学，都毕业于辅仁大学，讲课风格也与叶先生相近，讲到动情处，眼里常常含着泪花。王老师讲唐代文学，总能密切结合社会背景，生动感人。譬如讲安史之乱爆发这一年，王维躲进辋川别业，"晚年惟好静，万事不关心"；高适到西南地区做高官；李白浪迹天涯，离开长安。从安史之乱到大历初年的二十多年间，唐代诗坛为杜甫的光芒所笼罩。王双启老师的讲座，实际上采用了编年的方法，很有启发。

郝世峰老师开设李商隐诗歌欣赏课，又向我们展现了另外一种人生体验。郝老师那一代人，历经磨难，悲天悯人。他们对于古代作家作品的理解，融入自己的人生经验，多有不同寻常的体会。这样的课，我们都很喜欢，做了详细的听课笔记，保留至今。

王达津老师是系里的元老，大家敬称他为达老①。他大病初愈，还给我们开设中国文学批评史专题课。在西南联大读书时，达老师从著名古文字学家唐兰先生。1952年院系调整，他从北京大学调到南开大学任副教授。达老一口京腔京韵，可能年事已高，音调时高时低，高亢时有声振林木的穿透力。他系统地讲授了《诗大序》《典论·论文》《文赋》《诗品序》以及《文心雕龙》中的《神思》《体性》《风骨》《情采》《比兴》《夸饰》《物色》等篇，还有范晔《狱中与诸甥侄书》、陈子昂《修竹篇序》、杜甫《戏为六绝句》、白居易《与元九书》、严羽《沧浪诗话·诗辨》、元好问《论诗绝句三十首》等。这些篇章，我当时都背诵下来，反复揣摩。达老有一篇理论性很强的文章，发表在《南开学报》1956年第2期上，叫《批判王国维文学批评的哲学根据》。他从陈寅恪、缪钺的评论开始，再回到王国维的自述，比较康德的"唯意志论"、叔本华的"无利害关系论"，从优美和壮美中发现了有我之境和无我之境的原由，并有综合评析。我认为这是达老最好的文章之一。

大三时，系里安排我们这届同学做学年论文，同学们可以自由选择指导老师。罗宗强老师是达老的研究生，刚从赣南师范学院调回南开大学，在《南开学报》当编辑。他的《李杜论略》刚刚出版，我读后

---

① 参见宁宗一先生撰写的《智者达老——跟随王达津先生45年》，载《王达津文粹》卷首，南开大学出版社2006年版。

特别佩服，就选择了罗老师作为我的指导老师。

一般情况下，指导老师总是先问想写什么，然后具体指导。罗老师与众不同。他没有让我们自选题目，而是根据我们的兴趣先到他家补课。我和曲宗生、李瑞山、王绯、王黎雅五人选罗老师做指导教师。曲宗生对诗歌美感情有独钟，李瑞山特别喜欢鲁迅的《野草》，我受南开大学老师的影响，比较喜欢魏晋南北朝文学批评史。为此，罗老师专门为我安排了《文心雕龙》辅导。他从《神思》篇讲起，大概讲了四五篇，主要是点拨式的讲授，引导我读经典。

《文心雕龙·神思》篇描绘文学创作的构思过程，细致入微，令人神往，我的学年论文就以《神思》篇作为研究对象。我对鲁迅的作品比较熟悉，想从鲁迅的小说《幸福的家庭》说起，谈构思问题。这部小说描写了一个穷书生总想写一部小说叫《幸福的家庭》，他就想象幸福的家庭该怎么写。结果一到写作，就传来他老婆的声音："劈柴都用完了，今天买了些。前一回还是十斤两吊四，今天就要两吊六。我想给他两吊五，好不好？"还有孩子的哭声："走出外间，开了风门，闻得一阵煤油气。孩子就躺倒在门的右边，脸向着地，一见他，便'哇'的哭出来了。"老是这种家庭琐事，《幸福的家庭》没写成。我就想通过这个故事，试图把现代文学和古代文学联系起来，谈谈创作构思问题。寒假期间，我全力以赴撰写论文，一气呵成，比较顺畅，自我感觉还不错。新学期开学，我就兴冲冲地递交了论文初稿，等待老师的表扬。

过了大约一周，罗老师把我叫到家里，出乎意料地批评了我一顿。第一，罗老师说我态度不认真，字迹潦草，还有很多错字。下次交稿，必须认真誊抄，一丝不苟。第二，对古代经典作品，一定要认真研读，准确理解，然后再发表自己的意见。第三，写文章不能随心所欲，一定要有明确的主题、严密的逻辑。我本来期待着表扬,却招致批评,羞愧得恨不得找个地缝钻进去。事后回味老师的批评,觉得句句在理。经过反复思考,我把学年论文题目确定为讨论"虚静说",推翻了原来的思路,认真修改了一遍。罗老师肯定了选题,说:"你的思想很活跃,有新意,注意到了他人未注意到的一个问题。文字也流畅。"又说:"虚静能不能包括神思论题的全部? 能否把神思所涉及的问题都归在虚静的论题下论述? 如想从虚静论神思,似应论虚静在神思中的意义,不应以虚静取代神思。最重要的一点是,要我释刘勰,而不是刘勰释我。"罗老师把论文退还给我,要求我用正楷再抄写一遍,特别指出,从事学术论文的写作,最重要的是认真的态度、严谨的精神。这篇论文前前后后改了五稿,以为可以定稿了,没有想到罗老师在第五稿上又逐字逐句作了很多修改,在给予肯定的同时,仍然指出了一些问题,要求我在正式上交系里之前,再作修订、誊抄。初稿上万字,经过反复修改推敲,删除可有可无的字词,最后还剩下五千字。我在给罗老师交上第六稿的时候,附上了一段话:"当我把这份稿子交给您的时候,我心情是很不安的。本来还有一些问题想向您请教,可是,我实在不忍心再占用您宝贵的时间了。两个多月来,您不厌其烦地一遍又一遍地审阅我的稿子,甚至逐字逐句地修改它,我受到了极大的教育。我以前从未写过这类文章,所以开始我也没有经过慎重思考,草草动笔,更不能原谅自己的是,我居然还把这样的废品拿给您看,浪费了您那么多宝贵的时间。至今想来,后悔万分。记得您看完我的草稿后,向我讲了许多道理,于是我决心重新认真完成这次学年论文的写作。从初稿到最后一稿,前后六易其稿。在写作过程中,深深感到自己的基础实在薄弱,也很苦恼。论文虽然完成,自己却不满意。我知道在短时间内想在学业上有很大的进步是不可能的。但是在您的指点下，两个月以来的写作，我却得到一个最大的收获，那就是，我必须先要端正自己的治学态度。"

4月的某一天，罗老师把我们五人召集到一起，做了学年论文写作小结。那天，他还为我们几个人讲唐诗，仰望盛唐星空，理解盛唐气象。罗老师指导我们读书，特别注意历史节点、重要事件。譬如唐玄宗天宝十四载（755）安史之乱爆发的时候，当时作家都在哪里？他们对那场巨变持什么样的态度？哪些作品有所反映？这就需要研究者对他们的作品作精细的编年考证，把不同作家的活动放在同样的历史背景下进行比较，看出他们对同一历史事件的不同态度，体会出作品所反映出的深刻意蕴。这一席话给我很大的启发。我后来撰写作家年谱，编纂文学编年史，就与罗老师的这段指导有关。我做沈约年谱时，向罗老师请教。罗老师来信说："论文选题，我以为很好，特别是事迹编年，实在是功德无量的事。我常常想，许多作品，离开具体环境、心境，是很难了解真实含义的。事迹编年在这里就显示出重要性了。不过，如果在编年中不仅注意一人一事，而注意一些牵连到许多作家的大事件的来龙去脉，各人的地位、处境、心境，均了然心中，则那事迹编年，自会繁简得体，于后来研究者有用。"罗先生时时强调要"注意一些牵连到许多作家的大事件的来龙去脉，各人的地位、处境、心境"等问题，就是告诫我不要陷入烦琐的资料中，要因小见大。那天，他动情地对我们说："我已是快五十岁的人了，与你们不是深交，可我是真心想把自己所知道的都告诉你们。"接着，罗老师针对我们每个人的实际情况具体地分析了写作方面的问题。他说我这次学年论文进步很大。文章分为三大部分，逻辑线索清晰，每段说什么，很明确。

当然也不是十全十美，文章深度不够，比如对老庄的"虚静"说和刘勰的"虚静"说的关系分析不够。这当然与学力有关。学年论文做到这一步，已是相当满意了。他还说，我的论文的最大长处是选择的角度很好，甚至出乎他的意料。他给的成绩是优。

那年春夏之交，中文系组织第一届学生学术论文讨论会，罗老师推荐李瑞山、曲宗生和我的论文参加。罗老师写了如下推荐意见："本文从一个较新的角度阐述了《文心雕龙·神思》篇，言之成理，推理亦较为严密，文字简洁。建议参加学生论文报告会。"那年6月6日，系里举办论文颁奖大会，一等奖五人，二等奖十人。李瑞山的《〈野草〉的精神特质与美学风格》获得一等奖，曲宗生《谈诗美》和我的《陶钧文思，贵在虚静——读〈文心雕龙·神思〉篇札记》，并获二等奖。那年11月，获奖论文结集成册。这是我的文章第一次变成铅字，赏心悦目，获得极大鼓励。

我的毕业论文由王达津老师指导，论文题目是《论钟嵘的"自然英旨"说》。我当时的理解，"自然"与"直寻"有关，"英旨"与"滋味"相连，然后铺衍成文。看似言而有据，其实只是逻辑上的推理，没有多少实际意义。回过头来看我的学年论文和毕业论文，最大的问题是与时代、与作品脱节。这两篇论文对我的意义，就是培养了我对论文写作的初步感知。

孙昌武老师的"唐代古文运动"是我们班最后一门选修课。最后一堂课结束，我们就要走出南开，走向社会。那堂课，我们心里都酸酸的，有一种不舍的感觉。孙老师结合自己的苦难经历对大家说，"文革"期间，很多人放弃了自己的专业，等到明白过来时，已经落伍，很难追赶上来。因此，人生成败往往就在一念之间。这一席话给我强烈震撼。我当时就下定决心,无论将来发生怎样的变化,绝不放弃对学术理想的追求。

二

在我看来,实现自己的学术理想,考上研究生,继续深造,自是不二选择。1981年夏秋,全国硕士研究生招生目录公布,达老招收中国文学批评史专业的研究生。我自以为背诵了许多古代诗歌和批评史名篇,论文写作也得到达老和罗老师的首肯,考上研究生应当不成问题。考试结果却完全出乎意料,我名落孙山。事后想想也不奇怪。此前,研究生考试均由各校自己命题。这次考试,外语、政治,全国首次统考。"文革"期间,我就读的北京三里屯二中开过英语、法语、德语、俄语、西班牙语和阿拉伯语等外语课,有什么师资,就开什么外语课,没有一定之规。我们那届赶上学德语。我上大学以后才接触英语,没有自己的教材,拿着小半导体收音机收听中央人民广播电台的英语教学节目。英语不过关,也在情理之中。如前所述,我曾误以为文艺理论最简单,只需要"思想",不必死记硬背,结果出乎意料,也折戟沉沙。郝世峰主任、罗宗强老师都极力向学校推荐我,也无法改变失败的结果。

大学毕业后,我被分配到清华大学党委宣传部下属的文史教研组,主要任务是给全校开设选修课,属于素质教育工作。我给自己的人生定位是做一个纯粹的学者,在清华大学教大学语文,实在心有不甘。到清华大学报到的第一天,我就跟教研组主任张正权申请报考中国人民大学吴文治先生的硕士研究生。在我的软磨硬泡下,张老师被迫同意在报考表上签字。到学校人事处盖章时,我的报告被打回来。按照学校规定，新入职者必须工作两年以上才有资格继续深造。说到这里，又想到六年后的1988年，我报考中国社会科学院研究生院博士研究生，遇到同样问题。当时刚评上讲师，人事处师资科说，需要工作两年才能报考，否则取消讲师资格。我没有别的办法，只能又求救于张正权老师，希望保留讲师资格。张老师说："你提讲师，学校说你在外读硕士，本来没有通过，我已经大闹过师资科，不好再说什么。你偷偷去报考吧。"后来办理离职手续，需要加盖八个公章，最后在人事处又被卡住，说我没有事先得到人事处同意，就是不给盖章。还是张老师与他们交涉，才放我走。当然，这是后话。张老师业已离开我们多年，我很感念他。

初次报考南开大学研究生失利，到清华大学工作后，连报名的资格都没有，我深感前途渺茫。在最孤独的时候，我经常给罗宗强老师写信求教，罗老师每信必回。他鼓励我说："你的条件很好，可为进一步研究作些计划，这是很难得的，实大有可为，千祈珍惜。你系统读书，这很好。我想，有两种办法。一是先从古至今，大致读一遍，有个印象，然后再从主攻方向深读。一是一开始就找一段精读。所谓大致读一遍，是指各朝主要作家全集找来粗读一遍，同时读当时史书，明白其活动时代与其创作特点。所谓精读，就是带研究性，一个作家一个作家来，大致做这样几个工作：版本、辨伪、系年（利用已有之年谱），思考若干问题。这两种方法，都需要积以时日。我想，你或者以第一种较合适，不知你以为如何。太早专并不好。理论很重要，知识面很重要。我们千万不要再走皓首穷经的老路。工夫要扎实，但忌钻牛角尖，为一个字、一篇作品搞三年五年。思想还是开阔些好。"罗老师一直主张做学问不要钻牛角尖，视野一定要开阔。这些教诲，我一直奉为圭臬。

　　文史教研组是新成立的机构，需要购置一些图书，于是在阎秀芝老师的带领下，我们每周都可以租个小面包车进城买书，由我来挑选。我跟着教研室主任就到琉璃厂、王府井书店这几个地方，只要感兴趣的就买，买来我先看。凡是跟古字沾边的书我尽量买，近水楼台先得"阅"。《通典》《通志》《文献通考》《初学记》《艺文类聚》《括地志》《元丰九域志》《四库全书总目》《十三经注疏》《历代职官表》《中国历史地图集》以及历代诗文集如《王右丞集》《韩昌黎文集校注》《柳宗元集》《白居易集》《元稹集》《李贺诗集》《玉溪生诗集笺注》《温飞卿集笺注》等，还有文言小说如《西京杂记》《世说新语》等也都通读。顾炎武《日知录》、钱大昕《十驾斋养新录》、赵翼《廿二史劄记》、王鸣盛《十七史商榷》等读书笔记，虽然读不懂，也拿来翻翻。《马克思恩格斯论文艺与美学》《高尔基论文学》《鲁迅全集》《现代西方史学流派文选》《十九世纪文学主潮》等经典著作，也多有翻阅。到图书馆借书，也首先借阅跟古字沾边的书，看过姚名达《中国目录学史》、汪辟疆《目录学研究》、刘纪泽《目录学概论》、张之洞《书目答问》、周贞亮《书目举要》、陈垣《校勘学释例》、郭绍虞《陶集考》、阮元《四库未收书目提要》、钱基博《版本通义》等，都留下较深印象。

　　刚到清华大学那段时间，独学无友，我便定期到北京大学旁听有兴趣的课程。教研组李润海老师介绍我听叶朗先生的中国美学史课、张少康先生的中国文学批评史课，赵立生老师介绍我听陈贻焮先生的杜甫研究课，还有袁行霈先生的陶渊明研究课等。我很崇拜学术界的名师，周振甫先生介绍我认识中华书局傅璇琮、程毅中等先生，赵立生老师陪我看望廖仲安先生、吕俊华先生，吕维老师向我介绍她过去在北京文物局工作的老同事魏隐儒先生，推荐我看魏先生的《古籍版本鉴定丛谈》(1978年山西省图书馆内部印刷)，让我大开眼界。当时，魏先生负责《中国古籍善本书目》的集部鉴定工作。清华大学图书馆上报了四五千种善本书，魏先生每周都来这里看书，核查每种善本书的款识、藏章、纸张、字体等，推断刻书年代，随时做笔记，非常勤奋。①我追随其后，"观风望气"，略知清华大学古籍收藏的特色。

1984年5月，达老来清华大学查询图书，注意到《全宋诗话》，还有王懋辑《寄生斋闲录》、毛晋辑《群芳清玩》《诗中画》等，很有兴趣。达老告诉我，丛书中往往保存很多珍贵资料，譬如"峭帆楼丛书"有诗话多种，"观自得斋丛书"有《梅村诗话》，"花雨楼丛钞"有《初月楼论文》，"玉津阁丛书"有《梦痕馆诗话》《岁寒堂诗话》等。达老知道我报考杭州大学硕士研究生，提醒我说，杭州大学拟整理陈汉章的著作，清华大学有《缀学堂丛稿》《妇人集注》等，值得注意。严嵩的《直庐稿》，达老说书品极好，应当是其炙手可热的时候刻印的。那些日子，我几乎天天泡在图书馆古籍书库，与古书为伴，饶有兴趣地翻阅布满灰尘的古籍。经达老指点，我似乎明白了一点阅读古书的门道。

在南开大学读书时，我曾选修单柳溪老师主讲的工具书检索法课程（后来讲义出版，改名《中国文献学手册》），说实在话，不很喜欢。在乱翻书的过程当中，我感到这种漫无目的的读书就像狗熊掰棒子——留不住。于是就开始琢磨别人如何读书，研究前辈学者的治

---

① 魏隐儒先生的《古籍经眼录》经李雄飞整理，以《书林掇英——魏隐儒古籍版本知见录》为名，由国家图书馆出版社2010年出版。

学经验。王梓坤著《科学发现纵横谈》、张舜徽著《中国文献学》、贲常彬编《鲁迅治学浅探》、浙江日报社编《学人谈治学》、北京师范大学编《励耘书屋问学记》以及岳麓书社出版的《文史哲学者治学谈》等,是我最爱读的几部书,不断翻阅,有如饥渴,通宵达旦,也毫无倦意。我常感叹,读一本好书,犹如咀嚼甜美的食物,令人爱不释手。来新夏《古典目录学浅说》、吴枫《中国古典文献学》、赵仲邑《校勘学史略》、赵振铎《古代文献知识》、王树民《史部要籍解题》、李宗邺《中国历史要籍介绍》等也是很有用的书,我曾做过详细笔记。八十年代,《晋阳学刊》《文史知识》等杂志都专辟"治学谈"栏目,我每期必看。郑逸梅《艺林散叶》常有介绍学者治学的文字,如"吕思勉治史学"一则,叫我印象深刻。三十多年后,我的著作《秦汉文学地理与文人分布》获得第四届思勉原创奖,与有荣焉,也自感渊源有自。前辈学者治学领域或有不同,但都强调要有文献学的基本功。什么叫基本功? 原来就是目录、版本、校勘、文字、音韵、训诂等传统小学知识。鲁迅治学强调从目录学入手,注重资料长编,鼓励理论探索。陈垣也强调目录学、校勘学的重要性,广泛收集资料,不要轻易下结论;强调学习《日知录》的文法,不要学习韩、柳文章等。我都深受教益。梁启超《中国历史研究法补编》说:"有许多历史上的事情,原来是一件件地分开着,看不出什么道理;若是一件件地排比起来,意义就很大了。""要把许多似乎很不要紧的事情联合起来,加以研究。"读这些书,仿佛聆听这些学术大家们娓娓述说着他们的治学经验,似乎看到了自己的奋斗目标。

除传统小学知识,清华大学马列教研室的刘桂生老师经常向我传授治史的"四把钥匙",即目录学、历代职官、历代年表、地理方志。

刘老师是清华大学院系调整前最后一批历史系的毕业生,后来一直做近代史研究,很有学问。在报考杭州大学研究生前后,刘老师还指导我复习要点,推荐我读钱穆的《国史大纲》,那是我第一次读钱穆先生的著作。

钱逊老师是教研组的领导,送给我他父亲钱穆所著的《中国文学讲演集》(香港人生出版社,1963),推荐阅读钱穆论学著述《学籥》。我系统阅读钱穆先生的著作,也是从那个时候开始的。钱穆《九十三岁答某杂志问》说:"我生平做学问,可说最不敢爱时髦或出风头,不敢仰慕追随时代潮流,只是己性所近,从其所好而已……世局有变,时代亦在变,三年五年,十年八年,天地变,时髦的亦就不时髦了。所以不学时髦的人,可不求一时群众所谓的成功,但在他一己亦无所谓失败。"这种独乐孤往的治学理念,值得学习。

我要报考杭州大学古籍整理专业硕士研究生,钱逊老师介绍我认识他的侄女钱婉约,她正在北京大学读古文献专业三年级。我从她那里找到北京大学古文献专业1982年和1983年的两份试题,第一份试题是:

一、简释下列名称术语

十三经、纬、今古文、易十翼、四家诗、伪古文尚书、二十四史、十通、会要、补志等。

二、简要回答问题

1.什么是类书?

2.什么是丛书?

3.什么是辑佚?

4. 什么是辨伪？

5. 试举四次重要的文献资料的考古发现。

二、我国古代书籍目录有几种类型？

四、古书错乱的情形主要有几种？校勘方法有几种？

五、简要评述清代乾嘉学派的特点、成就和局限。

第二份试题也大致类似。第一题是名称术语简释，第二题是简要回答问题，第三题是论《隋书·经籍志》和《汉书·艺文志》的比较，第四题是今传《尚书》存在的问题等，第五题是古书文字致误的原因主要有哪些。我以前没有学过文献学课程，这让我有机会接触到古文献专业的相关知识。

我的同事马相武介绍我认识北京大学古文献专业金开诚、费振刚、严绍璗老师。严老师还重点介绍了杭州大学古籍所情况：古籍所是独立单位，所长是姜亮夫先生，具体负责人是平慧善老师。后来我去杭大念书，平老师是我最早认识的老师，在之后的学习中，她给了我很多的帮助。

三

工作两年以后，我终于获得报考研究生的资格，正逢杭州大学姜亮夫先生（我们都尊称他为"姜老"）受教育部委托招收第一届古籍整理专业研究生班，学制两年，毕业后写论文，再回来答辩，在高校工作的老师可以不变动人事关系。这是我求之不得的事，起码可以留住北京户口。读大学伊始，我在图书馆书架上瞥见过姜老的《屈原赋校注》，纸张发黄，落满尘土，我还以为作者是清朝人呢。后来知道姜老是一位很有名的学者，居然招生，怎能不欣喜若狂！

开学典礼上，姜老向我们讲述了他在清华大学读书时陈寅恪赠送的对联："南海圣人再传弟子，大清皇帝同学少年。"姜老是梁启超的学生，梁启超又是康有为的弟子，故称"南海圣人再传弟子"。王国维系宣统朝南书房行走，是溥仪的老师，故曰"大清皇帝同学少年"。我们是姜老的弟子，按辈分，应当是清华学堂诸导师的三传弟子。姜老特别强调两点：一是准备吃苦，实事求是地治学；二是团结一致，为共同的目标而学习。姜老拟定的教学大纲如下：

一、基础题

文字学（以《说文》为基础）、音韵学（以《广韵》为基础）、训诂学（以《尔雅义疏》为基础）、文献学（以《文献通考叙》为基础）、目录学（以《汉书·艺文志》为基础）、版本学、校雠学（以《通志·校雠略》《校雠通义》为基础）。

二、选修课

《史通》《文史通义》《通考总叙》《文心雕龙》《国故论衡》《国史要义》《因明入正理论》《墨子》《史记》《资治通鉴》《中国书制史》。

三、专题报告

1. 中国地理：从《汉书·地理志》到《天下郡国利病书》，请陈桥驿主讲。

2. 中国工艺：从《考工记》到《天工开物》。

3. 中国农业：《齐民要术》《农政全书》，请胡道静主讲。

4. 中国居室建筑史：古代宫室制度和《营造法式》。

5. 天文学与语言学的关系。

6. 中国逻辑学,即先秦名辩学。

7. 印度三宗论与佛教提纲。

8. 中国艺术综览,请王伯敏主讲。

9. 书画同源。

10. 古文字概论。

11. 历代职官变迁。

12. 本草与医药。

13. 体育训练。

14. 音乐。

15. 礼俗与民俗。

16. 中国社会发展史。

17. 中国古代社会。

四、十二种先秦古籍选读

《尚书》《诗经》《左传》《荀子》《庄子》《韩非子》《周易》《老子》《论语》《大学》《礼记·曲礼》《屈原赋》。

每个学生毕业后,有"普照"整个专业与中国全部文化史(至低限是学术史)的能力,就各种学术(分类)独立研究古籍能力,而且存永久坚强的毅力、自强不息的精神、艰苦卓绝的气概,不作浮夸,不为文痞。

在我的求学过程中,杭州大学古籍所读研的两年至关重要,完全改变了我的读书观念。大千世界,图书无限。一个人终其一生,也读不了多少书,关键是如何读。这就需要掌握读书方法。蒋礼鸿老师《目录学与工具书》倡导一种"读书有限偷懒法",就是要充分掌握目录学知识,在书海中自由航行。我在《跂予望之》(凤凰出版社,2020)小引中说:"在杭州大学,姜亮夫先生讲治学体会,讲清华往事;沈文倬先生讲校勘学;刘操南先生讲《诗经》与天文历算;雪克先生讲《汉书·艺文志》与目录学;郭在贻先生讲《说文解字》与训诂学;张金泉先生讲《广韵》与音韵学;平慧善先生负责协调安排……在人情浮竞中,我感受到一种超脱的宁静与学术的坚守。庄子说'养志者忘形,养形者忘利,致道者忘心',大约就是这种境界。"这种境界的核心就是放弃功利目的,通过有计划地阅读,掌握相关领域知识。即便是做文学研究,也要明白"功夫在诗外"的道理。姜老在培养方案中说得很清楚,举办古籍整理专业研究生班,不是要培养电线杆子式的专家,而是粗通中国文化的学人。听蒋礼鸿老师、郭在贻老师讲训诂学,感受很深。我们看相关著作,动辄段玉裁如何说,王念孙如何说,就是没有自己的说法,蒋老师、郭老师多是自己如何说。郭老师《唐诗异文释例》针对中华书局校点本《全唐诗》的异文处理提出了自己的看法,说明近代汉语知识对古籍整理的重要性。用现在时髦的话说,这才是硬核学问,不服不行。

选择硕士论文题目,颇费周折。最初,通过复旦大学王继权老师的介绍,与黄山书社胡士莘先生联系,想整理一部皖人集子。虽然没有做成,但也借机了解了古代安徽作家的情况。我在清华大学图书馆看到一部戴名世的《忧庵集》抄本,中华书局出版的《戴名世集》里没收。查北京图书馆古籍善本书目,有戴名世《忧患集偶钞》不分卷,与《孑遗录》一卷合刻,康熙宝翰楼刻本。又查蒋元卿《皖人书录》,安徽省图书馆亦有收藏。我给蒋先生写信求教,他给我回信介绍了此书的情况。《皖人书录》著录的是手稿,我觉得未必是定论,于是撰写了《极摹世事炎凉　曲尽人情变态——从〈忧庵集〉窥探戴名世晚年

1984年8月，研究生同学宿舍合影。左一为卢敦基，左二为杨自强；右一为作者，右二为张涌泉

心态》，发表在《江淮论坛》1994年第1期上。

在翻阅清华大学资料的时候，我又发现了吕天成的《曲品》。那个本子是乾隆年间杨志鸿的抄本，与《古典戏曲论著集成》收录的《曲品》差异很大。我把全文抄录下来，根据不同的本子进行比对，草拟了《通行本〈曲品〉校补》一文，得到了沈文倬先生的首肯，发表在古籍所论文集《文史新探》（上海社会科学院出版社，1988）中。我准备以清华大学藏抄本《曲品》作为硕士论文题目。后来了解到吴新雷、吴书荫等前辈都曾有过专题论文，吴书荫先生还有《曲品校注》。我学养不够，知难而退。

浙江古籍出版社计划整理朱骏声及其后人遗著，郭在贻老师认为可以选取一本整理出来。此后一段时间，我泡在浙江省图书馆，除查阅《吴县志》外，还读到朱师辙编《吴郡朱氏两代遗著书目》，并附有自己的著述目录。由此确知三代人分别号石隐、半隐、充隐。故此，王季思先生给他们的文集取名《三隐堂文集》。我初步拟作《三隐堂著述汇考》，争取将朱氏三代著述全部浏览一遍。我先撰写了《朱骏声著目述略》，发表在《清华大学学报》1987年第1期上。经郭在贻老师介绍，我拜访许嘉璐教授。他说，他的学生也在做这个选题，劝我放弃。

在杭州大学，陈桥驿老师给我们开《水经注》专题课，介绍《水经注》的版本、研究现状，涉及大量的人文地理和自然地理知识，引起我极大的兴趣。上海人民出版社1984年出版了由袁英光、刘寅生整理的王国维《水经注校》，我在校读的过程中，发现整理本问题较多，觉得这是个可以着力探讨的问题，就向指导教师郭在贻老师求教。郭老师建议我从校勘学入手，做客观比对，并由此生发开去，讨论一下整理古籍的一些规律性问题。在郭老师的指导下，我撰写了《关于〈水经注校〉的评价与整理问题》一文，并以此申请文学硕士学位。硕士学位答辩委员会由祝鸿熹先生任主席，郭在贻、张金泉、雪克、崔富章等老师为答辩委员会委员。

硕士毕业后，我向罗宗强老师汇报学习情况，说自己如果不到杭州读书，就不知世间学问之大。王国维说人生有三重境界，第一重是"昨夜西风凋碧树，独上高楼，望尽天涯路"。一个学者能有"望尽天涯路"的眼界，并非易事。罗老师说，现在很多教授还不明白山外有山的道理，以为自己写了几本书就是专家。他看了我的毕业论文，说我在杭州大学确实学到了治学的本领，亲自推荐发表在《南开文学研究1987》（天津古籍出版社，1988）上。罗老师还进一步为我规划治学方向，说："学古籍整理，不是将来一辈子干这一工作。从你的性格特点、才思特点看,都不宜终身干这一行。学了这门知识,是为打一扎实之国学底子,以祈将来在文学研究上有大成就。"

1986年,清华大学恢复文科建制,成立了中文系,聘请傅璇琮先生任兼职教授。我有机会多向傅先生求教。傅先生和蔡义江先生在中文系听取年轻人汇报工作。我提到清华大学图书馆藏张潮《友声新集》,收录很多清人书信,包括孔尚任的八封信。忽忆《文史》曾发表刘辉论张潮《友声初集》及《尺牍偶存》的文章,似未涉及《新集》,就说自己很想做清华大学馆藏古籍善本提要,傅先生深表赞同。我用了两周时间,把清华大学善本书目油印本全部抄录下来,又以《中国古籍善本书目》为线索,将清华大学所藏孤本、稀见本书目摘录出来,

1986年10月7日,与傅璇琮(前排左一)、王达津(前排左二)、廖仲安(前排左三)、蔡义江(前排左四)等先生合影于清华大学甲所。后排左二为作者

约有四百种。我利用一切机会逐一翻阅,做了大量的读书笔记。后来我还雄心勃勃地计划编撰《清华大学图书馆藏未刊序跋辑要》《清华大学图书馆藏善本叙略》。

傅璇琮先生知道我研究沈约,又热情地写了一封推荐信,让我与曹道衡先生、沈玉成先生建立联系,以方便求教。1986年秋天,我第一次到中国社会科学院文学所拜见曹、沈二位先生,汇报自己研读"南朝五史"时发现的一些问题。沈先生特别兴奋,说听了我的话,犹如空谷足音,好多年没有听到年轻人关注这些问题了,大有"吾道不孤"之感。我后来知道,他们两位整理编辑了《魏晋南北朝文学家大辞典》,并着手编《魏晋南北朝文学编年史》,正在一一比对史料,撰写札记,这就是后来出版的《中古文学史料丛考》(中华书局,2003)。沈先生听说我拟做沈约研究,非常赞赏,说:"你研究我的本家,太好了!"他还建议我报考曹先生的博士研究生。

1986年,中国社会科学院研究生院获得第一批博士授予权资格,曹道衡先生被评为博士生导师,可以招生,这是我梦寐以求的事。1987年年初,沈先生告诉我,由于种种原因,曹先生指导博士生的名额被挤占。那一年,我的希望落空,但是有曹、沈二位先生的鼓励,我终于把沈约年谱编完。1988年继续报考,如愿考入曹先生门下。讨论选题时,我这个北方人做南朝文学研究,南方同学吴先宁做北朝文学研究。最初的题目是《沈约与永明文学研究》,沈先生认为这题目过长,不如《永明文学研究》明了,可以把沈约研究成果作为附录。论文写作很顺利,每完成一章,就先请曹先生看。曹先生非常认真,在文稿旁增添很多史料,指出不妥的地方。我修改誊抄后,再给沈先生看。沈先生是老编辑,特别注意行文的明快流

博士毕业留影

畅。经过他的修改,文字顺畅多了。论文写作、审阅、修改就像"流水作业",一气呵成,博士论文答辩也很顺利。答辩委员会主席是程毅中先生,委员有曹道衡、邓绍基、袁行霈、沈玉成、陈铁民、葛晓音等先生。后经刘世德先生推荐,以博士论文为基础修改而成的《门阀士族与永明文学》列入"三联·哈佛燕京学术丛书",1996年出版。我在后记中写道:"这部小书,写作时间前后加起来,不过两年,但是基础工作却准备了十余年的时间。幸运的是,我游学南北,数从名师。他们从材料的甄别、论点的推敲、行文的斟酌、书写的格式,甚至标点符号的运用等,给予我许多具体的指导,披隙导窍,发蒙解惑,使我避免了许多错误,并初步摸索到了一点治学的门径。这部小书实际凝聚了许多学者的心血,这是我永远也不能忘怀的。在商品大潮的猛烈冲击下，实用哲学成为当今主流。在这样的背景下，我的学者梦所以还在支撑着，至少到目前为止还没有彻底破灭，导师们的谆谆教诲和甘于寂寞的敬业精神，是我至今得以恪守信念的最重要的力量源泉。我的作家梦已经永远地留在了贫瘠的山乡，但愿我的学者梦能在清贫的学苑里继续做下去。"

我很感谢曹道衡先生和沈玉成先生。他们都是北京大学的高材生，做过游国恩先生的助手。曹先生曾在无锡国学专修学校师从童书业先生，对《左传》等经书下过苦功。1950年考上北京大学又跳了一级，1953年毕业，先被分配到中央文学研究所，也就是现在鲁迅文学院的前身。曹先生觉得那是培养作家的地方，他想做学问，所以文学所成立时，他就申请调过来，成为文学所的元老。沈玉成先生和傅璇琮先生一起做游国恩先生的助手，熟悉先秦两汉文献。他们后来都被打成"右派"，被迫离开北京大学。傅先生到中华书局当编辑，沈先生一路颠簸，辗转多处。1985年，文学所编撰多卷本《中国文学通史》，余冠英先生把他调到文学所参与编写工作。

从上述经历可以看出，曹、沈二位先生最初都研究先秦文学，由于各种复杂的人际关系，被安排研究魏晋南北朝文学，开辟出一片天地。沈先生极富才情，能写一手漂亮的小楷。曹先生看似话不多，但逻辑思辨能力极强。曹、沈二位先生走到一起，可谓因缘际遇，珠联璧合，成就了一段学术合作的佳话。

四

一个人在成长的过程中，每一步都离不开老师的指导。在学校有老师面授知识,离开学校有目录学作引导。更何况,"三人行,必有我师焉"。老师无处不在,老师永远相伴。

1982年初,我也忝为专职教师,教过本科生,带过硕士生,至今还在指导博士生,慢慢理解了教师工作的意义。

清华大学文史教研组的老师有不同的专业背景,文、史、哲、政、经等都有。作为应届毕业生,我最早到清华大学报到,随后又有北京师范学院历史系毕业的宿志丕老师。她是著名考古学家宿白教授的女公子,有家学渊源。她讲历史,我讲文学。我心里没底,第一次讲课很紧张,准备了两节课的内容,一节课多一点的时间就讲完了。我语速快,又紧张,在讲台上来回走。学生们说,我的讲课就像打机关枪,太快了;在台上走来走去,像笼子里的狼一样。好在清华大学开设的是全校本科生的选修课,对于讲课内容,没有硬性要求。这给我们提供了锻炼的机会,留下了发挥的空间。

讲课是一门艺术。我没有受过教育学、心理学的训练,只能在教学实践中摸索。以后讲座,听众的层次、需求多有不同,我特别注意与听众的互动,关注他们的每一点变化。譬如听众的眼神、无意的哈欠、轻微的动作,可能都与你的讲授有关,如果必要,就需及时调整思路,否则很可能失控。讲课有点像说相声,什么地方该丢包袱,自己心里要有数。这就要求每节课都要有别具会心的东西,让听众眼前一亮。我在清华大学讲授十年,每学期末,都会有问卷调查,总结经验教训。

在南开大学受到叶嘉莹先生、王双启先生、郝世峰先生的熏陶,我略知如何欣赏美文,讲授诗歌时,尽量做比较研究。在古今中外的对比中,努力找到诗歌的妙处,要比按部就班、照本宣科地讲授,效果好很多。我特别感谢赵立生老师。最初他让我在他的课程中穿插着

1986年4月5日,与赵立生老师（中）合影于昆明。左一为丁夏,右一为作者

试讲几次,后来,我们还分别开设古典诗歌欣赏课。当时规定,选修课两周之后可以调换。开始,选修赵老师课的人多,可惜他的河南口音太重,两周后,很多同学转到我这里。赵老师不无幽默地说,带出徒弟饿死师父。据各方面反映,我在清华大学讲课效果还不错,每次课都有上百人,最多的时候达到八百人,在清华大学主楼后厅上课,最后一排学生拿着望远镜来上我的课。渐渐地,我在清华大学讲台逐渐站稳了脚跟。1998年,我的讲义以《赋到沧桑——中国古典诗歌引论》为书名,交由清华大学出版社出版。我在本书后记中写道:

1982年开始在清华大学上文学课,当时抱着两个现实目的,

一是扩大同学们的知识面，二是增强同学们的爱国感。其实用更通俗的话来说，就是要把传统文化的根留在同学们的心中。这愿望当然是美好的，但是后来发现，倘若过分拘于这两个现实目的，同学们会很反感，以为你又在搞老一套，传经布道。

经过十几年的教学探索，我渐渐感到，要抓住清华大学文学课的特色，必须首先明确两个前提。

第一，文学与其他学科有很大的不同。它的首要作用是给人带来美感，而不是教育。萨特曾经提出过这样的问题："对于饥饿的人们来说，文学能顶什么用呢？"其实，还可以扩大一点说，整个的人文社会科学研究，对于饥饿的人们来说，能有什么现实的用处呢？我也经常问自己这个问题。同时，还随时关注着理论界的思考。我注意到了汤因比与池田大作之间关于科学研究目的问题的对话。汤因比说："如果特意把科学研究的目的看作是使饥饿的人果腹，或将其研究活动仅局限在完成这一值得称道的现实目的，结果科学被固定在这样的小圈子里，就会成为无用的东西，对饥饿的人反而或许起不到任何作用。因为束缚在这样有限的目的中，科学在完成重要的新发现方面——不管是有益的还是有害的发现——都会碰到障碍。科学研究在将其自身作为目的来追求时，也就是不带任何功利的意图，只是为了满足求知的好奇心的时候，才会有种种新的发现。这种不带某种社会性动机和其他意图的研究，在其所获得的各种发现中有许多本来是没有计划和指望的，但到后来却令人吃惊地发现，可以对社会发挥有益的效用。"而我们所做的工作，不正是在追求这种效果吗？

第二，清华大学文学课与其他大学中文系的文学课很不相同。

我们面对的同学，一方面文学知识相对较少，另一方面又都自视甚高。如果按照大学中文系本科生的要求安排课程，纯以传授知识为目的，你就会感到曲高和寡，同学们毫无兴趣；如果仅仅为了迎合同学们的趣味要求，在文学课中加进大量的水分，甚至"插科打诨"，用"下里巴人"来逗乐取笑，同学们一定会感到你在愚弄他们。既能叫同学们欣赏你的课，从中得到教益，又不至于降低水准，这就需要精心安排。

清华大学文学课的特色，就在这种精心安排之中。

首先它是文学课，以传授文学知识为主；其次它又不仅仅是文学课，要让同学们在欣赏文学的同时，从历史走到现实，又要用现实来反观历史。历史往往就是一面镜子，众镜相照，才能真正看出社会的真实面貌与个人的价值。从这个意义上说，我特别欣赏吴宓教授《文学与人生》这门课的讲义。我觉得，这才是清华大学文学课的特色，也应当作为清华大学文学课的传统继承下去。

要保持清华大学文学课的特色，对教师必然要有较高的要求。很多人以为在清华大学这样的以理工科为主的大学里讲文学课非常容易，其实哪里是这回事。满腹学问的人未必就能讲得好；没有学问的人可以蒙混一时，但是到头来，同学们还是不买你的账。选修课，同学们有充分的选择自由。我认为，以某种强迫的方式，比如点名、考试，来让同学们听你的课，这不仅是对同学的侮辱，教师自己的脸上也无光。同学们不爱听你的课，教师首先应当从自身寻找原因，而不能怪罪同学。你的课讲好了，自然有人来听；你的课没有意思，反而强迫人家来听，作为教师，应当感到丢脸，而不应理直气壮。桃李不言，下自成蹊。同学们是最公正的裁判。要对得起学生，同时也要对得起自己，没有别的选择，只能给自己提出更高的要求。

首先要有充分的知识准备，讲出一分，起码得有十分的准备。只有这样，才会使自己的课具有较强的辐射力和渗透力，同学们可以举一反三，这对他将来的自学将会受用无穷。

其次要有较高的精神境界，教书育人，应当现身说法。中国人重视诗品，更重视人品。人品不好，诗文写得再好，终究要受到唾弃。这本身就很值得后人玩味。从诗品、人品讲到人生境界，讲到处世原则，不能摆出一副经师的样子，居高临下，发蒙解惑，而是要把自己与学生们摆在平等位置上，不回避自己的观点，不忌讳自身的弱点。只有这样，才会使自己讲课具有较强的感染力和说服力，同学们不仅学到了知识，更重要的是，从听课当中、从前人的境遇之中学会怎样处世，怎样处人，怎样处己。比如在考试题中，我经常出一些类似"我心目中的杜甫""我心目中的陶渊明"这样的试题，提示同学们：我们不仅仅是在考文学题，其实也是我们每一个人所面临的人生课题。对此，同学们大都有较深的体会。

在清华大学讲授文学课已经整整十六年了，保守一点估计，听众已达数千人。同学们对于此课始终抱有热情，给予积极的评价，作为教师，当然是感到由衷的欣慰。从同学们热情期待的目光中，从同学们会心的微笑中，我越发意识到肩上的重任。

几千年传统文化，这是我们民族的根。

要把根留住，根深才能叶茂。

2000年，清华大学音像出版社给我做了三十二讲的录像，公开出版。

硕士生教育对我来说是个难题。硕士生刚脱离本科教育,相关知识不具备,基本方法不了解,培养方式可以多种多样。按照杭州大学古籍研究所的教学模式,硕士研究生教育只是专业基础教育,需要尽可能多地开设一些与中国文化相关的重要课程,开拓视野。杭大古籍所给我们开了二十多门课,还可以到中文系去旁听其他老师的课。白天课时不够,晚上还要加课。确定指导老师,我们可以向老师求教。而今,专业划分越来越细,我个人没有能力开设很多课程,只能指导他们阅读相关文献,远未能达到预期效果。担心误人子弟,我只带过一届硕士研究生,也不招收海外学生。

　　博士研究生教育有两种,批量培养方式比较常见。一个老师带好几个学生,大陆的,港澳台的,还有国外的。另外一种方式是传统的师父带徒弟的办法,熏陶感染。曹道衡、沈玉成二位先生就是这样指导的,文学所老师指导博士生,大都采用这种办法。那时,研究生名额少,一届毕业后才能继续招收,老师也认真。我更喜欢师父带徒弟的方式。1995年冬,沈玉成先生突然去世,文学所先唐文学研究的指导老师失去一员大将。文学所考虑将先唐文学分为两个时段招生,一是先秦两汉文学,二是魏晋南北朝文学。这两个方向均由曹道衡先生负责。曹先生非常认真,起草了《先秦两汉文学博士生培养计划》:

一、必修课

1. 中国上古史　一年级上下　二学期共6学分
2. 《诗经》　一年级上学期　3学分
3. 《楚辞》　一年级下学期　3学分
4. 历史散文　二年级上学期　3学分

5. 诸子散文　二年级下学期　3学分

6.《史记》 二年级上下学期　共6学分

7. 中国经学概论　二年级上学期　3学分

8. 古文字概论（请语言所开设）　二年级下学期　3学分

二、选修课

以下课目视毕业论文决定，二年级下学期开始，每人可选修2至3门。

1. 乐府诗研究　2学分

2. 魏晋南北朝诗歌　2学分

3.《文选》研究　2学分

4.《春秋》三传研究　2学分

5.《战国策》研究　2学分

6. 汉赋研究　2学分

7.《汉书》研究　2学分

8.《尚书》研究　2学分

以上课目由曹道衡开设，刘跃进协助讲授。

三、必读书

《通鉴》卷1至卷184

《史记》（参考泷川资言《史记会注考证》战后版）

《汉书》（参考王先谦《补注》、杨树达《窥管》）

《后汉书》（参考王先谦《集解》）

《周易》（王弼或朱熹注）

《尚书》（伪孔传及孙星衍《尚书今古文注疏》）

《诗经正义》（毛亨、郑玄、孔颖达）

《诗集传》(朱熹)

《毛诗传笺通释》(马瑞辰)

《诗毛氏传疏》(陈奂)

《诗三家义集疏》(王先谦)

《楚辞章句》及《楚辞补注》(王逸、洪兴祖)

《楚辞集注》(朱熹)

《山带阁注楚辞》(蒋骥)

《离骚纂义》(先师游先生)

《天问纂义》(先师游先生)

《左传》(杜预注、杨伯峻注)

《国语》(韦昭注)

《战国策》(诸祖耿汇注)

《论语》(朱熹、刘宝楠)

《孟子》(朱熹、焦循)

《庄子集释》(郭庆藩)

《荀子集解》(王先谦)

《韩非子集释》(陈奇猷初版本)

《吕氏春秋》(许维遹或陈奇猷)

《墨子》(选读)

《老子》(王弼注)

《乐府诗集》(郭茂倩)

《文选》(李善注)

《全汉赋》(费振刚)

《说文解字》

《尔雅》（郭璞）

《经学历史》（皮锡瑞）

四、参考书

《说文解字注》（段玉裁）

《说文释例》（王筠）

《尔雅义疏》（郝懿行）

《汉语音韵学》（王力）

《观堂集林》（王国维）

《读书杂志》（王念孙）

《潜研堂集》（钱大昕）

五、毕业论文

应在二年级上学期前确定题目，再按内容安排二年级下学期以后选修课及重点阅读书目，二年级下学期，至晚三年级上学期交出论文提纲，由导师、副导师审阅，写论文时，定期进行辅导。

六、具体要求

总的要求是在三年之内对先秦两汉文学有通盘了解，并对其中若干问题有较深入的研究。这种研究必建立在掌握大量原始材料的基础上，特别这一专业，对经学和文字学必须有较深修养。应强调史料和作品本身，坚决反对空谈、人云亦云及发奇谈怪论。

第一年：先秦至少读完《诗经》《楚辞》《左传》《国策》《孟子》《庄子》《论语》诸书（《诗经》至少阅读《正义》《集传》及马、陈四书。《楚辞》至少读完王逸、朱熹及游师〔游国恩先生——作者按〕二书），两汉至少读完《史记》及汉代乐府，又《通鉴》卷1—卷184，以期有通盘了解。

第二年：至少把规定必读书读完；把所学课程每课写论文一篇（6000至10000字），要有自己意见。对所选论文题目有较深的理解，并形成初步的看法。要求在这一年终了前，能在报刊上发表文章一至二篇。（外籍学生不强求）

第三年：要求除必读书目外，对《诗经》《楚辞》注本再能多读几本（从正、续《清经解》中选读）。对自己选择的研究题目有一定创见，并立论允当。要求史料丰富、扎实，经导师、副导师一致同意，方可打印，参加答辩。凡经过答辩者，均应在本学科内有坚实基础，而对所研究的问题，更能达到有创造性见解的程度。但凡先秦文学研究中主观臆测、硬套国外理论框架的做法，均应坚决反对。

这份培养方案，与姜亮夫先生拟定的方案有不少相通的地方，都强调通识的重要性，又注重基本典籍的细读。钱穆在《中国文化与中国文学》中指出："欲求了解某一民族之文学特性，必于其文化之全体系中求之。"梁启超在《中国历史研究法》中用"史网"来概括。我们常说，古典连接现实，文学就是人生。文学是社会生活的反映。社会有多复杂，文学就有多复杂。人是一切社会关系的总和。从这个意义上说，文学就是人学；关注人，就必须关注社会生活的方方面面，包括政治制度史、社会经济史等。读懂文学，首先要读懂作者的人生，还要进入历史现场，深入了解作者所处的社会。由此看来，文学研究，广大无边。

现在博士研究生名额比过去多了不少，我觉得没有必要人人都要从事学术研究或教学工作。通过三年的专业学习，我们的学生真正了解到中国文化的博大精深，无论从事什么工作，都会有益处。开卷有益,没有白费的工夫。重要的是要阅读,要有积累,不能有太强的功利目的。当然,如果立志问学,那就要选择正确的方法。黄侃说:"凡古今名人学术之成,皆由辛苦,鲜由天才。其成就早者,不走错路而已。"为避免走错路,就必须放弃狭隘的专业束缚,从传统文献学入手,强调问题意识,避免任何花里胡哨的选题。

这里,我还想重申一下资料编纂工作的重要性。

姜亮夫先生在《敦煌学概论》中说:"编工具书这件事,我们研究学问的人,非做不可。可惜有些学人不大看得起工具书和编工具书的工作。回忆我的老师王国维先生,他每研究一种学问,一定先编有关的工具书,譬如他研究金文,就先编成了《宋代金文著录表》和《国朝金文著录表》,把所能收集到的宋代、清代讲金文的书全部著录了。他研究宋元戏曲,先做了个《曲录》,把宋元所有的戏曲抄录下来,编成一书。所以,他研究起来,就晓得宋元戏曲有些什么东西……他的《宋元戏曲史》虽然是薄薄的一本书,但是,至今已成为不可磨灭的著作。因为他的东西点点滴滴都是有详细根据的。"事实上,姜先生自己也是这样做的。他研究《楚辞》,有《楚辞书目五种》;研究敦煌学,有《瀛涯敦煌韵辑》《莫高窟年表》;研究历史,有《历代人物年里碑传综表》。这样做,能使自己的研究建立在前人的基础上而能有所发展。

事实上,好的工具书或资料长编,本身就是研究成果。严耕望先生的学术论著,多是有深度的资料长编。我曾拜访过美国芝加哥大学芮效卫教授,他把《金瓶梅》视为明代百科全书,举凡相关资料,分门别类,装在不同的卡片柜中。他的资料柜就像中药铺子的药匣子,储存着与《金瓶梅》相关的衣食住行、市井风情、文化掌故、历史事件等海量资料,无所不包。根据选题需要,随时调阅不同的资料。无论

1996 年 11 月 25 日，与芮效卫教授合影

什么样的资料长编，都要尽量做到竭泽而渔。表面看，这是一个慢功夫，但这项工作又必不可少。

总之，研究一部书，就要从这部书的流传版本做起，继而掌握作者的全部资料，最终要关注到作者的时代。同样，研究一位作家，要从他的年谱做起，熟读他的全部著作，最终还是要关注他所处的时代。研究一个命题、一个专题，也是如此，都要从资料的收集、整理入手。系统整理资料，可以有助于我们走进中国历史的宏大叙事中，也有助于我们从细枝末节中发现历史的某些面相。有时候，历史的真相往往隐藏在历史细节里。我在《多元文化的融汇与三辅文人群体的形成》(《中华文史论丛》2008年第3期)、《贾谊的时代与贾谊的文学》(《西南交通大学学报》2020年第6期)等文中,通过对资料的系统梳理,分析了吕不韦组织编写《吕氏春秋》的"大义"与贾谊撰写《新书》所蕴含的远大抱负,都是从历史细节中找到了进一步研讨的线索。

如果没有这些资料支撑,只是汇总各类知识,四平八稳,充其量是平庸的教材。真正有价值的教材,作者一定是学有专攻的学者,其内容能反映最前沿的研究成果。现在有些专著,往往连概论都不如,只是依据既有的知识,预想一个题目,然后利用现代手段收集相关资料,拼凑成书。这样的成果,或许能给作者带来一定好处,对学术界来讲,几乎没有借鉴意义。

当然,做地毯式的资料收集,从事汉魏六朝文学研究或许可以做到,研究明清文学,就比较困难了。因此,如何收集整理资料,不同的学科、不同的时段,自有不同的处理方法,不能一概而论。重要的是要找到一种有效的整理资料的方法。这是我在南开大学、杭州大学和中国社会科学院读书时,老师传授给我的最重要的学术方法。

韩愈《师说》曰:"师者,所以传道、受业、解惑也。"杜甫《戏为六绝句》说:"别裁伪体亲风雅,转益多师是汝师。"在我过去四十多年的求学经历中,老师们的影响既广且深。他们不仅传道、授业、解惑,那种坚忍不拔的人格魅力和实事求是的学术品格,更是激励我不断前行的不竭动力。

(原载《传记文学》2020年第11、12期)

记忆中的水木清华

> 从姜老的书房出来,正是夕阳西下的时候,落日的余晖映红了西边的天空。时惟早春,寒意未尽,而我内心却温暖如春。西溪旧地,道古桥边,谈话间,一个甲子的风云,好像在指缝间倏忽滑去,留下来的是对水木清华不舍的记忆。

一

都说"北大不大,清华不华",其实清华园里的工字厅还是很华丽的。工字厅属于地标性建筑,现在是清华大学主要机关的办公场所。

这是一座三进的庭院,红色大门前有一对雄狮把守。门楣上悬挂着"清华园"三字横匾,系咸丰皇帝御题,极富皇家气派。这里原本是康熙皇帝第三子、雍正帝之兄胤祉的赐园。道光年间,这座皇家园林一分为二,西边为近春园,东边是熙春园。咸丰皇帝登基后,将熙春园改名为清华园,并亲题匾额。

穿过工字厅,是一方水塘,虽没有柳永笔下"十里荷花"的气象,却也十分雅致。每当荷花盛开,暗香浮动,令人陶醉。荷塘对岸是一座小山丘，闻亭（纪念闻一多）和自清亭（纪念朱自清）坐落其上。清者自清，闻钟警醒，寓意深刻。

在自清亭上，可以欣赏到工字厅后门的一副对联："槛外山光，历春夏秋冬，万千变幻，都非凡境；窗中云影，任东西南北，去来澹荡，洵是仙居。"横匾"水木清华"四个字据说源自东晋谢混《游西池》"景昃鸣禽集，水木湛清华"的诗意，用来形容工字厅周围树木葱茏、水光山色的景致，还是非常贴切的。

工字厅的正面是一片草坪，苍松翠柏点缀其间，给人一种深邃的历史感。草坪的右侧为静斋，清华大学国学院成立的时候，是国学院学生的宿舍；左侧有一条龙脊形状的高坡，上面布满各种灌木丛。沿山坡有一条弯曲的小道，曲径尽头，就是第一教室。站在一教北门外，左侧有一块马蹄形的空地，松柏环绕，"海宁王静安先生纪念碑"默默地矗立其中，非常幽静。

这方纪念碑立于1929年，是王国维先生自沉于昆明湖两年后由师生集资所建。据记载，教授梁启超捐五百元、陈寅恪二百元，曾为校长的温应星一百元，讲师马衡一百元、严鹤龄二十元、李济二十元、林志钧二十元，助教赵万里、浦江清各捐二十元。学生也有认捐的，包括黄淬伯、赵邦彦、姜亮夫等。导师中，只有赵元任没有出钱，他可能另有看法。①此碑由林志钧书丹，陈寅恪撰文，马衡篆额，梁思成拟式，时称"四绝"，也是清华一景。

二十世纪八十年代初，我大学毕业，被分配到清华大学党委宣传部下属的文史教研组工作。当时，校内刊物《新清华》主编张正权同

---

① 见李光谟编《李济与清华》附戴家祥致李光谟信，清华大学出版社1994年版，第172页。

志兼任教研组组长,两家单位合署办公。这样,我有幸在工字厅生活了一段时间,这里环境优美,比较惬意。由于工作关系,我经常到校史研究室查阅资料,久而久之便和黄延复、孙敦恒等老师熟悉起来,听他们讲清华的故事,很多与研究院四大导师(王国维、梁启超、陈寅恪、赵元任)的传说有关。

那些日子,我晚饭后散步,总是要到王国维先生纪念碑那里转悠。我平生发表的第一篇文字《跟上时代步伐——王国维纪念碑前断想》,就是大学毕业那年写的。在我看来,王国维已是走进历史的人物,离我非常遥远。不曾想两年后,我负笈南下,有机会追随王国维先生高足姜亮夫先生求学问道,似乎与清华四大导师的关系骤然拉近了很多。姜老曾在《思师录》一文中回忆陈寅恪先生戏赠的对联:"南海圣人再传弟子,大清皇帝同学少年。"这副对联既庄且谐,颇值得玩味。梁启超先生是康有为的弟子,姜老等又是梁启超的学生,自然是"再传弟子";王国维先生是逊帝溥仪的南书房行走,也就是溥仪的老师,故戏称姜老等是大清皇帝的同学。姜老很庄重地对我们说:"清华导师也是你们的祖师,要不辱使命。"他知道我来自清华,便格外关心。每次见面,话题总是离不开清华,话语间充满了怀念之情。

1985年3月的一天,姜老通过曹方人老师捎来口信,叫我到家中一谈。姜老的家就在杭州大学南门对面的道古桥边。此地古意甚浓。两宋之交,著名学者姚宽就生活在这一带,他把自己的著作用地名冠之,叫《西溪丛语》。而今,老杭大已被浙江大学收编,老校园无奈地被称作浙大西溪校区。《西溪丛语》不无《九章·哀郢》之思,道古桥似乎也在不断地叙说着沧桑变迁。这些当然都是后话。那天下午,我趋步请谒。当时,姜老大病初愈,刚刚可以下床步行,热情地把我迎进略感幽暗的书房。老人家拉着我的手，示意让我坐下来，开门见山地说：

"今天找你来，想再谈谈清华。"

姜老说，他近来常常做梦，梦回清华。此前，西南联大纪念馆一位同志去看他，带来《校友通讯》。姜老发现，他们班上的同学，有好几位没有被记录在册，他感到很不解，甚至有点失落。想到顾亭林的诗句"鬓颜白发非前似，只有新诗尚苦吟"（《酬王生仍》），他借此宽慰自己，觉得年事已高，还是少管闲事吧。可是这些天，这件事叫他放不下，憋在心里难受，所以把我叫来，聊聊令他魂牵梦绕的清华。

1926年，在成都高师学习结束后，年仅二十四岁的姜亮夫怀揣着更大的梦想来到北京。那年8月，他考入北京师范大学研究所，后来听说清华研究院有更多的名师，决定再考清华，可惜已错过考试时间，他便毛遂自荐，给梁启超先生写信。梁先生以《试述蜀学》为题，专门为他安排补考。此前，清华已经正式录取了谢国桢、刘节、陆侃如、王力、金哲、戴家祥等二十四人为研究院新生。开学后又补招一次，姜亮夫、徐继荣、黄绶、陶国贤等人就是在那年10月增补进来的。此外，上届还有刘盼遂、周传儒、姚名达、吴其昌、何士骥、赵邦彦、黄淬伯七人留校继续研读。现在让姜老耿耿于怀的，大概就是他们几位补招进来的学生没有在《校友通讯》中记载。姜老说，他们很看重《校友通讯》，很重视校友情谊。在以后的岁月中，研究院两届校友来往非常密切。上海有校友会，内设饭堂、宿舍和娱乐场。在那里可以和老校友聚会，也可以通过校友会找到老同学的联系方式。姜老说，只要他到上海，就一定会去校友会，和同学们在一起回忆母校的生活。而今，《校友通讯》怎么会把他们忘记了呢？

姜老动情地说:"清华的一切都让我留恋,华丽的工字厅、凄凉的荒岛、礼堂前边的草坪……我都记得清清楚楚。和谁谈论问题,和谁拌过嘴,和谁一起去圆明园玩,历历在目。当然,最难忘的是恩师情。古人说'尊师崇道,兹典自昔',这是中国文化的传统。老师就像父亲一样关怀着我们。当年我报考清华,体育差点不及格。考试科目是拉吊环,能坚持一分钟方能通过,而我只拉了半分钟就坚持不住了。主考老师马约翰在旁边对我说:'你要有毅力,坚持一分钟就通过了。'老师的话给了我极大的鼓励,没想到我硬是坚持下来了。"

说到这里,我插话说:"现在的清华依然重视体育。除了周末,每天早上六点半,大喇叭就会响起来:'积极锻炼身体,为祖国健康工作五十年。'我那时住在明斋,楼前就是体育场,每天早上出来跑步,养成了锻炼的习惯。"姜老听罢,点头称是。

姜老接着又说:"第一学期,每人要交三十元钱作为学费。我一时拿不出这么多钱,就对校长梅贻琦说了自己的难处。梅先生以长辈的口吻对我说:'我先替你垫着,等你有钱再补上。'就这样,我进了清华园。饭后,我们经常到老师家求教,听梁任公先生、王静安先生讲学论事。几位老师中,赵元任先生比较严肃,我们有点怕他。在赵府,师母每次都给我们煮一杯咖啡,还笑称我们是老先生。我们进校时,比那些大学生大很多,师母的话,又叫我们感到温暖。"

二

清华学堂成立于1911年,是由美国"退还"的部分"庚子赔款"办起来的,是一所留美预备学校,由清政府外务部和学部共同管理,特赐清华园作为办校地址,所以叫清华学堂,后称清华学校。1925年成立了大学部和研究院国学门(习称国学研究院)。

"庚子赔款"是中国近代史上的耻辱一页。1900年,八国联军对中国发动了侵略战争,镇压义和团运动。翌年9月,他们强迫清政府签订《辛丑条约》,索银四亿五千多万两。当时,美国在华的政治、经济势力不及英国和俄国,希望在教育方面打开缺口,对中国进行文化渗透,以便影响中国,并逐渐掌控中国。《辛丑条约》签订后第三年(1904),美国总统罗斯福和国务卿海约翰提议将一部分"额外"的赔款"退还"中国,作为派遣中国学生留学美国之用。

1905年12月22日,美驻华公使代表团中文秘书威廉斯在致公使柔克义的信中说:"学成归国之中国少年,一日在中国教育、商业诸界具有势力,即美国之势力一日将为中国历史上操纵一切之元素。此在今日尤有特别意味,盖日本目前正执亚洲之牛耳,然不得谓日本将永执耳。"[①]

1906年,美国伊里诺大学校长詹姆士在给美国总统罗斯福的一份"备忘录"中说:"中国正临近一次革命……哪一个国家能够做到教育这一代青年中国人,哪个国家就能由于这方面所支付的努力,而在精神和商业的影响上取回最大的收获。如果美国在三十年前已经做到把中国学生的潮流引向这一个国家来,并能使这个潮流继续扩大,那么,我们现在一定能够使用最圆满和巧妙的方式,控制中国的发展——这就是说,使用那从知识上与精神上支配中国的领袖的方式。"[②]他们普遍认为,为了扩展精神上的影响,多花一些钱,即使从物质意义上

[①] 《华人留学美洲之今昔》,《东方杂志》第14卷第12期,1917年12月15日(准确出处系朱曦林提供)。
[②] 清华大学校史研究室编《清华大学史料选编》第一卷,清华大学出版社1991年版,第72页。

说,也比用别的方法获得的更多。商业追随精神上的支配,比追随军旗更为有效。①在西方战略家看来,软实力与硬实力同等重要。文化教育是比较适宜的渗透方式,可以和平地征服中国民心,更好地控制中国未来。客观地说,一百多年来,西方文化确实在很大程度上改变了中国,也促进了中国现代化的进程。当然,这个问题比较复杂,当时就有不同的看法。

清华学校主要负责留美培训工作,因此西方化色彩比较浓厚,这与中国传统的文化教育有很大不同。对此,浦江清先生在日记中时有不满。他说:"清华学校系根据美国庚子赔款而设立。故向隶外交部。主其事者均外交系中人,官派与洋派兼而有之,曾不知教育为何事,学术为何事也。陈寅恪先生尝云祸中国最大者有二事,一为袁世凯之北洋练兵,二为派送留美官费生。"②到海外学习科学技术,他们可以理解;学习中国文化也要留学欧美、日本,就叫他们费解。陈寅恪为北大史学系毕业生赠诗曰:"群趋东邻受国史,神州士夫羞欲死。田巴鲁仲两无成,要待诸君洗斯耻。　天赋迂儒'自圣狂',读书不肯为人忙。平生所学宁堪赠,独此区区是秘方。"③从文化立场看,吴宓、陈寅恪、王国维等学者的思想也许有些保守,但他们所指出的盲目崇拜西方文化的现象,也并非无的放矢。

1925年2月12日,学校正式委任吴宓(1894—1978)为国学研究

---

① 参见清华大学校史编写组编著《清华大学校史稿》(中华书局1981年版),杨遵道、叶凤美编《清政权半殖民地研究》(高等教育出版社1993版)等。

② 浦江清《清华园日记　西行日记》(增补版)1928年1月14日,生活・读书・新知三联书店1999年版,第9页。

③ 浦江清《清华园日记　西行日记》(增补版)1929年5月3日记:"陈寅恪先生书来,附诗一首。备录于左(下):北大学院己巳级史学系毕业生赠言"云云。生活・读书・新知三联书店1999年版,第41页。

院筹备处主任。为此，他根据曹云祥校长的旨意起草了《清华开办研究院之旨趣及经过》，权作就职演说的文稿。他说：

> 曹校长之意约分三层：(一)值兹新旧递嬗之际，国人对于西方文化宜有精深之研究，然后方可以采择适当，融化无碍；(二)中国固有文化之各方面(如政治、经济、文史、哲理学)须有通彻之了解，然后于今日国计民生，种种重要问题，方可迎刃而解，措置咸宜；(三)为达上言之二目的，必须有高深之学术机关，为大学毕业及学问已有根柢者进修之地，且不必远赴欧美，多耗资财，所学且与国情隔阂，此即本校设立研究院之初意。①

吴宓先生早年由清华留美预备学校派往美国学习文学，与陈寅恪先生一样，在欧美游学多年，对西方文明多有了解。但他们没有盲目崇拜西方文明，甚至还保持着一种警惕的态度。吴宓认为，成立研究院的目标是建立"高深之学术机关，为大学毕业及学问已有根柢者进修之地，且不必远赴欧美，多耗资财，所学且与国情隔阂，此即本校设立研究院之初意"。也就是说，用现代的科学方法，研究中国传统学问，做到中西兼重，古今博通。这是成立研究院的初衷，也是后来发展的方向。

在吴宓先生的积极推动下，清华四大导师先后就任于国学研究院。据记载，他们的月薪均为四百元，都配备助教。蒋汝藻致信王国维说："闻清华月俸四百大洋，有屋可居，有书可读，又无须上课，为吾兄计，

---

① 参见《清华大学史料选编》第一卷，清华大学出版社1991年版，第373页。

似宜不可失此机会。"①戴家祥致李光谟信也说:"教授四人,月薪每人四百元,各有工作室一间,助教一名。"②在当时,这个待遇是非常优厚的,鲁迅在北京也拿不到这么高的薪酬。

梁启超(1873—1929),字卓如,一字任甫,号任公,又号饮冰室主人、饮冰子、哀时客、中国之新民、自由斋主人等,广东新会人。早年投身革命,名满天下。晚年从事教育事业,本来想在天津筹设文学学院,在庄泽宣的推荐下,就任于清华研究院。四大导师中,梁启超年龄最长,时年五十二岁。

王国维(1877—1927),字静安,浙江海宁人。1922年,他入清宫担任溥仪的文学侍从"南书房行走"。那年,北京大学成立研究所国学门,出版《国学季刊》,曾聘请王国维任教,他未允,只是担任了通信导师。③也是在那一年,鲁迅作《不懂的音译》,称赞他"可以算一个研究国学的人物"④。他未就任北大教授职位,可能是对北大风气有所不满。张尔田致信王国维说:

> 近有一事差可喜。大学堂教员胡适所作《墨子哲学》,其根本缪点,弟前函已言之。前月夏穗卿以其书属为审定,弟即草一书,洋洋数百言,痛驳其误。一日穗卿函约过谈,云有好音相告。急往,则胡君适于昨日来,穗卿当面出鄙书,大乐之矣!晚间饮席有林琴南,弟偶述及此事,琴南急出席握余手曰:"虽与君初交,

---

① 马奔腾辑注《王国维未刊来往书信集》,清华大学出版社2010年版,第119页。
② 李光谟编《李济与清华》附戴家祥致李光谟信,清华大学出版社1994年版,第169页。
③ 参见孙敦恒《王国维年谱新编》,中国文史出版社1991年版,第108页。
④ 《鲁迅全集·热风》,人民文学出版社1982年版,第396页。

今日之事，不可不一握手！嗟乎，自大学为陈独秀、胡适辈一班人盘踞，专创妖言，蹈溺后进，有识者殆无不切齿，亦可见怨毒之于人深也。"兄不来此，真有先见。①

吴宓十分推崇王国维的学术研究业绩，更欣赏其早年在文学与哲学方面表现出来的才情。他说："王先生古史及文字考证之学冠绝一世。余独喜先生早年文学、哲学论著，以其受西洋思想影响，故能发人之所未发。"（《吴宓诗集·空轩诗话》）姜老在《忆清华国学研究院》一文中也提到一件让他记忆深刻的事，他曾亲眼看到摆放在王国维先生书桌上的德文版《资本论》。这足以说明王国维在美学、文学、哲学等方面有着贯通中西的深厚学养。其享誉一时，确非虚名。1924年，溥仪被赶出故宫，王国维滞留北京。清华筹备研究院，吴宓全力推荐其出任导师。王国维还专程赴天津拜见溥仪，"面奉谕旨命就清华学校研究院之聘"②。3月25日，王国维复蒋汝藻信说："弟于上月中就清华学校之聘，全家亦拟迁往清华园。"那一年，他四十八岁。

陈寅恪（1890—1969），字鹤寿，江西修水人。1910年赴德国留学，辗转欧美，十五年后才回国担任清华国学研究院教授，那时他三十五岁，虽著述不多，实学贯中西。③

赵元任（1892—1982），字宣仲，又字宜重，原籍江苏武进（今江苏常州），生于天津。如果说清华四大导师都能做到古今中外融会贯

---

① 马奔腾辑注《王国维未刊来往书信集》，清华大学出版社2010年版，第239页。
② 孙敦恒《王国维年谱新编》，中央文史出版社1991年版，第140页。
③ 参见蒋天枢《陈寅恪先生编年事辑》（上海古籍出版社1981年版）、吴学昭《吴宓与陈寅恪》（清华大学出版社1992年版）等。

通的话，赵元任还能横跨文理，做学问独具特点。1910年参加清华"庚款"留学美国考试，入美国康奈尔大学专修数学，后在哈佛大学获得哲学博士学位。他曾在康奈尔大学教过物理，对声学尤有兴趣，会说多种外语和各地方言。1925年应聘清华国学研究院导师，是四大导师中最年轻的一位。①那年，他才三十三岁。

此外，李济为讲师，赵万里、浦江清、梁廷灿为助教。

李济（1896—1979），字受之，后改济之，湖北钟祥人。1911年考入留美预科学校清华学堂，后考入美国麻省克拉克大学攻读心理学和社会学，又在哈佛大学攻读人类学博士学位。回忆这段生活，他说当年留学生与后来的留学生在风气方面有两点不同："第一，那时候的留学生在选择课业方面很自由，爱读什么就读什么，就连清华的'官费'，对于他所资助的学生，也没有学科的限制。第二，就是那时的留学生，没有一个人想在美国长久呆下去，也根本没有人想做这样的梦。那时的留学生，都是在毕业之后就回国的。他们在回国之后，选择职业的时候，也没有人考虑到赚多少钱和养家活口的问题。我就是在当年这种留学风气之下，选择了我所喜爱的学科——人类学。"②清华研究院慧眼识珠，聘请他担任特约讲师，给他配备一间工作室，并让王庸（字以中）担任助教，薪酬百元，外加美国弗利尔艺术馆给的三百元，与其他四位教授的收入持平。那年他二十九岁。

赵万里（1905—1980），字斐云，别号芸盦、舜盦，浙江海宁人。

---

① 参见赵新那编《赵元任生平大事记》，载袁毓林编《中国现代语言学的开拓和发展——赵元任语言学论文选》，清华大学出版社1992年版。

② 参见李光谟编《李济与清华》，清华大学出版社1994年版，第165页。作者另有《锄头考古学家的足迹——李济治学生涯琐记》，中国人民大学出版社1996年版。

担任王国维先生的助教，曾编有《中国版刻图录》《海宁王静安遗书》《汉魏南北朝墓志集释》等。

浦江清（1904—1957），名浦毂，字君练，江苏松江（今上海市松江区）人，担任陈寅恪先生的助教。后人辑录有《浦江清文录》（人民文学出版社，1989）、《浦江清文史杂录》（清华大学出版社，1993）等。

梁廷灿（约1898—1939），字存吾，广东新会人，梁启超族侄。他长期担任梁启超先生的学术助手，著有《历代名人生卒年表》《年谱考略》等。

按照计划，课程的设置主要包括中国历史、哲学、文学、语言等。招生对象为经史小学有根柢者，经过考试合格后，可以进入研究院。研究期限一般为一年，经过导师批准，可以延长二至三年。1925年7月，清华国学研究院正式招生，计划招生三十名，到校学习的有二十九人，包括：杨筠如、余永梁、程憬、吴其昌、刘盼遂、周传儒、王庸、徐中舒、方壮猷、高亨、王镜第、刘纪泽、何士骥、姚名达、蒋传官、孔德、赵邦彦、黄淬伯、王竟、闻惕、汪吟龙、史椿龄、杜钢百、李绳熙、谢星朗、余戴海、李鸿樾、陈拨、冯德清。姜老是研究院第二届学生。

研究院的入学考试很有自己的特点。梁启超致王国维信中谈道：

> 鄙意研究院之设在网罗善学之人，质言之，则能知治学方法，而其理解力足以运之者，最为上乘。今在浩如烟海之群籍中出题考试，则所能校验者终不外一名物一制度之记忆。幸获与遗珠，两皆难免。鄙意欲采一变通办法，凡应考人得有准考证者，即每科指定一两种书，令其细读，考时即就所指定之书

出题。例如史学指定《史通》《文史通义》(或《史记》《汉书》《左传》皆可)，考时即在书中多发问难，则其人读书能否得间最易检验，似较泛滥无归者为有效。若虑范围太窄，则两场中一场采用此法，其一场仍泛出诸题，以觇其常识，亦未始不可。①

当年，梁启超、王国维负责姜老的入学考试，主要考察他的学术背景以及对中国学术史的理解。姜老毕业于成都高等师范学校，师从林思进（字山腴）、龚道耕（字向农）等著名学者，学有专攻，知识面广，在史学、哲学、文学以及文字学、训诂学等方面打下了很好的基础，对四川近代学术史也比较熟悉。这一点，得到了梁启超、王国维等导师的赏识，他得以补考生的身份进入清华研究院。

三

《研究院章程》规定，清华研究院的教育方针是注重学生自修，专任教授指导。课程安排主要有两类，一是"普通演讲"，二是"专题研究"。此外，研究院还会安排一些特别讲座。

普通演讲，就是各位教授在课堂上的讲授，主要内容是国学基本知识、治学方法和老师的治学心得，每星期一次或二次，学生必须全体听讲。在《忆清华国学研究院》《思师录》等文中，姜老谈到自己听导师讲课，茅塞顿开，留下终身难忘的记忆。

王国维先生开设的课程有《古史新证》《〈说文解字〉研究》《〈尚

---

① 马奔腾辑注《王国维未刊来往书信集》，清华大学出版社2010年版，第46页。

书〉研究》等。姜老说，王国维先生讲《说文》，并无惊人奇说，而有叫人信服的证据，不仅以甲骨文、金文为形证，且能以声韵为主证，并用《三体石经》和隶书作比较。他通常自编讲义，譬如《古史新证——王国维最后的讲义》就是非常重要的教材，由后人整理出版。王国维先生主张，《说文解字》中的古文是战国时代的六国文字，籀文则是秦国文字。①王国维做学问还有一个特点，就是非常重视资料的收集和工具书的编纂。每做一个题目，总是先将有关资料搜集齐全，编成目录，供研究时取用。这样做，能使自己的研究建立在前人基础上而又有所发展。姜老认为这种治学方法非常有用，在后来的教学中，他一而再、再而三地表而彰之，一以贯之。他在《敦煌学概论》中说："编工具书这件事，我们研究学问的人，非做不可。可惜有些学人不大看得起工具书和编工具书的工作。回忆我的老师王国维先生，他每研究一种学问，一定先编有关的工具书，譬如他研究金文，就先编成了《宋代金文著录表》和《国朝金文著录表》，把所能收集到的宋代、清代讲金文的书全部著录了。他研究宋元戏曲，先做了个《曲录》，把宋元所有的戏曲抄录下来，编成一书。所以，他研究起来，就晓得宋元戏曲有些什么东西……他的《宋元戏曲史》虽然是薄薄的一本书，但是至今已成为不可磨灭的著作。因为他的东西点点滴滴都是有详细根据的。"《思师录》中说，王国维先生"不仅能平列资料，以知其然，且能透过资料，而知其所以然。如《殷周制度论》《明堂考》《先公先王考》等，皆为人所不能及，颇合于近时科学家所谓综合研究，故所得结论，极为坚实可靠，铁锥所不能破"。事实上，姜老自己也是这

---

① 裘锡圭《古史新证——王国维最后的讲义》前言，清华大学出版社1994年版，第11页。

样做的。他研究《楚辞》,而有《楚辞书目五种》《屈原列传疏证》;研究敦煌学,而有《瀛涯敦煌韵辑》《莫高窟年表》;他曾立志仿裴松之《三国志注》作《宋史》研究,而有《历代人物年里碑传综表》。

梁启超先生开设的课程有"中国文化史""历史研究方法"等,讨论历史研究的目的与方法,讲述文献资料的搜集与鉴别,强调历史学家的史德与修养。姜老印象最深的是关于"古书真伪及其年代"问题的讲解。梁先生从版本校勘、史料考证、文字训诂以及学术体系等方面,对先秦古籍做了全面系统的总结,重点分析了若干古籍的真伪及其年代,使姜老不仅学到了细致读书的方法,同时极大地开阔了学术视野。

陈寅恪先生开设的课程有"西人之东方学之目录学""佛经翻译文学"等。他的研究多有明确的研究思想作指导,博大精深。听他的课,要结合若干篇文章,综合思考,才能有所领悟。姜老说,陈先生讲两《唐书》,很多地方叫人拍案叫绝。上海古籍出版社1989年整理出版的《陈寅恪读书札记·旧唐书新唐书之部》,部分再现了陈先生当年讲授两《唐书》的精彩片段。又譬如讲《金刚经》,陈先生以十二种语言繁变字证《金刚经》文之正否,这也让姜老感佩不已。这些讲座内容,包含在生活·读书·新知三联书店2002年整理出版的《陈寅恪集》中的《杂稿及讲义》《读书札记三集》里,使后学得以略窥堂奥。陈先生学问如此渊博,还向伊凤阁学习西夏文,向王国维学习甲骨文,每周进城学习梵文。陈寅恪先生说:"做学问的工具愈多愈好,但一定要掌握一个原则,这工具和主要研究工作要有联系的,不能联系的不要做。"一次,姜老写了一篇批评别人的文章。陈先生教导他说:"你花这么大精力批评别人,为什么不把精力集中在建立自己的研究工作上?"这对姜老触动很大,由此意识到,与其褒贬他人学说,不如踏实做好自己的学问。他后来再也不写批评文章,还常常教导自己的学生:"与其破坏什么,不如建立什么。"

赵元任先生开设的课程有"方言学""普通语言学""音韵学"等。他用西方语言学理论讲声韵学,与姜老在成都高师所学的传统声韵学方法不一样。姜老在《忆清华国学研究院》一文中说:"成都高师的先生讲的是声韵考古学,而赵先生讲的是描写语言学(用印度、欧罗巴语系的发音方法运用到汉语的声韵学中来)。"赵元任先生比较认可陈寅恪先生的学问。他在《忆寅恪》一文中说:"四个研究教授当中除了梁任公注意政治方面一点,其他王静安、寅恪跟我都喜欢搞音韵训诂之类的问题。寅恪总说你不把基本材料弄清楚了,就急着要论微言大义,所得的结论还是不可靠的。"①

李济先生开设的课程有"普通人类学""人体测量学""古器物学""考古学"等。他是人类学家,特别强调史学家应该充分地采用自然科学的研究成果。在清华研究院工作期间,他和中国地质调查所的袁复礼一起在山西汾河流域发现了夏县西阴村遗址,被学术界称为中国学者主持进行的第一次科学考古发掘工作。他后来又主持发掘了殷墟遗址,为中国现代考古学奠定了基础。

专题研究由学生自选题目,经与导师协商,最后确定下来。开学不久,王国维先生让学生拟定论文题目。姜老最初拟定三个候选题:《诗经韵谱》《诗骚联绵字考》《广韵研究》。

王先生问:"《广韵》如何研究?"对姜老的回答,王先生大约不

---

① 蒋天枢《陈寅恪编年事辑》,上海古籍出版社1981年版,第62页。

甚满意，就没有让他做《广韵研究》。

同样的情形也发生在姚名达身上。他曾向王国维先生求教研读《史记》的方法，王先生问了同样的问题："《史记》如何研究？"姚名达说了很多设想，王先生不置可否，只是语重心长地说：

> 大抵学问常不悬目的而自生目的，有大志者未必成功，而慢慢努力者反有意外之收获。①

通过这一席话，王国维先生就是想告诉学生，做任何事情都不要有太强的功利性和目的性。正如陈寅恪先生所说："士之读书治学，盖将以脱心志于俗谛之桎梏，真理因得以发扬。"②鉴于姜老有史学和文字学基础，王先生建议说："我看你搞《诗骚联绵字考》吧。"为此，王国维先生还把自己原有的相关资料给姜老参考。翌年，姜老完成了《诗骚联绵字考》初稿。

研究院安排的各类演讲也给同学们提供了很好的学习机会。王国维先生的《最近二三十年中中国新发见之学问》就是针对新生所做的一次公开讲演。他说："新学问大都由于新发现。"③这一观点，至今仍有影响。

开设相关课程，进行专题研究，组织学术讲座，开阔学术视野，

---

① 姚名达《哀余断忆》之二，述学社《国学月报》第二卷，1927年10月出版。
② 陈寅恪《清华大学王观堂先生纪念碑铭》，《金明馆丛稿二编》，生活·读书·新知三联书店2001年版，第246页。
③ 参见刘跃进、江林昌对李学勤、裘锡圭先生的访谈《新学问大都由于新发现——考古发现与先秦、秦汉典籍文化》，《文学遗产》2000年第3期。

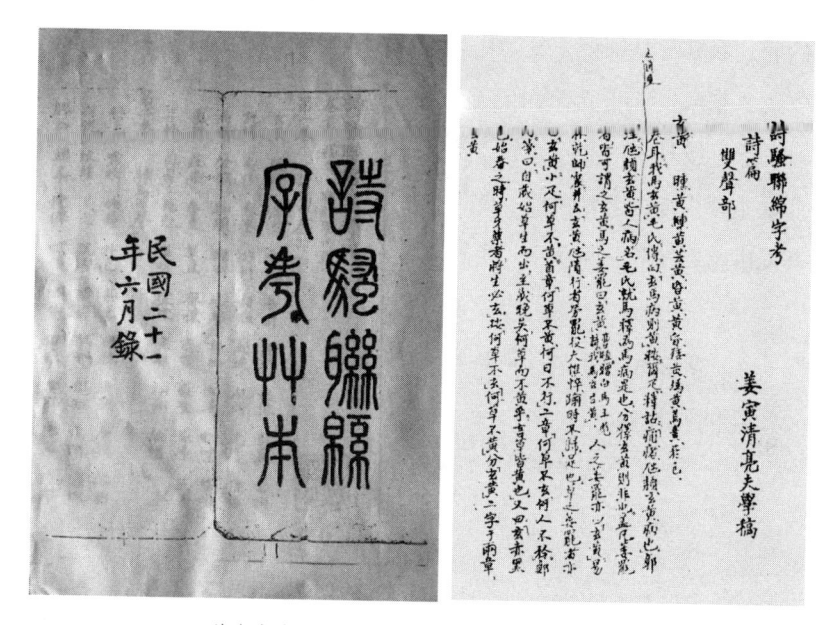

姜亮夫先生清华研究院毕业论文手稿复印件

努力把相关专业的常识变成自己的知识,这是清华研究院培养学生的重要途径。姜老在以后的教学活动中,一直坚持不懈地采用这种教学方法,我们就是其中的受益者。

1984年9月8日,姜老和杭州大学古籍所全体老师与新生见面。他首先要求同学们,从现在起,忘记自己过去所谓的专业,强调我们不是中文系,不是历史系,也不是哲学系,只是古典文献专业,通过系统的学习,为阅读古籍、整理古籍打好基础,进而了解中国文化的博大精深。姜老要求学生做学问从目录学入手,熟读《四库全书总目》。他还特别强调两点:一是准备吃苦,实事求是地治学;二是团结一致,为共同的目标而学习。为此,他亲自拟定教学大纲,设定了必修课、选修课和专题课,并指定十二种先秦古籍作为必读书目。这些内容，我在《从师记》一文中有具体的论列，不再赘述。这些课程的安排，基本上延续了清华研究院的人才培养路数。

除学校规定的必修课如政治、外语外，杭州大学古籍研究所的专业课主要由所内老师讲授。此外，姜老还亲自出面，聘请国内外专家开设讲座。按照时间顺序，我们这届同学听过的课程主要有：

郭在贻先生讲《训诂学》《说文解字》和治学方法（1984年9月和12月）；

陈桥驿先生讲中国历史地理学和《水经注》研究（1984年10月）；

刘操南先生讲《诗经》研究和中国古代历算（1984年9月、1985年3月）；

蒋礼鸿先生讲目录学与工具书（1984年12月）；

王锦光先生讲中国科技史专题，包括《墨经》《考工记》《天工开物》等（1985年3月）；

雪克先生讲目录学和《汉书·艺文志》（1985年3月）；

钱剑夫先生讲秦汉货币赋役制度（1985年4月）；

魏隐儒先生讲古籍版本鉴定（1985年4月）；

董治安先生讲关于《论语》《孟子》研究的问题（1985年5月）；

张金泉先生讲音韵学和《广韵》研究（1985年9月）；

倪士毅先生讲中国目录学史（1985年9月）；

龚延明先生讲中国古代官制史（1985年9月）；

沈康身先生讲《营造法式》和中国建筑史（1985年11月）；

沈文倬先生讲校勘学和礼学研究（1986年4月）；

王伯敏先生、陶秋英先生讲中国绘画书法艺术专题，等等。

这些课程内容浩繁,看似杂乱无章,其实这是姜老的精心安排。1992年5月,过完九十一岁生日后,姜老深感体弱有病,大限临近,遂在记事本上为学生写下"最后最高要求"。首先,他要求学生必须对中国文化保持谦逊的态度,在二三年的学习过程中努力开阔视野,培养自己"普照"整个专业与中国全部文化史(至低限是学术史)的能力。这正是王国维先生所强调的人生三重境界中的第一种,即"昨夜西风凋碧树,独上高楼,望尽天涯路"。登高望远,你才会知道世间学问的博大,自己的渺小,没有任何理由骄傲。其次,他希望学生尽早掌握治学方法,培养寻找材料、整理材料、分析问题、解决问题的基本技能,能够独立阅读、研究、整理古籍。更重要的是,他要求学生必须具有永久坚强的毅力、自强不息的精神、艰苦卓绝的气概,不做支离破碎的学问,不做浮夸无根的学问,更不能成为人人唾弃的文痞。

这"最后最高要求",是清华人文传统中"自强不息,厚德载物"精神的体现,更是中国文化的精髓所在。

四

在姜老的记忆中,清华大学的图书馆很大,很美。阅览室可以坐三四百人;每个阅览桌周围放六把椅子,桌上两盏灯,光线很好。四周书架壁立,摆满各类参考书,还有不同的字典、辞典等工具书。研究院的学生有特殊的优待,借书无限量,且可以直接进入图书馆的书库内看书。姜老说他有时看得着迷,经常误了午餐,有时晚餐也错过,甚至有一次还被关在馆内,得以彻夜读书。

姜老的记忆是非常准确的。

清华大学图书馆确实是清华园内最漂亮的建筑物之一,坐落在大礼堂北面,中间有一条蜿蜒的小河隔开,错落有致,相得益彰。

据记载,老馆1916年始建,1919年建成,为美国建筑师亨利·墨菲所设计,是二十世纪初美国校园常见的风格:红砖墙、大理石台阶,建筑整体为锯齿形,中间有圆形花坛。图书馆的正面,夏天被一种俗称"爬山虎"的植物覆盖,很有特点。正门是铜制的,在二层,给人稳重的感觉。拾阶而上,便可以来到开阔的大理石厅,微微弯起的穹顶,悬挂着古香古色的吊灯。四面有大理石拱门,拱门之间点缀着铜壁灯。大厅南北两翼是阅览室,沿墙壁立许多大书柜,陈列着各种工具书。宽大的阅览桌,带扶手的木椅,与彩窗、书柜交相辉映,极富气韵。书库采用玻璃钢地板,我第一次进库,甚至产生一种紧张感,生怕把地板踩坏,小心翼翼。资中筠在《清华园里曾读书》(《读书》2005年第1期)中说:"一进入那殿堂,就有一种肃穆、宁静,甚至神圣之感,自然而然谁也不敢大声说话,连咳嗽也不敢放肆。"对此,我深有同感。

令姜老印象深刻的还有清华图书馆的服务。他回忆说:"图书馆的师傅服务很到位,宿舍里给我们备有馆藏书目,我们没有时间去图书馆借书,就在宿舍给馆里打个电话,告诉要借什么书,一会儿,图书馆就有人推车送来。看完后再打个电话,馆里还有人来取。记得有一次,我读过一本很特别的《红楼梦》的本子,其结局与通行本不同,宝玉和史湘云最后结合了。可这本书收藏在哪里,我想不起来了,就问吴宓先生见过没有。吴先生说见过,不知清华图书里有无收藏。这件事被图书馆的同事知道了,他们在全市各家图书馆到处搜访,终于给找到了。"这是一种什么样的版本？后来，我请教了红学专家。原来，姜老看到的这个《红楼梦》版本，俞平伯早在1922年撰写的《所谓"旧时真本〈红楼梦〉"》(《红楼梦辨》)中就曾有专门讨论，所述情节与姜老的说法接近，可能属于同一版本系统。俞先生说，这个本子已经散佚，他没有看到。如果姜老真是看到了这个本子，说明其在1926年依然存世，那可是一件值得关注的事。

姜老在清华图书馆开心阅读的经历和体验，我也感同身受。

我在清华大学工作的时候，图书馆已禁止外人入库。为看书方便，我工作不久就主动申请当教研室和图书馆的联络人，就图混个脸熟，借工作之便，得以自由地出入书库。我很快发现，清华图书馆的迷人之处不仅仅是建筑风格，也不仅仅是工作人员的服务态度，而是图书馆三层的古籍收藏：整整一层楼，皮藏书架，整齐排列，一眼望去，非常壮观。这些书架完全是开放式的，可以随手翻阅。最后几排书架上，悬挂着牌记，上面写着捐赠者或藏书家的名字，我记得有刘半农的藏书，还有陶孟和的捐书等。在古籍书库的尽头，还有一间小屋子，比书库略高一些，专门存放善本，平时大门紧锁。我有幸陪同来访专家进去过几次，积久尘封，异所未见，也算大开眼界。这段经历，使我对这些封存了几十年的古籍产生了浓厚的兴趣，有空就到那里乱翻书，做笔记，每天出来，灰尘满面，但我乐此不疲。在古籍图书借阅卡上，我常常会看到闻一多、朱自清、吴晗、钱锺书、余冠英、范宁等老清华名教授的手迹。在那一时刻，蓦然会有一种与前辈隔空对话的感觉，似乎在引领着我未来发展的方向。我慢慢地意识到，清华不是单纯的工科院校，也有着厚重的人文传统。一时间，清华图书馆成了我的精神家园，曾经的孤寂感渐渐地淡然了。

在阅读校史资料过程中，二十年代清华图书馆主任洪有丰撰写的《购买杭州杨氏藏书报告》引起了我特别的注意。报告是这样写的：

> 浙杭藏书家首推丁丙氏八千卷楼，次之即为杨文莹氏。杨氏之藏与丁氏同时，今已历两代。虽宋元之刊不能与丁氏媲美，然特藏亦可称雄。如浙江省各府厅州县志书，非但名目可称无遗，而版本咸备。金石之书亦复如是。至诗文集部尤以浙江先哲著述为多，而清代专集亦复不少。非积数十年穷搜极访，何克臻此？兹因无意收藏，愿全部出让。罗校长（指罗家伦〔1897—1969〕——作者注）南行时得此消息，即电知评议会。经评议会议决，派有丰前往察看。有丰于五月九日抵杭晤杨氏，主人当检交书目六本：（一）现藏书籍目录四本；（二）一部分业已押出书籍目录一本；（三）浙江省志书目一本。略加检阅，有宋元明清刊本、日本刊本、精钞本、稿本、名人批校本，又《四库全书》五册，阁名待考定。总计册数共四万二千六百五十三册。①

据统计，其中经部七百九十七种共五千九百九十二册，史部七百七十五种共八千四百零九册，子部一千二百种共九千零一十三册，集部二千三百七十八种共一万八千九百一十三册，丛书七十八种共一千八百九十三册。还有特藏：浙江省志书二百三十种共二千四百零二册，金石二百六十二种共九百二十四册（洪有丰与丰

---

① 洪有丰《购买杭州杨氏藏书报告》，《国立清华大学校刊》1929 年 10 月 25 日。关于丰华堂藏书情况，参见刘蔷《杭州丰华堂藏书考》，《清华大学学报》1998 年第 1 期。

华堂主人杨复签订合同后，便照书目逐一点收，其中书目内所未载者四千八百九十三册，杨复亦全行赠送，总计五千七百二十种共四万七千五百四十六册——作者按）。在这四万多册藏书中，宋刊七册、元刊二十四册、明刊四千八百五十九册，其他刊本四万零四百九十五册，钞本二千一百六十一册。这些以杭州杨文莹、杨复父子"丰华堂"命名的藏书构成了现在清华大学图书馆古籍收藏的基础。后来知道，中国社会科学院文学研究所图书馆亦有丰华堂藏书，很可能是西南联大三校合并时混在一起的。

经过几代清华人的努力，清华大学图书馆珍藏两万八千多种古籍，近三十万册。这批古籍也是历经磨难。院系调整时，准备分家，清华大学常务副校长刘仙洲以修撰《中国科技史》的名义力主保存这批古籍，得到了蒋南翔校长的支持。1983年，当时的校领导与美国某大学接洽图书交流，将馆藏线装书目录提供给对方，准备用来换取机器设备。对方毫无客气，一下子就钩出七八百种珍本古籍，每册居然就是一盒烟的价格。如此贱卖，令人震惊。幸亏有明白人，最终阻止了此事。据说，上级还对相关人员给予了通报批评。

在这前后，《中国古籍善本书目》（征求意见稿）的编纂工作进入核查校订阶段，相关部门组织专家学者到申报图书馆进行核查。古籍版本学家魏隐儒先生每周到清华图书馆核对原书，做查核笔记。[①]我就利用这个难得的机会，跟随在魏先生后面，看他如何对古籍"观风望气"，学到一些基本常识。从此，这些原本对我来说非常陌生的古

---

① 魏隐儒先生的古籍叙录，已由李雄飞整理出版，题曰《书林掇英——魏隐儒古籍版本知见录》，国家图书馆出版社 2010 年出版。

籍成了我着迷的追求。我大约用了两年时间泡在清华图书馆的古籍书库中，按图索骥，将清华大学所藏稿本、孤本及稀见本大体翻阅一遍，也学着做读书笔记，由此养成一种习惯。

1985年9月，清华大学图书馆委托我请姜老为《清华大学图书馆藏善本书目》题签。那时，姜老几乎双目失明，又大病住院，一时无能为力。他就推荐请四川大学徐中舒先生题写。作为晚辈，我与徐先生素无联系，正在一筹莫展之际，11月20日，我突然接到姜老通知，叫我到浙江医院去取题签，真是喜出望外。那天，姜老还向清华大学图书馆赠送一册《杭州大学图书馆善本书目》。姜昆武老师说，老人家几乎是把脸贴在扉页上摸索着写下这样一段感人肺腑的话：

余辞别母校已五十八年，中间曾三上北京，必亲履旧迹。顷闻文学院将重建，图书馆亦有善本书目之辑，于是而静斋、同方部、大礼堂、图书馆、工字厅、科学馆，及王、梁、陈、赵诸师寓斋、水木清华，无不一一瞻顾，徘徊不忍去，而海宁先生纪念碑如雕塑之刻心，往往伫立以泣，是为余生最大寄其情怀之所。

杭大图书馆亦有善本书目，以玉海楼、嘉业堂旧藏为主。余见有若干种收入，盖抗战中失之于上海、苏州、南京、杭州者，更不胜其悲痛，故遂举此册以奉于母校。

民国十六年研究院毕业生　姜寅清字亮夫敬呈。时年八十有五。

清华大学图书馆惠存

凝视着题记，我有一种说不出的心酸和感动，眼圈湿润了。

那天，我还向姜老汇报了自己拟以《水经注》整理为题作硕士论文，得到先生的首肯。那时，我想整理清华图书馆所藏俞樾批校《水经注》，姜老给予充分肯定。他让我先过录批语，然后再翻阅《春在堂全集》，将里面有关《水经注》的文字辑出来。他还提醒我说，王先谦《水经注合校》是否引用过，值得注意。那时，我还想整理清华大学所藏珍本《楚辞》，选了五种向姜老请教。这五种是宋人杨万里《天问天对解》一卷、清人奚禄诒《楚辞详解》五卷、鲁笔《楚辞达》一卷、屈复《楚辞新集注》八卷、龚景瀚《离骚笺》五卷。姜老说，此五种不是最好的。当然，《离骚笺》有特色，和朱骏声《离骚赋补注》一样，是清代少有的专从语言学角度进行研究的专著。姜老说，乾嘉时期刘梦鹏《屈子章句》不错，只是刊刻时间较晚，且刻书质量不高，所以多未入善，其实，这本书的内容很不错。姜老主持《楚辞》讲习班期间，曾向南开大学郝志达老师推荐，希望他来整理。而今，郝老师已离世多年，也不知结果如何。

五

那天下午，姜老还谈到了清华的校风与学风。他说自己在清华不仅学到了治学的方法，更重要的是学到了治学的态度。他回忆说："同学们刻苦学习，彼此鼓励，有很多往事难以忘怀。大家见面，总是不约而同地讨论学问，譬如学校来了什么新杂志，发表了什么新文章，有谁出了新书，是上海的北京的，还是巴黎的伦敦的。如果谁没有看，一定设法找来阅读。如果看了，大家就热烈讨论。不懂的，就去问老师。这个老师不懂,就说自己不懂,并且热情地推荐你向懂行的老师求教。那时,我开始学习佛经,很多东西不懂。正好冯友兰先生搞哲学史,我就向他求教。有的他也不懂,就让我向刚刚回国的汤用彤先生请教。我们学习都很刻苦,学校规定晚上九点熄灯,我们要求延长时间,学校只允许我们研究生拖到十一点三十分。为了我们更好地学习,后勤工作做得极为周到。如果有什么大的活动,我们的伙食就会提高标准,每人加一块黄油。谁的身体不好,学校也给他加油和牛肉。"加油",已成为清华同学中流行的典故了。如果有谁缺糖,学校食堂就专门为他做'高丽馒头'(夹糖馒头)。由于有这样好的条件,我们的学习生活非常充实,读了很多书,进步很大。"

姜老那届学生在1927年6月1日举行了毕业典礼。没有想到第二天,王国维先生就投湖自尽了。不久,梁启超先生回天津治病,还介绍姜老到东北大学任教。从此,他离开了清华国学研究院。尽管如此,姜老一生中最重要的学术研究工作,很多与清华研究院的经历密切相关。譬如《楚辞》研究,姜老就投入了毕生的精力,他回忆说:"因王国维先生事件的感召,抄录有关《楚辞》的所见资料,撰写《屈原赋校注》。"姜老经常感叹说自己曾在多所大学任教,再也没有遇到清华这样的好学校了。

所谓好学校,最重要的是有好老师、好校风。好的老师,应是为人与为学的典范。他们的言传身教,会影响学生的一生。清华老校长梅贻琦曾说过:"教授责任不尽在指导学生如何读书,如何研究学问。凡能领学生做学问的教授,必能指导学生如何做人,因为求学与做人是两相关联的。凡能真诚努力做学问的,他们做人亦必不取巧,不偷懒，不作伪，故其学问事业终有成就。"①姜老在清华研究院学习也就一年时间，却让他一辈子也忘不了。在姜老看来，在清华，他不仅学到了知识，更学会了做人的准则。离开母校已逾半个世纪，他依然念兹在兹。后来，梅校长曾对他说："我们欢迎你回清华任教。"姜老说："我哪有这份勇气啊！老师们在那里教书，我永远是他们的学生。"

可惜的是，1952年院系调整，清华大学由综合大学变为以工科为主的学校，除政治课外，文、理、法等人文社会科学专业全部转到北京大学，清华的文科传统从此中断。当然，姜老再也没有机会回清华任教了。我知道，老一代清华人一直对清华的文科建设情有独钟，念念不忘。所以，清华文科的每一点变化，姜老都格外关心。

清华大学恢复文科始于1981年。当时，清华大学机械系七七级学生曾新群在《光明日报》发表一篇《理工科学生也需要双筒猎枪》，引起学校领导的重视，决定继承清华通识教育传统，组建文史教研组，在全校范围内开设综合素质教育课。那年年底，赵立生老师到南开大学挑选毕业生。他首先拜访了曾在重庆南开中学教过他的王达津先生，达老推荐了我。赵老师到古典文学研究室征求意见，教研室主任郝世峰老师也推荐了我。就这样，我无意中被曾新群举起的"双筒猎枪"打中，进入清华大学文史教研组，还和曾新群成为室友。阳品、徐葆耕、李润海、钱逊、赵立生、吕微、王世敏、张景贤、宿志丕、阎秀芝等人成为我的同事。

1983年11月，我见到父亲的老同事章学新先生，他那时已调到教育部工作。他告诉我说，清华大学提出成立思想文化研究所的设想，

---

① 转引自金富军《老照片背后的清华故事》，清华大学出版社2020年版，第60页。

何东昌、刘达等领导很重视,并积极推动。最初,清华大学刘桂生老师推荐还在工商联工作的卞孝萱担任特聘教授。卞先生曾做过范文澜的助手,既搞历史,又从事唐代文学研究。后来,恢复中文系也提到议事日程上来。中文系系主任的最初人选曾考虑过周振甫先生。

1984年,我考入杭州大学古籍所,将上述情况向姜老作了汇报,姜老非常高兴。那年年底,我接到教研组钱逊老师的信,告诉我说:"学校的文科建设,新的一年有些进展,已经大体上决定,着手筹建一个研究所(暂定"思想文化研究所")及中国语言文学系。中文系,目前的考虑是先建一个编辑专业。这是中宣部胡乔木同志提出要求建的。北大、复旦、清华、华中工学院四校建此专业。而清华和华中工学院主要是培养科技编辑,可能在明年暑假就要招生。这个专业办起来,除了它本身外,就是要作为建立中文系的桥头堡,准备在此基础上进一步发展、申办其他专业。目前,成立了筹备组,张正权同志召集,赵立生同志、胡大昕同志参加。同时也成立了研究所的筹备组,刘桂生同志是组长,羊涤生同志是副组长。中文系和研究所成立以后,文史教研组就将要一分为二,一部分转入中文系,一部分转入研究所。大概到学期末,就可以见分晓,大体落实。"

三个月后,我接赵立生老师的信,确知清华大学思想文化研究所已经正式成立,北京大学张岱年先生担任所长,刘桂生、林泰、羊涤生、钱逊为副所长。中文系尚未宣布成立,张绪潭副书记、吕森秘书长说不会等很长时间,只是人事尚未任命。后来,赵立生老师又来信说,学校拟同意聘请傅璇琮先生兼任中文系系主任。

至此,清华大学的文科基本恢复起来。我把这个消息及时向姜老作了汇报,姜老非常兴奋,说:"我多想回到母校,看看我住过的宿舍啊！我清晰地记得，我的宿舍在静斋一楼倒数第二间，两人一屋，我的同屋同学叫黄淬伯。我多想在大礼堂的台阶上坐一坐啊！那是一座神圣的殿堂。我多想到图书馆前的喷池里喝口水啊！据说是玉泉山的泉水，那水确实很甜。"姜老对母校的拳拳深情，也感染了我，在那一瞬间，我好像也品尝到了那种甘甜。是啊，水有源，树有根。一个人能走多远，要看他与谁同行；一个人有多优秀，要看他有谁指点；一个人有多成功，要看他有谁相伴。姜老的清华情结和卓越成就充分地诠释了这个平凡的道理。

那天，姜老说了很久，我怕他身体吃不消，便起身告辞。临别之际，姜老又回到开头的话题："我想，清华研究院的很多具体做法，也许今天有些过时，但严谨的学风、科学的方法、刻苦的态度、家国的情怀，是永远不会过时的。我希望母校能继续保持和发扬传统校风和优良学风，希望文科办得越来越好。"

从姜老的书房出来，正是夕阳西下的时候，落日的余晖映红了西边的天空。时惟早春，寒意未尽，而我内心却温暖如春。西溪旧地，道古桥边，谈话间，一个甲子的风云，好像在指缝间倏忽滑去，留下来的是对水木清华不舍的记忆。

（原载《传记文学》2021年第3、4期）

好诗不过近人情

—— 谈谈文学和文学研究所

四十三年的文学经验告诉我,文学不仅是表现人情人性的文字载体,也是展示国情世情的重要窗口,更是反映时代变迁的广阔平台,诚可谓"八音与政通,而文章与时高下"。文学的地位或许时有升降,但我坚信,文学之树常青。

萨特说:"对于饥饿的人们来说,文学能顶什么用呢?"

是的,仅就果腹而言,文学确实没有什么实际作用。换种思路设想一下:如果没有文学,这个社会将会怎样?可能就像大地没有青山绿水,天空没有一丝游云,躯体没有血脉灵魂。这样说,文学的功用,或许就是无用之用。

文学艺术是一种情感的表达、交际的方式。作者把自己体验过的真善美的情感传达给别人,让人温暖,使人忧伤,在悲欢离合中品鉴人性之美,体验崇高之感。清代诗人张问陶说"好诗不过近人情",大约就是这个意思。

说来惭愧,我最初理解的文学,就是诗歌、小说、散文等文学创作,后来才知道文学还可以研究,还有国家级专门研究机构。关于文学和文学研究的看法，我后来在不同场合、不同文章中多有叙及，今再就此一"老旧"话题，略谈浅见。

一、关于文学

（一）文学是温暖的期冀

我在《"跃进"时代萌生的文学梦想》一文中写道，1972年春夏之交，《创业史》的作者柳青到北京治病，同时修改《创业史》第二部，就住在我家单元的四楼。著名儿童文学家金近住在同一单元的二楼，他是《小鲤鱼跳龙门》的作者，名气很大。在那前后，《李自成》的作者姚雪垠、《红岩》作者之一的杨益言等，也曾进京改稿，住在我们宿舍大楼。那时，中国青年出版社筹备恢复业务，需要挑选一些旧书再版以应社会需要。"文革"前创办的《儿童文学》等杂志，还有一些旧书，我得以近水楼台先得"阅"。朦朦胧胧中，我开始喜欢文学，崇拜这些名人。

我在《赋到沧桑——中国古典诗歌引论》（清华大学出版社，1998）的"导言"中又说道，像我们这样城里长大的学生，喝的是"封、资、修"的墨水，如果没有一番脱胎换骨的改造，很容易沦为小资产阶级知识分子。那时，我们未来的发展别无选择，只有"上山下乡"，到"广阔天地"去接受贫下中农再教育。当时，能写"大批判"文章很叫人羡慕。于是我尝试着从写作入手，写小说，写散文，写各类官样文章，希望将来下乡时能派上用场。1975年，我写过一篇作文，语文老师推荐给当时来我们中学讲座的大名鼎鼎的浩然，可惜没有下文，但是我的文学梦想被点燃了。1976年4月，千千万万的人云集到了天安门广场,主要是以诗歌的形式悼念周总理,表达对"四人帮"倒行逆施的不满之情。那些天,魂系广场,天天抄诗,互相传阅。几天之间,我似乎对诗的理解有了质的飞跃。我发现,诗歌不仅仅是歌功颂德的工具,它还是利剑,是火焰。

那年年底,我高中毕业,几乎没有犹豫,就积极报名来到"广阔天地",争做名副其实的现代农民。当时之所以主动要求下乡,首先是别无选择,此外,还有一个埋在心底的夙愿,那就是渴望实现我的作家梦。看了那么多描写农村生活的小说,还有农民自己写的诗,我觉得那里的生活真是绚丽多彩。我要"上山下乡",到"广阔天地"去学习写作。那时候的文学,在我看来,温暖热情,纯净如水,没有半点杂质。

(二)文学是忧伤的思索

下乡之初,每天劳动异常艰辛,可是我的作家梦没有一天停止过。在极其繁重的体力劳动之后,每天趴在炕头坚持记录当天的所见所闻、所思所感。不久,我痛苦地发现,这见闻和感受,平淡而无奇。农村远不是我想象的那样美好,恰恰相反,一天下来,累得一点劲头都没有了。这样下去,理想一定会变得像白开水一样没有味道。这段生活经历,《"我在这战斗的一年里"》有比较详细的描述。

1977年夏秋之交,我们在农村获得重要信息,大学将要恢复考试制度,我们这些知识青年也可以参加高考了。在以后的两三个月中,我日出而作,日入未息,挑灯苦读,希望走进大学中文系,实现自己的作家梦想。我很清楚自己的根柢:几乎没有认真读过一部文学名著。不是不愿意读,而是在当时,"封、资、修"的东西不能看,古今中外所有的文学名著几乎都在禁书之列。我们所能读到的不外乎是工、农、兵的作品，比如天津小靳庄的农民诗，北京重型机械厂的工人诗，还有就是各个部队战士的诗。我还依稀记得，在乡下的时候，父亲来信说，北京逐渐开书禁了，有选择地重印一些世界名著。王府井书店出现了连夜排队抢购文学名著的场面。这些名著，我竟然多未听说过。当时就想，就我这点根柢，还当什么作家啊。

那年年底，我参加首届高考，幸运地考入南开大学中文系，久已沉睡的作家梦又一次被唤醒。尽管已经过去四十多年，那种兴奋的感觉，至今仍有余温。老系主任李何林先生在新生见面会上，开口第一句话就让我的心凉了半截。他说："大学不是培养作家的地方，如果想当作家，就要到广阔天地去。"我就是冲着当作家才来大学中文系，再说刚刚从"广阔天地"回来，怎么可能再回去呢？一个学期下来，我发现，自己的梦想实在太幼稚了。名义上，我是高中毕业生，实际在"史无前例的十年"里到底学到多少东西，天知地知，你知我知。我们这一代人真正意义上的学习生活，实际上是从1977年考入大学以后才开始的。就这点墨水还当什么作家呢？曾经的文学梦想，离我越来越远了。

1978年年底，十一届三中全会在北京召开，掀开了改革开放的大幕。当年最重要的事件，就是开始平反冤假错案。我身边有不少同学的家长，有过这样或那样的历史悲剧。当代文学课上，老师介绍了1950年《人民文学》杂志上刊载的一篇署名为萧也牧的小说《我们夫妇之间》，主人公叫李克和张英，是以第一人称叙述故事，主要讲述"我"（李克）和张同志（张英）的关系。"我"是一个革命干部，进城以后，表现出与战争时期非常不同的精神向往，对城市生活的向往、对城里女学生的兴趣，逐渐看不惯结发之妻张同志的生活方式、口头用语等。小说主要写了革命者的思想变化,后来经过张同志的思想教育,"我"经历了思想改造,两个人的关系和好如初。这篇小说较早地揭示了知识分子进城后的心理变化,很有趣。小说发表后,还被改编成电影。电影刚发行,就被封掉。不久,文艺界开始批判这篇小说。在众口一词的批判中,萧也牧终止了创作。老师在介绍这些历史背景之后,不无惋惜地说,从此,萧也牧在文坛销声匿迹。当时我也没有特别在意。那年暑假回家,与同院伙伴聊天才知道,萧也牧原来就是父亲单位的同事,原名吴小武。这便勾起了我的回忆。1969年的秋冬时节,我们全家随团中央机关下放到河南信阳潢川县黄湖农场"五七干校",吴小武那时才五十出头,看起来像是垂垂老者。后来看中青社老编辑张羽写的《萧也牧之死》,才知道一些细节。当时我还小,不大懂事,可那天晚上吴小武被草草发葬的情形还是记忆犹新。

往事的记忆被唤醒之后,一段时间,几乎已经忘却的诗歌情怀,又一次不可遏制地迸发出来。大学头一年,我几乎天天读诗,天天写诗。那些抒发悲愤、爱情、乡愁的作品,表现生命意识的哲理诗,还有势头正盛的朦胧诗,都曾引起我的共鸣。

我的大学同学用一首小诗写出了我们这一代人的心态:

像无数条小溪聚起旋涡,
多少颗年轻的心学会了思索。
思索寒冬的飞雪,暮秋的霜露,
倔强不屈的山和呜咽不已的河。

不久,我又读到陈放的《我们这一代 —— 写给我同龄的伙伴》:

生活欺骗了我们，我们也欺骗了生活。
听凭希望的树上，结出酸涩的苦果。

青春抛弃了我们，我们也抛弃了青春。
一天天变得世故，心像铅块般沉重。

有抹不平的伤痕，有洗不去的羞耻，
有忘不却的仇恨，有听不完的叹息。

这是几年前的事了，莫怨我旧话重提。
记忆是苦涩的墨汁，溅满了人生的白纸。
……

显然，这首诗模仿普希金《假如生活欺骗了你》：

假如生活欺骗了你，
不要悲伤，不要心急！
忧郁的日子里须要镇静：
相信吧，快乐的日子将会来临！
心儿永远向往着未来；
现在却常是忧郁。
一切都是瞬息，一切都将会过去；
而那过去了的，就会成为亲切的怀恋。

诗歌穿越了时空，古今融为一体。普希金的诗充满希望，而这首诗则比较抑郁。白桦《阳光，谁也不能垄断》，还有当时广为传诵的米思及的《为了从黑夜的阵痛中刚醒来的黎明》，都很令我感动：

> 这种历史决不能重演，不能！
> 这是被窒息的一代带血的呼声！
> 一个民族，经得起几次落后、挨打？
> 人生的履历，能填写几次死去再生？
>
> 为了我们——不再失去迟到的青春，
> 为了孩子——不必再咬住唇边的歌声；
> 理想——不再象地平线可望而不可及，
> 真理——不再象天神爷可敬而不可亲。
>
> 呵，为了滚滚黄河，为了巍巍昆仑，
> 为了从黑夜的阵痛中刚醒来的黎明，
> 我们的革命政权呵，要特别警惕并摧毁
> 从"左"边撕碎共产主义旗帜的敌人！

每次读到这首诗，我总是禁不住想起五十年前闻一多的《发现》：

> 我来了，我喊一声，迸着血泪，
> "这不是我的中华，不对，不对！"

我来了，因为我听见你叫我；
鞭着时间的罡风，擎一把火，
我来了，不知道是一场空喜。
我会见的是噩梦，那里是你？
那是恐怖，是噩梦挂着悬崖，
那不是你，那不是我的心爱！
我追问青天，逼迫八面的风，
我问，拳头擂着大地的赤胸，
总问不出消息；我哭着叫你，
呕出一颗心来，你在我心里！

《一句话》：

有一句话说出就是祸，
有一句话能点得着火。
别看五千年没有说破，
你猜得透火山的缄默？
说不定是突然着了魔，
突然青天里一个霹雳
　　爆一声：
　　"咱们的中国！"

这话教我今天怎么说？
你不信铁树开花也可，

> 那么有一句话你听着：
> 等火山忍不住了缄默，
> 不要发抖，伸舌头，顿脚，
> 等到青天里一个霹雳
> 　　爆一声：
> 　"咱们的中国！"

当时围绕《中国青年报》刊发的"潘晓"的文章，全国展开了关于人生道路、政治信念的讨论。我的同事贺照田有长文回顾那场讨论的历史意义，我是认可的。当时，我的思绪比较迷茫，很容易动情。我读臧克家《有的人——纪念鲁迅有感》也会激动不已：

> 有的人活着
> 他已经死了；
> 有的人死了
> 他还活着。
>
> 有的人
> 骑在人民的头上："呵，我多伟大！"
> 有的人
> 俯下身子给人民当牛马。
>
> 有的人
> 把名字刻入石头想"不朽"；

有的人
情愿作野草,等着地下的火烧。

有的人
他活着别人就不能活;
有的人
他活着为了多数人更好地活。

骑在人民头上的,
人民把他摔垮;
给人民作牛马的,
人民永远记住他!

把名字刻入石头的,
名字比尸首烂得更早;
只要春风吹到的地方,
到处是青青的野草。

他活着别人就不能活的人,
他的下场可以看到;
他活着为了多数人更好地活的人,
群众把他抬得很高,很高。

这是作者为纪念鲁迅逝世十三周年而作的著名诗篇,较多议论和思辨色彩，很符合我那时的情绪。

　　对于生命的深刻理解，需要深厚的人生阅历。我读穆旦的《智慧之歌》常常感慨万端：

> 我已走到了幻想底尽头，
> 这是一片落叶飘零的树林，
> 每一片叶子标记着一种欢喜，
> 现在都枯黄地堆积在内心。
>
> 有一种欢喜是青春的爱情，
> 那是遥远天边的灿烂的流星，
> 有的不知去向，永远消逝了，
> 有的落在脚前，冰冷而僵硬。
>
> 另一种欢喜是喧腾的友谊，
> 茂盛的花不知道还有秋季，
> 社会的格局代替了血的沸腾，
> 生活的冷风把热情铸为实际。
>
> 另一种欢喜是迷人的理想，
> 它使我在荆棘之途走得够远，
> 为理想而痛苦并不可怕，
> 可怕的是看它终于成笑谈。

只有痛苦还在,它是日常生活
每天在惩罚自己过去的傲慢,
那绚烂的天空都受到谴责,
还有什么彩色留在这片荒原?

但唯有一棵智慧之树不凋,
我知道它以我的苦汁为营养,
它的碧绿是对我无情的嘲弄,
我咒诅它每一片叶的滋长。

穆旦(1918—1977),原名查良铮。1940年西南联大毕业后留校任教。1949年赴美国留学,入芝加哥大学英国文学系学习。1952年获文学硕士学位。1953年回国后,任南开大学外文系副教授。这首诗作于1976年3月。那年,他才五十八岁,但心境苍凉,将幻想比作落叶飘零的树林,将往日的欢欣比作堆积在内心的苦汁。同一年,他还创作了一首著名的作品《冥想》:

1

为什么万物之灵的我们,
遭遇还比不上一棵小树?
今天你摇摇它,优越地微笑,
明天就化为根下的泥土。
为什么由手写出的这些字,
竟比这只手更长久,健壮?

它们会把腐烂的手抛开,
而默默生存在一张破纸上。
因此,我傲然生活了几十年,
仿佛曾做着万物的导演,
实则在它们长久的秩序下
我只当一会儿小小的演员。

2

把生命的突泉捧在我手里,
我只觉得它来得新鲜,
是浓烈的酒,清新的泡沫,
注入我的奔波、劳作、冒险。
仿佛前人从未经临的园地,
就要展现在我的面前。
但如今,突然面对着坟墓,
我冷眼向过去稍稍回顾,
只见它曲折灌溉的悲喜,
都消失在一片亘古的荒漠,
这才知道我的全部努力
不过完成了普通的生活。

写完这首诗的第二年,作者就因心脏病突发去世。穆旦的诗歌创作,数量不是很多,却充分地表达出人生的意蕴和悲伤。是的,有很多人,他们的痛苦大多随身而没,从未开花结果,而穆旦却凭借着两册诗集,在文学史上留下名声。

老作家曾卓的创作,尤其是晚年的诗,淡淡的笔墨,叫人惊心动魄。《我遥望》就是这样一篇作品.

> 当我年轻的时候
> 在生活的海洋中,偶尔抬头
> 遥望六十岁,像遥望
> 一个远在异国的港口
>
> 经历了狂风暴雨,惊涛骇浪
> 而今我到达了,有时回头
> 遥望我年轻的时候,像遥望
> 迷失在烟雾中的故乡

流逝的时光、遥远的故乡,像一条无尽的小路,迷失在烟雾中。

爱情诗是文学创作的永恒主题。徐志摩的《再别康桥》《偶然》等,大家都耳熟能详。《偶然》写道:

> 我是天空里的一片云,
> 偶尔投影在你的波心 ——
> 　你不必讶异,
> 　更无须欢喜 ——
> 在转瞬间消灭了踪影。

你我相逢在黑夜的海上，
你有你的，我有我的，方向；
　　你记得也好，
　　最好你忘掉
在这交会时互放的光亮！

人生有许多偶然的际遇，可遇不可求，可即不可留。要学会面对种种偶然，得之不喜，失之不悲。当然，在现实生活中，要做到这一点真不容易。他对林徽因的感情，一生都不能忘怀，令人感叹欷歔。1931年，徐志摩飞机失事。一年之后，林徽因写下《别丢掉》：

别丢掉
这一把过往的热情。
现在流水似的，
轻轻
在幽冷的山泉底，
在黑夜，在松林，
叹息似的渺茫。
你仍要保存着那真！
一样是月明，
一样是隔山灯火，
满天的星，
只使人不见，
梦似的挂起，

> 你问黑夜要回
> 那一句话 —— 你仍得相信
> 山谷中留着
> 有那回音!

人生相遇,就像冰心写的《繁星》其一:

> 繁星闪烁着 ——
> 　深蓝的天空,
> 　何曾听得见他们对语?
> 沉默中,
> 　微光里,
> 　　它们深深的互相颂赞了。

它们互相赞许,很有一种李商隐诗的味道。《霜月》就写出这种天人之际的感动:

> 初闻征雁已无蝉,百尺楼高水接天。
> 青女素娥俱耐冷,月中霜里斗婵娟。

"初闻"二字极富意蕴。《礼记》云:"孟秋蝉鸣。"王勃《为人与蜀城父老书》也写道:"轻蝉送夏""旅雁乘秋"。轻蝉的鸣叫往往意味着送走夏天。而这一切,诗人以往似乎未曾顾及,唯独今宵几声雁叫,却已听不到蝉噪,给诗人以震动,蓦地意识到深秋的季节已经来临。所以

"初闻"二字表现了诗人对时光飞逝的几多感慨,具有鲜明的主观色彩。如果说首句写霜月下的听觉形象,那么,次句则写空旷遥远的视觉形象。月光照耀下,遥望水天一色,呈现出清冷的境界。"百尺楼高"极写登高望远,"水接天"写出"秋水共长天一色",用以衬托眼前境界之空阔,这是为下文作伏笔。李商隐的诗常常用高耸空旷的背景来表达心情。如《楚吟》:"山上离宫宫上楼,楼前宫畔暮江流。"写山上的楼,也有登高望远生愁之意。这种"高处不胜寒"的境界确实令人神往,从而很自然地引出后两句:"青女素娥俱耐冷,月中霜里斗婵娟。"青女,传说在深秋时节乃出,"以降霜雪"(《淮南子·天文训》),是指主降霜雪的女神。依此,诗中"耐"字似也可作"宜"或"称"解,如杜甫《洗兵马》:"青春复随冠冕入,紫禁正耐烟花绕。"又如乔吉《红蕉》:"娇耐春风,清宜夜雨。"素娥,注家据李商隐《嫦娥》诗,并以为指嫦娥,则"耐"字又当作"禁受"解,是指青女素娥俱能耐住清冷。我们仅从"斗婵娟"三字完全可以体会出一种超凡拔俗的生动情趣,感受到无限的美感。这情趣,这美感,显示出越在"高处不胜寒"的境界中,越能禁受寒冷;不仅显示出禁受寒冷,还能在寒冷中争奇斗艳,显示出美好的姿容,这是一种美的追求、美的精神。诗人从这精神中体会自己的感受,所以给予了高度的赞美。

又如《嫦娥》,写出长夜的期待与无奈:

云母屏风烛影深,长河渐落晓星沉。
嫦娥应悔偷灵药,碧海青天夜夜心。

烛光照射在华贵的云母屏风上,光暗了,说明夜已深了。星河渐落,灿烂的繁星已经稀疏，时间由深夜而黎明。用"深"字、"渐"字来形容室内烛光和天外银河，说明诗人在失眠之夜对于周围景物观察之细微。后两句直接写到相思之情。"夜夜心"表明每夜如此，这是对为什么彻夜不眠的解答。

又如《月夕》，也是写夜的思索：

> 草下阴虫叶上霜，朱栏迢递压湖光。
> 兔寒蟾冷桂花白，此夜姮娥应断肠。

用"此夜"就不及"夜夜心"含意丰富。特别是最后一句差异更大，《月夕》诗缺少"悔偷灵药"的神奇想象，未免显得单薄。

表现爱情的现代诗歌，最有名的首推戴望舒的《雨巷》："我希望逢着／一个丁香一样的／结着愁怨的姑娘。"而台湾诗人夏宇《甜蜜的复仇》则有出人意表的构思：

> 把你的影子加点盐
> 腌起来
> 风干
>
> 老的时候
> 下酒

由爱而恨，爱恨情仇。恨，表面看是一种遗恨，实际上是更深沉的爱。诗中所写的复仇，却是甜蜜。

乡愁诗也容易打动人心。乡愁是绵长的,就像一条路,无论走到哪里,它都延伸到哪里。就像李后主《清平乐》词所写:"离恨恰如春草,更行更远还生。"余光中诗歌的一个重要主题就是乡愁。《民歌》:

传说北方有一首民歌
只有黄河的肺活量能歌唱
从青海到黄海
　风　也听见
　沙　也听见

如果黄河冻成了冰河
还有长江最最母性的鼻音
从高原到平原
　鱼　也听见
　龙　也听见

如果长江冻成了冰河
还有我,还有我的红海在呼啸
从早潮到晚潮
　醒　也听见
　梦　也听见

有一天我的血也结冰
还有你的血他的血在合唱

从 A 型到 O 型
　　　哭　也听见
　　　笑　也听见

又如《乡愁》：

　　　　小时候
　　　　乡愁是一枚小小的邮票
　　　　我在这头
　　　　母亲在那头

　　　　长大后
　　　　乡愁是一张窄窄的船票
　　　　我在这头
　　　　新娘在那头

　　　　后来啊
　　　　乡愁是一方矮矮的坟墓
　　　　我在外头
　　　　母亲在里头

　　　　而现在
　　　　乡愁是一弯浅浅的海峡
　　　　我在这头

大陆在那头

台湾诗人非马《醉汉》：

　　把短短的巷子
　　走成一条
　　曲折
　　回荡的
　　万里愁肠。

　　左一脚十年
　　右一脚十年
　　母亲呵
　　我正努力向你
　　走来

这条短巷，是如此漫长。诚如庾信《寄王琳》诗所写："玉关道路远，金陵信使疏。独下千行泪，开君万里书。"白居易的诗："数行乡泪一封书。"贺知章的诗："少小离家老大回，乡音无改鬓毛衰。儿童相见不相识，笑问客从何处来。"这种思乡之情，古今是相同的，正如王粲所说："人情同于怀土兮，岂穷达而异心。"

　　诗言志，诗缘情，情志之间，有理在焉。一些哲理诗也很有味道，如卞之琳的《断章》：

你站在桥上看风景,
看风景人在楼上看你。

明月装饰了你的窗子,
你装饰了别人的梦。

极为收敛克制,有铅华落尽、冰清玉洁之感。又如鲁藜《泥土》:

老是把自己当作珍珠
就时时有被埋没的痛苦

把自己当作泥土吧
让众人把你踩成一条道路

又如绿原《航海》:

人活着,
像航海。

你的恨,你的风暴。
你的爱,你的云彩。

"风暴"与"云彩",极富象征意义。世界没有悲剧和喜剧之分,如果你能从悲剧中走出来,那就是喜剧;如果你总沉湎于喜剧之中,那它就是悲剧。又如王尔碑《镜子》：

> 珍贵的镜子被打碎了，
> 别伤心，有多少碎片
> 就有多少诚实的眼睛……

二十世纪七八十年代，以舒婷、顾城、江河、北岛为代表的朦胧诗人，主张回归自我，表现自我，追求心灵创造，批评界把他们视为"崛起的诗群"。舒婷《致橡树》是其中杰出的代表：

> 我如果爱你——
> 绝不像攀援的凌霄花，
> 借你的高枝炫耀自己；
> 我如果爱你——
> 绝不学痴情的鸟儿，
> 为绿荫重复单调的歌曲；
> 也不止像泉源，
> 长年送来清凉的慰藉；
> 也不止像险峰，
> 增加你的高度，衬托你的威仪。
> 甚至日光，
> 甚至春雨。
> 不，这些都还不够！
> 我必须是你近旁的一株木棉，

作为树的形象和你站在一起。

根，紧握在地下，

叶，相触在云里。

每一阵风过，

我们都互相致意，

但没有人

听懂我们的言语。

你有你的铜枝铁干，

像刀，像剑，

也像戟；

我有我红硕的花朵，

像沉重的叹息，

又像英勇的火炬。

我们分担寒潮、风雷、霹雳；

我们共享雾霭、流岚、虹霓。

仿佛永远分离，

却又终身相依。

这才是伟大的爱情，

坚贞就在这里：

爱——

不仅爱你伟岸的身躯，

也爱你坚持的位置，足下的土地。

又如顾城《一代人》：

> 黑夜给了我黑色的眼睛,
> 我却用它寻找光明。

这首诗的意绪,崔健用摇滚乐的方式表现出来。又如《远与近》:

> 你,
> 一会看我,
> 一会看云。
>
> 我觉得
> 你看我时很远,
> 你看云时很近。

王维《终南别业》也有类似的表达:"中岁颇好道,晚家南山陲。兴来每独往,胜事空自知。行到水穷处,坐看云起时。偶然值林叟,谈笑无还期。"又如顾城的《墓床》:

> 我知道永逝降临,并不悲伤
> 松林中安放着我的愿望
> 下边有海,远看像水池
> 一点点跟我的是下午的阳光
>
> 人时已尽,人世很长

>   我在中间应当休息
>   走过的人说树枝低了
>   走过的人说树枝在长

陶渊明《挽歌》其三也想到自己死后的情形："荒草何茫茫，白杨亦萧萧。严霜九月中，送我出远郊。四面无人居，高坟正嶕峣。马为仰天鸣，风为自萧条。幽室一已闭，千年不复朝。千年不复朝，贤达无奈何。向来相送人，各自还其家。亲戚或余悲，他人亦已歌。死去何所道，托体同山阿。"

  自幼受到的教育和个人的生活阅历，使我对那些具有强烈社会责任感和历史使命感的文学作品比较偏爱和欣赏，而朦胧诗派之后的理论主张则与我的这种审美情趣相去较远。我不知道是我的思想落伍了呢，还是现代诗派存在着偏颇。总之，在相当长的一段时间里，我对于诗的感情似乎有些淡漠了，因为我痛苦地发现，自己好像并不懂诗。感谢文鹏先生赠我他和姜凌主编的《中国现代名诗三百首》（北京出版社，2000），让我有机会重温百年诗史，我越发强烈地感到，近四十年，新诗变化太大了。譬如有一首诗叫《生活》，题目两个字，而内容仅有一个字，即"网"。这里，很难讲有什么韵律，也谈不上有什么情感，与传统的关于诗的概念相去甚远。但是，你很难否认它不是诗，因为它充满了哲理。马克思在《关于费尔巴哈的提纲》中曾说："人的本质并不是单个人所固有的抽象物。在其现实性上，它是一切社会关系的总和。"换句话说，人不能离群索居，他必须生活在复杂的社会关系中；这种复杂的社会关系犹如一张网。所以说"网"就是生活，很有哲理。

  另外一首新诗《大漠》只有两个字："圆。寂。"显然来自王维的

"大漠孤烟直,长河落日圆"。大漠向无尽的远方伸展,视角广,景深长,给人以开阔、广袤、深邃的感觉,复接以"长河落日圆",更具有立体感。这"孤"字显示出人烟稀少,这"直"字表现出初到边塞的诗人对于塞上景色的惊异。《红楼梦》第四十八回描写香菱评此句说:"我看他《塞上》一首,那一联云:'大漠孤烟直,长河落日圆。'想来烟如何直?日自然是圆的。这'直'字似无理,'圆'字似太俗。合上书一想,倒像是见了这景的。"

诗要有画面感,要有节奏感,当然更离不开情感。近年,依然还可以读到一些有趣的诗歌,如云南昭通诗人雷平阳的《亲人》:

> 我只爱我寄宿的云南,因为其它省
> 我都不爱;我只爱云南的昭通市
> 因为其它市我都不爱;我只爱昭通市的土城乡
> 因为其它乡我都不爱……
>
> 我的爱狭隘、偏执,像针尖上的蜂蜜
> 假如有一天我再也不能继续下去
> 我会只爱我的亲人——这逐渐缩小的过程
> 耗尽了我的青春和悲悯

又如《人民文学》2017年第9期刊登莫言歌剧《锦衣》,同时刊发一组诗。如《一生恋爱——献给马丁·瓦尔泽先生》:"不成功的恋爱才是恋爱,/而成功的恋爱多半是交易。/成功的爱情是不幸的幸福,/而不成功的爱情是幸福的不幸。"这些作品,过于哲理,诗味较为淡薄,有时也会让人过目不忘。

当代诗歌,越发虚幻,远离现实生活。余秀华《穿过大半个中国去睡你》:"其实,睡你和被睡是差不多的,无非是/两具肉体碰撞的力,无非是这力催开的花朵/无非是这花朵虚拟出的春天让我们误以为生命被重新打开。"将大众文化对于理想与信仰的吞噬转化为欲望的虚拟满足。这样的作品,缺少了传统的美学意蕴,没有温暖,没有忧伤,更谈不上崇高。

后来我的兴趣转向小说,也尝试着写过几篇,很少发表。我发现,自己的写作格局还是太小,我向往那种崇高的境界。

(三)文学是崇高的追求

文学的中心是人,要表达人类情感世界的真善美,这是文学批评家的共识。中国文学向来有"善有善报、恶有恶报"的传统,即便是悲剧的题材也要处理成爱与生命的胜利。《孔雀东南飞》的结尾以极其感人的笔调渲染了刘兰芝和焦仲卿死后的悲壮氛围:墓地有松柏梧桐,浓荫覆盖,林中又有一对鸳鸯相向而鸣,似乎是两人精魂所化,象征着两人的爱情永久不渝,再没有什么力量能把他们拆散。这样的结果就像梁山伯和祝英台故事中,二人化作双飞蝶一样,将这悲剧的题材处理成爱与生命的胜利。有情人不能成眷属,但是在理想的天国里,他们还是不放弃自己刻骨铭心的追求,或为比翼鸟,或为连理枝。汤显祖的《牡丹亭》也是这样一部作品。主人公杜丽娘和柳梦梅为爱而生,一往情深,并由梦生情,由情而病,由病而死,死而复生。作者开场白中说:"白日消磨断肠句,世间只有情难述。"情,是贯穿全剧的核心内容。他说:"凡文以意趣神色为主。"(《答吕姜山书》)"意趣神色",就是率性自然,重情重真。不论是长生殿中的生离,还是石豪村里的死别,真与伪,善与恶,美与丑,始终是中国文学传统中的不变主题。

2017年6月,我到柳青家乡榆林参加"新语境、新方法、新视野下的柳青研究"国际学术研讨会,有机会重温柳青的作品,又唤醒我对现当代文学的记忆,也让我对崇高有了新的思索。

1943年2月,中央决定派遣文艺工作者到工农群众实际工作中去,柳青作为头一个被讨论通过鉴定的同志,被中央组织部抽调下乡,分配至米脂县民丰区吕家乡政府做文书。柳青的独特性在于,他兼具革命工作者和文学家的双重角色。他首先是一个革命工作者,理解党的农村政策,深知广大农民的迫切需求。在文学上,他是一个理想主义者,希望通过自己的笔触,把翻天覆地的时代的风貌表现出来,创作属于自己的史诗。《种谷记》也许还有很多不成熟的地方,但是他的现实主义创作倾向是显而易见的。他构思《创业史》时,并没有将革命理想与文学创作做分离式的理解,而是力图将两者有机地融合起来,试图从政治的、现实的、文学的高度去理解人物、塑造人物。1952年,已经成为著名作家的柳青主动要求离开北京回到陕西长安县工作,在皇甫村一住就是十四年,真正走进"生活的学校、政治的学校、艺术的学校",不断拓展思维的广度和深度,终于写出史诗般的长篇小说《创业史》。柳青说:"《创业史》这部小说要向读者回答的是:中国农村为什么会发生社会主义革命和这次革命是怎样进行的。回答要通过一个村庄的各个阶级人物在合作化运动中的行动、思想和心理的变化过程表现出来。"柳青最清楚农民想什么、农民需要什么。在他的笔下,总是体现出一种理想的追求。这,也许就是一种崇高的追求。

《创业史》问世不久，赞誉之余，也有不少理性的批评。譬如有学者认为："梁生宝形象的艺术塑造也许可以说是三多三不足：写理念活动多，性格刻画不足（政治上的成熟的程度更有点离开人物的实际条件）；外围烘托多，放在冲突中表现不足；抒情议论多，客观描绘不足。"（《文学评论》1963年第3期）初读的感觉，批评的多，肯定的不够。因为与柳青有过浅浅的接触，我对这种评价有点抵触。但这是专家之言，我无从置喙。进入新世纪，还有学者认为，柳青只是"文革"前"十七年文学"那种"共同文体"的一个写作者之一。"在二十一世纪初，《创业史》已经是一部不适合阅读的作品 —— 这里所说的阅读，是指专业阅读，即以阐释为目的的阅读。"（《文学评论》2005年第4期）从当时的学术背景看，这些批评也许不无道理，但从感情上说，依然觉得有些偏颇。我总是固执地认为，评价一部文学作品是否有影响，是否有价值，应持有两个维度，一是现实维度，一是历史维度。有的作品，当时可能很有影响，但是在文学史上并无价值；有的作品在当时默默无闻，却有文学史意义。如果说柳青的作品只是前者，只是时代的传声筒，并无文学史的价值，那么问题来了，学术界围绕着柳青《创业史》召开的各种学术研讨会，还有大量的评论文章，特别是新时期陕西文坛上"三颗大树"的成长，都与柳青的文学史价值的讨论有关，这如何理解？我后来长期从事中国古代文学研究，与现当代文学渐行渐远。但我意识到，围绕柳青《创业史》的争论，其实涉及很多基本的文学理论问题。

恩格斯《反杜林论》说："一切存在的基本形式是时间和空间，时间以外的存在和空间以外的存在同样是非常荒诞的事情。"过去，我们评价历史人物，常常脱离具体的历史环境，大而化之。只有将历史事件、历史人物放到特定的时间与空间中加以还原，走近真实的历史，所得结论才有可能切合实际。

一个批评家，如果脱离农村实际，或者用后来的眼光看问题，就会觉得柳青笔下的农民过于脸谱化、概念化。这样的问题可能是存在的，但更多的问题，是我们对于历史比较隔膜。柳青对当年的批评不以为然，说批评他的文章"离开了事实，夸大书中的缺点，又要做出很切实际、全面的样子，想说服别人就有困难"。至于后来的批评文章，已经作古的柳青自然无法回答，但刘可风《柳青传》记载柳青对文学评论的看法，可以视为他对文学理论与文学批评的系统看法："第一，向读者分析作品的社会意义和艺术技巧，这是很重要的工作。第二，受文学评论影响的主要是广大读者，其次是成千成万青年习作者，不受文学评论影响的是已经成熟的作家。对他们不准确的赞扬能引起他们的反感，不准确的批评不能动摇他们的创作规划，却能做他们加强规划的参考资料。作家成熟与否，看他在政治思想、生活阅历和文学修养三者达到大体一致的较高水平。而无论怎样'权威'的批评家，在生活阅历这方面，不能和作家相比的。所以对不准确的批评能采取评价的、警惕的态度，这是作家成熟的表现之一。第三，文学作品的艺术生命，由它本身决定，批评家的影响是暂时的。任何'权威的批评家'，虚捏作品的成就或抹杀作品的成就，都是暂时的在读者和青年习作者中起影响。对文学作品最后的评断是时间的考验。好的作品，总是逐渐被人承认，越来越有光辉的。"他承认文学批评很有用，但是做好文学批评并不容易，要在政治思想、生活阅历和文学修养三个方面，都有较高的水平，才能使自己的理论批评有深度，让作家信服。什么叫有深度？还是得回到人民的立场。马克思《〈黑格尔法哲学批判〉导言》说:"批判的武器当然不能代替武器的批判,物质的力量只能用物质力量来摧毁;但是理论一经掌握群众,也会变成物质力量,理论只要说服人,就能掌握群众,而理论只要彻底,就能说服人。所谓彻底,就是抓住事物的根本。但人的根本就是人本身。"(《马克思恩格斯选集》第1册)农业合作化运动的核心是广大农民,农民是否喜欢,是否支持,是柳青小说亟待回答的问题。他说:"我研究农民为什么劳苦? 我研究他们怎么那么爱儿子和土地?"中国农民的苦难与艰辛,他们的精神状态,他们对劳动的热爱,他们的理想,他们力图为改变生活所做的一切努力,所有这些,都成为之后柳青小说反复书写的主题。而这些,脱离了农村实践的理论家,或者远离那个时代的研究者,未必能够有清醒深刻的体认。柳青坚持认为,文学批评、美学研究,必须结合艺术创作实践才会有说服力,否则,只是纸上谈兵,并无实际指导意义。

在柳青影响下走上文坛的路遥也有着近似的经历。他的代表作《平凡的世界》,最初并没有得到评论界的特别关注,但是广大读者给了他最充分的肯定。

2018年,路遥作为"改革开放100位先锋"之一列入共和国史册,这是国家对他的最好纪念。五年前,习近平总书记在文艺座谈会讲话中说:"优秀作品并不拘于一格、不形于一态、不定于一尊,既要有阳春白雪、也要有下里巴人,既要顶天立地、也要铺天盖地。只要有正能量、有感染力,能够温润心灵、启迪心智,传得开、留得下,为人民群众所喜爱,这就是优秀作品。"这七个标准,看似简单,其实真正做到并不容易。路遥的创作符合这七条标准。这里有很多重要的文学经验需要总结。

一个作家的价值不在于他标榜什么,而是他的作品怎么叙写自己对人生的体验、对社会的观察、对未来的思考。路遥遵循着现实主义原则从事创作。我们读他的作品,又会强烈地感觉到他不仅仅恪守传统的现实主义方法,其中还有很丰富的浪漫主义色彩。路遥的作品常常写到苦难,写到抗争,读者在掩卷之余,感受到的是希望,是崇高,是温暖。他从来不向命运低头,当知道自己重病在身时,内心唤起的是一种对生活更加深沉的爱恋,用朝圣般的真诚,带着纯净的心灵投入《平凡的世界》第三部的创作。他说自己就像初恋一样,快接近目标时,幸福的泪水在眼里打转。莎士比亚说,他常常对着悲哀微笑。我们的古典诗歌也常有这种长歌当泣、远望当归的悲壮境界。路遥微笑拈花,创造了文学的经典,走进了历史的深处。

　　由此想到,文学研究工作者如何成为作家的知音,处理好文学理论与文学实践的关系问题,是一个长期以来并未得到很好解决的难题。《文心雕龙·知音》说:"音实难知,知实难逢。逢其知音,千载其一乎?"现在有一种理论,认为艺术批评、美学理论可以不在文学现场,可以独立存在。我想,这样的批评,这样的理论,还有意义吗?

　　2017年9月,我到雄安新区参加"红色经典与中国文学传统"研讨会。在开幕致辞中,我以孙犁和杜甫的创作为例,说明"红色经典与中国文学传统"看似两个题目,其实血脉相通,气韵相同,都是通过平凡的日常生活,展现着中华民族特有的精神气质和崇高的情感。譬如孙犁的小说,写的是当代故事,用的却多是传统的手法,洗练、精致、含蓄、优美。白洋淀的芦苇是非常有名的。《白洋淀纪事》多与芦苇有关,主要表现冀中儿女保家卫国的坚强意志和淳朴秀美的心灵世界。如《荷花淀》:"这女人编着席。不久在她的身子下面,就编成了一大片。她就像坐在一片洁白的雪地上，也像坐在一片洁白的云彩上。她有时望望淀里，淀里也是一片银白世界。水面笼起一层薄薄透明的雾，风吹过来，带着新鲜的荷叶荷花香。"又如《嘱咐》，描写一个士兵回家的故事。主人公日夜兼程往回赶，到了村口，却不敢再往前走了，坐下来，抽了一袋烟，平复一下心情。多年的战乱，他不知道家里的境况如何。待心情略微安定一些，才慢慢走到他熟悉的家门口，刚一推门，他的妻子正往外走。俩人猛一对视，都愣住了。过了片刻，妻子才说"你"，便转过身去，眼泪下来了。在那烽火连天的岁月，一个普通百姓的悲欢离合，竟都浓缩在这"你"字上。八十年代，中国人有一种浓郁的诺贝尔文学奖情结。有人曾质疑这篇小说，认为这种描写过于小气，无法叫西方人理解。在某些人看来，只有轰轰烈烈的爱情，才叫爱情。孙犁笔下的平凡男女，没有海誓山盟，没有天崩地裂。千言万语，就浓缩为一个"你"字，也许外国人不懂，但我相信，中国人都懂。这才是中国人传统的情感表达。宋之问《渡汉江》云："岭外音书断，经冬复历春。近乡情更怯，不敢问来人。"此诗后两句，不正是孙犁所写的这种场面吗？多年音信杳然，多年牵肠挂肚，多想马上就见到亲人。但是，谁又能料到会发生什么变故呢？杜甫《述怀》说："自寄一封书，今已十月后。反畏消息来，寸心亦何有？"兵荒马乱之际，亲人的消息断了，自从寄出那封信，已经过去十个月，现在反而怕接到来信，就怕凶多吉少。再看杜甫，与妻子儿女分别三个年头后，他终于可以去探望妻小，到家里写下著名的《羌村三首》。第一首写道："峥嵘赤云西，日脚下平地。柴门鸟雀噪，归客千里至。妻孥怪我在，惊定还拭泪。世乱遭飘荡，生还偶然遂。邻人满墙头，感叹亦歔欷。夜阑更秉烛，相对如梦寐。"战争年代，死，也许是一种常态,而活着,哪怕苟且偷安,也不容易,反成偶然。"妻孥怪我在,惊定还拭泪。"夜深人静,这对饱受磨难的老夫老妻,执手相看泪眼,依然感觉像是做梦一样。"夜阑更秉烛,相对如梦寐。"简单的十个字,蕴藏着多么深厚的情感!司空曙《云阳馆与韩绅宿别》诗:"乍见翻疑梦,相悲各问年。"陈师道《示三子》诗:"了知不是梦,忽忽心未稳。"皆由此出。这样的笔触,写出中国人美好的心灵、崇高的情感。这样美好的心灵与崇高的情感,不是外在的,而是体现在微不足道的细节中,体现在琐碎的生活中。杜甫和孙犁都擅长描写战争中的人情、人性、人格,让热爱和平的人们看到,中华民族虽历尽沧桑,饱受苦难,但从来没有失去自信心。《在文化传承中彰显家国情怀》(《中国文化报》2017年9月20日)一文中,我曾引鲁迅的话说:"我们从古以来,就有埋头苦干的人,有拼命硬干的人,有为民请命的人,有舍身求法的人。"鲁迅称赞他们是中国的脊梁。古往今来,那些为中华民族崛起而奋斗的普通民众,没有豪言壮语,没有高头讲章,而他们的苦干实干,他们的朴素平凡,他们的勇敢顽强,还有他们的深明大义,都在生动地诠释着一个古老民族的家国情怀和不屈品格。在这些平凡的描写中,我又一次读到崇高。

当前,文学创作与文学研究有三种倾向值得注意:一是以丑为美,二是解构经典,三是虚无历史。我们知道,随着自然科学的高度发达,后工业化的西方社会出现了种种畸形和矛盾,上帝创世的神话被打破了,理性万能的说法也被质疑。中心没有了,主流没有了,剩下一地碎片。于是,审丑成为时髦。作为美的对立面,丑,自有其积极意义。问题不在于写什么,而是站在什么立场来写,要表达什么样的审美追求。《巴黎圣母院》的主人公相貌很丑,但心灵很美。而今呢,很多作品美丑不分，甚至为迎合世俗口味，哗众取宠，用滑稽戏谑庄重，用丑陋消解崇高，用仇恨虚无历史。

中国古代经典作品如《诗经》《楚辞》，伟大诗人如李白、杜甫等，在一些文学史著作中，甚至一笔带过，似乎无足轻重，一些不入流的作家、作品，反而登堂入室。审美观点不同，评价标准各异，文学史家有权力按照自己的理解去叙述历史。而我，依然信奉传统的看法。二十世纪七十年代末，我在南开大学读书时，听叶嘉莹先生讲课。她说自己回国教书，没有别的目的，"书生报国成何计，难忘诗骚李杜魂"。老人家至今依然在从事着对传统文化的传经布道工作，令人敬仰。《诗》、《骚》、李、杜，这是中国人的精神偶像，如果消解掉，我们的灵魂该如何安放？自从喜欢上文学，我就从"鲁、郭、茅、巴、老、曹"等经典作家作品读起，受到精神洗礼。而今，在听起来很好的"重写文学史"的口号下，这些作家逐渐被边缘、被冷落；即便被提及，也不无讥讽。一个时期以来，我们的精神家园遭遇到前所未有的颠覆，文学失去了方向。所以，我们呼唤崇高，回归经典，绝不是无的放矢，直接关系到中国文学的发展方向。

二、关于文学研究

古人说："立言之道有六难：学难乎渊该，事难乎综核，词难乎雅健，气难乎冲和，识难乎通融，志难乎沉澹。"（田同之《西圃文说》）其实，学、事、词、气、识、志这六个方面，不如刘知几《史通》用才、学、识这三个字概括得更好。识为主，才与学为辅。才、学、识为文学研究的三个支点。用今天的话来说，才就是艺术感受，学就是文献基础，而识则是理论素养，这是我们从事中国文学研究所应具备的基本素养。

艺术感受是基础，它源于艺术实践；而艺术实践包括两方面的内容，一是创作实践，二是阅读实践。创作实践不一定人人都有，但是作为一个文学爱好者，阅读实践自然是必不可少的。仅有阅读实践，并不能成为文学研究者。文学研究还有两个不可或缺的支点，一是文献基础，二是理论素养。这个道理不言自明，但是在实际研究过程中，三者之间的关系又有着许多剪不断、理还乱的问题。

文学研究与艺术感受密不可分，这是共识之一。问题在于，看了很多赏析之类的著作，每每令人感到平庸乏味。为此，老师总是叫我们要有问题意识，于是我们拿起作品，顾不上欣赏她的美丽境界，而是像破案似的在字里行间寻找"问题"，结果艺术感觉离我们越来越远。

文学研究与文献基础密不可分，这是共识之二。问题在于，看了很多文献考订之类的著作，往往有支离破碎之感。有很多文章，纠缠于一些很难说得清的问题，争来论去，就像从圆心射向两个不同方向的直线，分歧只能越来越大。仅就某一点而言，似乎有一得之见，但是，倘若通盘考察，就不是那么回事了。这样的研究离文学越来越远。

文学研究与理论素养密不可分，这是共识之三。问题在于，看了很多理论著作，常常叫人激动，而在实际操作中却又有两股道上跑车的感觉，两者很难找到结合点。表面上说得头头是道，而实际上往往对不上号。

著名学者胡厚宣说："史料与史观是史学的两个方面，并不是对立的两种学说。史料与史观，必须共同相辅，才能成为史学。史料与史观,是一件的两种成分,任何一种是不能脱离了另外一种而独立了的。""史学若是房屋,那么,史观是工程师,史料是木材砖瓦。只有工程师而没有木材砖瓦,和只有木材砖瓦而没有工程师,是同样盖不成房子的。只有正确的史观,没有正确的史料,和只有正确的史料,没有正确的史观,是同样写不出正确的历史来的。"①

我也常常为这些问题所困扰,只能不断地思索,不断地补课。经历了从文学青年到青年学人,从现代文学到古典文学,从古典文学到古典文献,从文献研究到理论思考,从文学阅读到经典研讨的不同阶段,虽然甘苦自知,但也很希望梳理出若干经验教训,不敢说金针度人,至少可以分享其中的酸甜苦辣。

1973年前后,父亲见我对文学略有兴趣,从废纸堆中翻出一本《白居易诗选》(顾肇仓、周汝昌选注),其中《望月有感》诗让我特别感动:

> 时难年荒世业空,弟兄羁旅各西东。
> 田园寥落干戈后,骨肉流离道路中。
> 吊影分为千里雁,辞根散作九秋蓬。
> 共望明月应垂泪,一夜乡心五处同。

这是我第一次系统阅读古典诗歌,发现竟然还有这样震撼人心的力量。

真正促使我对古典文学产生浓厚兴趣的,应当是著名学者叶嘉莹先生。叶先生点燃了我的古典文学研究梦想,让我们理解了文学的力

---

① 胡厚宣《古代研究的史料问题》,云南人民出版社2005年版,第6页。

量在于兴发感动,同时,叶先生的言传身教让我们知道,生命的意义在于生生不息之追求。(见《从师记》)

1979年春,我生活在古典诗歌的天地里,常常独自徘徊在月光之下,吟诵着"知我者谓我心忧,不知我者谓我何求;悠悠苍天,此何人哉"的诗句,沉醉其中,甚至感慨涕下。

就这样,我选择了古典文学。

1980年,傅璇琮先生的《唐代诗人丛考》出版,尽管我对其考证的内容几乎不懂,但是,全书蕴含的厚重内容、严密的考证功夫,还是让我读出了学术的分量和尊严。从那时开始,我似乎明白了什么才叫"学问"。我的本科学年论文和毕业论文是罗宗强先生和王达津先生指导的,是这两位恩师手把手地把我引到了学术殿堂的门前。南开大学的其他老师也给了我深刻的教诲。我至今还清楚地记得,本科最后一个学期,我选修了孙昌武老师"唐代古文运动"课程。他在最后一次课上结合自己的经历语重心长地对我们说:"人生离合际遇,往往取决于一念之差。在'文革'中很多人无所事事,在一念之间就轻易放弃了自己的理想,到头来一无所有。"孙老师的话深深地刻在我的脑海里,以后我也成了大学教师,经常用孙老师的话告诫大家要有一种韧劲,咬定青山不放松。古人说:"临渊羡鱼,不如退而结网。"这成了我人生的座右铭。南开四年,改变了我的人生道路。毕业之际,我便开始全力以赴地编织起自己的学者梦来。

当初怎么也没有想到,实现我的学者梦竟是这样的艰辛。离开南开以后的一段时间里,我就像一个无家可归的孩子,独学无友,孤陋寡闻,徘徊在学术殿堂之外,苦于找不到登堂入室的门径,陷入相当苦闷的境地。雨宵月夕,废寝摊书,在艰苦的摸索中,我逐渐地看到了古典文献学的意义，明白了一个极为浅显的道理：要有自知之明。学海无边，山外有山。这道理，不言自明；但是，真正有所体会，还是在杭州大学古籍研究所追随姜亮夫先生研习古典文献学之后。在入学典礼上，姜老说起当年王国维先生让学生通读《四库全书总目》的往事，谆谆告诫我们要时刻注意根柢之学，要打通文史界限，要让"每个同学成为通才，而不是电线杆式的'专家'"。为此，他开设了许多在当时看来我们不甚理解的课程。我当时选修或旁听了许多专题课，目录、版本、校勘、文字、音韵、训诂，还有许多相关学科课程，譬如中国科技史专题、历史地理学专题及专书研究等。印象深刻的课程有《目录学与工具书》《校雠略说》（蒋礼鸿）、《广校雠学》（沈文倬）、《艺术概论》（陶秋英）、《秦汉货币赋役制度》（钱剑夫）、《古籍版本鉴定》（魏隐儒）、《中国古代官制史》（龚延明）、《中国历史地理》（陈桥驿）、《中国科技史》专题（《墨子》《考工记》《天工开物》等，王锦光主讲）、《〈诗经〉研究》《中国古代历算》（刘操南）、《〈营造法式〉和中国建筑史》（沈康身）、《训诂学》《〈说文解字〉研究》（郭在贻）、《〈汉书·艺文志〉研究》（雪克）、《〈广韵〉研究》（张金泉）等。这些课程，内容浩繁，一时难以消化，但是它却向我打开了一扇窗，可以真正感受到世间学问的博大浩繁。我体会，姜老不希望研究生很早就钻进一个狭窄的题目中，而是在两三年的学习过程中努力开阔视野，培养寻找材料、解决问题的基本技能。至于如何研究具体的课题，那就要靠自己的修行了。我们每一个人，终其一生，不过守其一点而已，小有所成，就已经很不容易，根本没有理由为此而沾沾自喜。晏殊有这样的词句："昨夜西风凋碧树，独上高楼，望尽天涯路。"王国维先生称之为人生第一种境界。其实真正能步入这种境界，也并非易事。而进入这种境界，首先就要经过传统文献学的训练。

根据我个人的理解，传统文献学包含四个层面。第一是目录、版本、校勘、文字、音韵、训诂，这是最基础的学科，即历史上的"小学"。第二是中国历史地理学和历代职官，这是研究中国传统学问的两把钥匙，略近于传统的"史学"。第三是先秦几部经典，按照姜老的学术思想，《尚书》《诗经》《左传》《荀子》《庄子》《韩非子》《周易》《老子》《论语》《大学》《礼记·曲礼》《屈原赋》（还应加一部《昭明文选》）等典籍是必须下大功夫精读的，含糊不得，因为这些全是研究中国传统学问的根柢之学。第四才是进入各个专门之学的研究，如文学、史学、哲学等。传统文献学涉及如此多的内容，而且都是很专门的学问，当然不可能样样精通。研习传统文献学的目的，就是要学会寻找登堂入室的学术途径，学会随时关注、密切跟踪相关学科进展的方法。这样，在自己的研究过程中，如果涉及某方面的问题，可以知道去哪里寻找最重要、最权威的参考资料。章学诚早就说过，读书治学的首要工作就是要"辨章学术，考镜源流"。我想，传统文献学的作用就在这里。这是我大学毕业之后所补的第一课。有古典文献作基础，我在1993年顺利地被聘为副研究员。

当然，现代科技文明已经使世界变得越来越小。做学问不能作茧自缚；做井底之蛙只能游离于世界学术潮流之外，而为时代所抛弃。若干年前，我曾写过一篇《从补课谈起》（《文学遗产》1994年第4期）的小文，专门谈到研习国外文献学的问题。我认为，这是我们从事文史研究的另一基点。对于从事自然科学研究的学者而言，这本不成问题，而对于研究中国传统学问的学者来说，也许就是一个新的课题了。我们常说，学问没有国界。我们要走向世界，就要努力使自己的学问能与国外学术界接轨，起码应当使自己设法与国外同行站在同一起跑线上展开平等的竞争。但是实际上，我们在很多方面与国外学术界存在着严重的脱轨现象。过去，我们对于国外同行的研究相当隔膜。客观条件的限制固然是最主要因素，而主观的成见确实也是巨大的阻碍。我们偶尔会听到国外同行批评我们不关心他们的研究，甚至毫不客气地指出我们的研究漏洞。乍听起来颇感刺耳，仔细一想又不无道理。我们的研究，他们随时关注，而他们的成果，我们却难以借鉴。由于政治、经济的冲击，由于自我封闭，结果使我们失去许多与国外同行对话讨论的机会，难免会有落伍之讥。因此，我又用了若干年恶补国外文献学的知识，发表了若干篇文章，并与陶文鹏先生合作编选了一部发表在《文学遗产》上的海外学者专访文集《学镜》（凤凰出版社，2008），作为一面镜子，时时反观自己。这是我大学毕业之后所补的第二课。有国外文献作基础，我在2000年顺利地被聘为研究员。

学术研究要后来居上，我发现，就具体研究而言，这不成问题。因为我们选择任何一个学术问题，总是要站在前人的肩膀上有所拓展，有所成就。如果你得出的结论是前人已经论证过的，那就没有任何学术意义了。但是，从研究方法上，超越自己就非常困难。人总有一种惰性，总习惯于轻车熟路的方法。改变自己，有时要冒着一定的风险。进入二十一世纪以来，我总在思索着这样一个问题，如何在已有的科研成果基础上推进自己的研究。

在我书桌对面的书柜里，整齐地排列着很多近现代著名学者的学术论著。小有得意的时候，看看他们的作品，你就会感到自己是多么浅薄；偶有失意的时候，摊开他们的作品，又会给你一种无穷的力量和信心。我很感念我的老师，我更感谢那些没有教过我，但是他们的著作给我以学术力量的无数名师。我知道自己是如何啃着他们的著作一步一步地走过来的。无论何时,我都会有一种学生的心态,内心充溢着向上攀登的劲头。《沧浪诗话》说,学诗者"入门须正,立志须高","学其上,仅得其中;学其中,斯为下矣"。名师的意义也许就在这里,他们教人向上一路。我曾与陶文鹏先生编选了一部集子,收录《文学遗产》1986年至2005年"学者研究"专栏上所发表的四十三篇研究二十世纪古典文学专家的文章,取名《学境》(上海古籍出版社,2006),寓意学术的境界。从那本书中论及的大家和名家经历看,他们对于自己所从事的研究工作始终抱有一种敬畏的态度,把学术作为毕生的事业来追求,甚至视学术为生命。这是他们的共性,也是最让人感动的地方。其次,他们都有着广阔的学术视野。也许他们所研究的对象可能是一个很小的题目,但是在这课题的背后,你却感受到坚实厚重的学术支撑。更重要的是,他们敏锐而果敢地抓住了他们所处时代提供的前所未有的历史机遇,"用新的眼光、新的时代精神、新的学术思想和治学方法照亮了他们所从事的具体研究对象"(王瑶主编《中国文学研究现代化进程·小引》),为二十世纪的古典文学研究事业开创了全新的局面。我觉得,这些大家、名家,是我们永远取法的榜样,是引领我们献身于学术事业并获得生生不已的力量源泉。

过去的一百年,我国的文化思想界发生了翻天覆地的变化。生活在十九世纪上半叶的梁章钜(1775—1849)在其《浪迹丛谈》中有这样一则笔记,是用音译的方式记述英文十二个月份的发音。这则笔记题曰"外夷月日",由此不难看出作者的猎奇和轻蔑的态度。他当然不会想到,就在他辞世不过半个世纪的时间,以英语为主要载体的西方文化就大踏步地挺进中国,并深刻地影响了中国一个世纪。中国文学研究，当然也打上了西方文明的深刻烙印。拙著《走向通融——世纪之交的中国古典文学研究》（知识产权出版社，2005）中有多篇文章对此有所论述。

我的基本看法是，凡是在中国文学研究方面真正做出贡献的人，无不在文学观念上有所突破，但是，所有的观念必须建立在坚实的文献基础之上，建立在本民族的文学传统基础之上。如果说文献基础是骨肉的话，那么文学观念就是血液。一个有血有肉的研究才是最高的境界。近现代以来，随着学术观念的变化，以论带史的理念曾是文学研究的主流意识。文学史家的任务主要就是依据某种或某些理论主张去梳理文学史的发展线索。这里的教训就是脱离中国文学发展的实际，脱离文献收集考订的实践，其结果必然是"东倒西歪"，找不到理论方向。于是，我们在反思，古典文学研究工作者的任务难道仅仅是为某种现成理论作注疏吗？事实上，一个有出息的文学史家在细心梳理文学史发展过程的同时，也会努力从中归纳出若干理论。因此，很多理论家往往就是文学史家。或者反过来说，文学史家往往又是出色的理论家。世纪之交的中国古代文学研究界，正从历史上的正反两个方面总结经验教训，不再固守着纯而又纯的所谓"文学"观念，也不再简单地用舶来的观念指导中国文学研究实际，而是从中国文学发展的实际出发，从时间和空间的维度研究中国文学，运用传统的考证方法整理中国文学史料，具体而微地梳理出中国文学思潮发展演变的线索。

五十岁以后，我常常反思过去三十年的读书经历，发现以前读书往往贪多求全，虽努力扩大视野，增加知识储量，但对于历代经典，尤其是文学经典，还缺乏深入细密的理解。《朱子语类》特别强调熟读经典的意义，给我很深刻的启发。朱熹说：

泛观博取,不若熟读而精思。

大凡看文字,少看熟读,一也;不要钻研立说,但要反复体验,二也;埋头理会,不要求效,三也。三者,学者当守此。

读书之法,读一遍了,又思量一遍,思量一遍,又读一遍。读诵者,所以助其思量,常教此心在上面流转。若只是口里读,心里不思量,看如何也记不子细。

为此,他特别强调先从四部经典读起,即《大学》《论语》《孟子》《中庸》,特作《四书章句集注》。而《朱子语类》就是朱子平时讲解经典的课堂笔记,不仅继续对这四部经典加以论述,还对其他几部经书的精微之处给予要言不烦的辨析。他不仅强调熟读,还主张"诵"书,即大声念出来。朱子如此反反复复强调熟读经典,实在是有感而发。

纸张发明之前,文字的载体主要是钟鼎和简帛,记录文字很受限制。《史记·滑稽列传》载东方朔初入长安,上书朝廷,凡三千奏牍。两人捧着供皇帝阅读,花费两个月的时间才读完。看来,学富五车,在先秦两汉并不是什么特别了不起的事。纸张的发明,情形为之改观。首先,大城市有了书肆,王充就是在那里开始读书生涯的。有了书肆,自然有了文化的普及。左思《三都赋》问世,可以使洛阳纸贵。雕版印刷发明之后,书籍成倍增长,取阅容易。尤其是北宋庆历年间毕昇发明了活字印刷,同时代的沈括在《梦溪笔谈》中及时记录下来,说这种印刷如果仅仅印三两份文字,未必占有优势;如果印上千份,就非常神速了。一般准备两块版,一块印刷时,在另外一块上排字,一版印完,另一版已经排好字,就这样轮番进行,真是革命性的发明。

问题是，书多了，人们反而不再愿意精读，或者说没有心思精读了。读书方式发生变化，做学问的方式也随之发生变化。就像纸张发明后，过去为少数人垄断的学术文化迅速为大众所熟知，信口雌黄、大讲天人合一的今文经学由此凋落。雕版印刷术，尤其是活字印刷术的发明，也具有这种颠覆性的能量。朱熹说："汉时诸儒以经相授者，只是暗诵，所以记得牢。"但随着书籍的普及，过去那些靠卖弄学问而发迹的人逐渐失去读者，失去市场，也就失去了影响力。"文字印本多，人不着心读"，而且也不再迷信权威，更多地强调自己的感受和理解。宋人逐渐崇尚心解，强调性理之学，这种学风的变化固然有着深刻的思想文化背景，同时也与这种文字载体的变化密切相关。今天看来，朱熹的忧虑，不无启迪意义。

随着互联网的普及，电子图书异军突起，迅速占领市场。而今，读书已非难事。在知识爆炸的时代，我们的大脑事实上已经成为各类知识竞相涌入的跑马场，很少有消化吸收的机会。我们的古代文学研究界，论文呈几何态势增长，令人目不暇接，但总感觉非常浮泛。很多是"项目体"或者"学位体"，都是先有题目，后再论证，与传统的以论带史没有质的区别。在这样背景下，我常常想到经典重读的问题。

当然，如何选择经典，如何阅读经典，确实见仁见智，没有一定之规。就其根本上说，中国学问源于《诗》《书》《礼》《乐》《易》《春秋》所谓"六经"，汉代称为"六艺"。《乐经》不传，古文经学家以为《乐经》实有，因秦火而亡，今文经学家认为没有《乐经》，"乐"包括在《诗》和《礼》之中，只有五经。东汉到南宋，五经又逐渐扩充为七经、九经、十三经。这是儒家基本经典，也是中国文化的最基本典籍。当然也有人在此基础上另推崇一些典籍，如段玉裁《十经斋记》(《经韵楼集》卷九），就益之以《大戴礼记》《国语》《史记》《汉书》《资治通鉴》《说文解字》《九章算经》《周髀算经》，以为二十一经。但无论如何划分，都以五经为基始。

如何研究经典？我的阅读范围很狭窄，比较欣赏下列四种读书方法。

一是开卷有得式的研究，钱锺书为代表。他也是从基本典籍读起，《管锥编》论及了《周易正义》《毛诗正义》《左传正义》《史记会注考证》《老子王弼注》《列子张湛注》《焦氏易林》《楚辞补注》《太平广记》《全上古三代秦汉三国六朝文》十部书，都是由具体的问题生发开去。他胸中有那么多的问题，而现在的问题是没有"问题"（意识）。读俞曲园先生《茶香室丛钞》《右台仙馆笔记》《九九销夏录》等，他说自己"老怀索寞，宿疴时作，精力益衰，不能复事著述。而块然独处，又不能不以书籍自娱"（《茶香室丛钞·序》），于是抄录了这些著作。看来，从事研究，不仅仅需要知识的积累，也需要某种内在的强大动力。过去，我们总以为从事文史研究，姜是老的辣，其实未必如此。年轻时，往往气盛，常常多所创造。但是无论年轻还是年老，这种读书笔记还是应当做的。《书品》载文纪念顾颉刚先生，说他每天坚持写五千字，哪怕是抄录五千字也行。《顾颉刚读书笔记》全十七册（包括一册《索隐》），令人赞叹。钱先生也具有这种烂笔头子的工夫。在筹备"纪念钱锺书先生诞辰一百周年学术研讨会"过程中，我曾数次拜访杨绛先生。第一次去时，出乎意料，钱先生的家摆设极其简朴，且看不到丰富的藏书。据钱先生自己说，他读书的方法是在欧洲留学时养成的，因为当时图书馆有很多书不外借，由此而养成做读书笔记的习惯。从整理出版的钱先生的读书笔记来看，他读书很杂，全无禁区，连字典都读得津津有味。杨绛先生说,有些书钱先生泛读,读一遍就好,而有些书是要精读的,反复去读。钱先生做读书笔记,记下读书的每一点心得。商务印书馆出版了《钱锺书手稿集》,中文之部二十册,外文之部四十八册,多是读书笔记。这是中国最传统的读书方法,随心所欲,泛览博观。当然,古代也有一些重要的笔记,显然是经过精心整理,如王应麟《困学纪闻》、顾炎武《日知录》、赵翼《廿二史札记》、钱大昕《廿二史考异》、王鸣盛《十七史商榷》等,洵为一代名著。

二是含而不露式的研究,陈寅恪为代表。他的研究,问题多很具体,所得结论却有很大的辐射性,给人以启发。《隋唐制度渊源略论稿》《唐代政治史述论稿》篇幅不长,结论可能多可补充甚至订正,但是他的研究方法、他的学术视野,却开阔而充满感召力。他的研究,有时候带有一定的臆测性。他为冯友兰《中国哲学史》所写的审查报告说,对于古人应抱有"了解之同情"。所谓"了解之同情",就是要有一种谦逊的心理。余英时在《怎样读中国书》中说:"我们读经典之作,甚至一般有学术价值的今人之作,总要先存一点谦逊的心理,不能一开始便狂妄自大。这是今天许多中国读书人常犯的一种通病,尤以治中国学问的人为甚。他们往往'尊西人若帝天,视西籍如神圣'(这是邓实克1904年说的话),凭着平时所得的一点西方观念,对中国古籍横加'批判',他们不是读书,而是像高高在上的法官,把中国书籍当作囚犯一样来审问、逼供。"我们今天的研究,往往居高临下,急于给古人排座次,缺少一种平实对话的姿态。康德《人类历史起源臆测》指出:"在历史叙述的过程中,为了弥补文献的不足而插入各种臆测,这是完全可以允许的;因为作为远因的前奏与作为影响的后果,对我们之发掘中间的环节可以提供一条相当可靠的线索,使历史的过渡得以为人理解。"周一良、田余庆等先生都沿用着这种读书方法，多所创获。他们的研究成果，让人钦佩。他们有一个共同的特点，就是多关注政治制度史、社会思潮史。研究文学、历史、哲学，其实都离不开政治制度史与社会思潮史的研究。同时，在物质文明与精神文明之间，还有一个重要的制度文明也需要我们关注。我们的学术要落地生根，绕不开制度文明研究。

三是探源求本式的研究，陈垣为代表。他的研究，首先强调对资料进行竭泽而渔式的搜集。譬如他的《元西域人华化考》，引用资料就有二百多种。其次是研究方法。从目录学入手，特别关注年代学（《二十史朔闰表》《中西回史日历》）、避讳学（《史讳举例》）、校勘学（《元典章校补释例》）等，元元本本，一丝不苟。陈垣曾以上述几部重要的笔记为例，强调要进行史源学的研究，并总结了若干原则："一、读书不统观首尾，不可妄下批评。二、读史不知人论世，不能妄相比较。三、读书不点句分段，则上下文易混。四、读书不细心寻绎，则甲乙事易淆。五、引书不论朝代，则因果每倒置。六、引书不注卷数，则证据嫌浮泛。"①1942年，他利用《册府元龟》及《通典》，补过《魏书》缺页，凡三百一十六字，引起学术界的广泛关注。他的儿子陈乐素考证《玉台新咏》寒山赵氏本所附跋文作者陈玉父，就是《直斋书录解题》的作者陈振孙，非常详尽，但有几处小地方，有所推测，他在给儿子的书信中提出异议，认为这种考证太迂曲。他主张一是一，二是二，拿证据说话。"考证为史学方法之一，欲实事求是，非考证不可。"他的主要成果收录在《励耘书屋丛刻》中，是考证学的典范。

---

① 陈智超编注《陈垣史源学杂文》，生活·读书·新知三联书店2007年版，第5页。

四是集腋成裘式的研究，严耕望为代表。严先生的学问是有迹可循的，他也有先入为主的框架，但不是先做论文，而是先做资料长编。他的名著《唐代交通图考》整整做了四十年。有这样的功夫，后人就这个课题而言，想超越他不容易，最多是拾遗补阙。他做《魏晋南北朝佛教地理稿》，把所有能找到的佛教庙宇、高僧等，逐一编排。他做《两汉太守刺史表》，排比资料，考订异同。我发现，很多有成就的学者，在从事某项课题研究之前，总是先做好资料长编。关键是如何编。每个课题不一样，长编的体例自然也各不相同。严耕望先生的体会与经验，都浓缩在《读史三书》中，值得阅读。

无论哪一种读书方法，我发现上述大家有一个学术共性，即能在寻常材料中发明新见解，在新见资料中发现新问题，在发明、发现中开辟新境界。

三、关于文学研究所

我与文学研究所的结缘，是从苏醒阿姨开始的。她是我父亲的同事，曾在中国青年出版社工作。我们两家住在同一单元，几乎天天见面，我一直叫她苏醒阿姨。1978年春天，我刚到南开大学读书时，就暗下决心要继续深造。我仔细分析了自己的情况：上大学才开始学习外语，从事外国文学研究肯定不行；从没有学习过古代汉语，研究古典文学也不行；惟有现代文学还接触过，至少，"文革"期间读了不少鲁迅的著作。于是决定从现代文学入手，想报考现代文学研究生。那时，文学研究所从社会上招聘科研人员，古代室的杨镰、当代室的樊发稼等先生，就是这样考进文学研究所的。从河南信阳"五七干校"

回来后，团中央系统很多干部调离原单位。苏醒阿姨调到文学研究所科研处工作。我就从苏醒阿姨那里得到一份现代文学试题（试题见《从师记》）。以我对现代文学的了解，这些题目似乎不是很难，起码都知道一二。古代文学的题目，范围太广，令人望而生畏。后来，我还是选择了中国文学批评史专业，并麻烦苏醒阿姨介绍我与侯敏泽先生联系。十年后的1988年，我终于考上中国社会科学院研究生院文学系，师从曹道衡先生、沈玉成先生。越三年，我如愿进入文学研究所工作。

2013年以来，文学研究所经历了三个"六十年"，一是文学研究所创办六十年（2013），二是《文学遗产》创刊六十年（2014），三是《文学评论》创刊六十年（2017）。为此，我们组织了一些纪念活动，编辑出版了一些资料性的专辑。我参与主持了这些工作，花费不少精力，也在其中寄寓了很多情感。这里，我不厌其烦，多费笔墨，希望读者能对文学研究所的历史与现状有所了解。

（一）文学研究所的基本情况

文学研究所成立于1953年，是由中央人民政府政务院文化教育委员会批准决定的。这是中华人民共和国成立后创建的第一个国家级文学研究专业机构，最初挂靠在北京大学，1955年划归中国科学院哲学社会科学学部。

文学研究所以1966年为界，分为前后两个时期，"文革"前，分为中国文学部和外国文学部。中国文学部下设文艺理论研究组、民间文学研究组、现代文学研究组、中国文学史研究组。中国文学史研究组又分为两部分，由何其芳领导的文学史研究组和古代文学研究组构成。文学史研究和古代文学研究是不一样的，古代文学研究主要面对作家作品，文学史研究则带有理论色彩，所以当时是分开的。到了六十年代，因为要编《中国文学史》，研究组按照三个时段进行分工：第一个时段是先秦到隋代文学，王伯祥、余冠英、范宁、胡念贻、曹道衡等是主要研究者；第二时段是唐宋文学，钱锺书、力扬、王水照等是主要研究者；第三时段是元明清文学，郑振铎、孙楷第、吴晓铃、陈毓罴、刘世德、邓绍基等是主要研究者。现当代组以陈涌、唐弢、樊骏为代表。文艺理论组以蔡仪、王燎荧、钱中文等为代表。民间文学组以贾芝、高国藩等为代表。外文部的著名学者很多，下分西方组、东方组、苏东组。

1958年，中华人民共和国组即现在的当代组成立（共和国成立十年，为编"共和国文学史"组建的）。

1964年，文学研究所西方组、东方组、苏东组分出，与中国作家协会下属的《世界文学》编辑部合并，成立外国文学研究所。

1979年，文学研究所民间文学组骨干组建中国少数民族文学研究所（后改称民族文学研究所）。

文学研究所现为中国社会科学院所属中国文学专业研究机构，下设十个研究室：文艺理论研究室、古代文学研究室、近代文学研究室、古典文献研究室、现代文学研究室、当代文学研究室、民间文学研究室、比较文学研究室、台港澳文学与文化研究室、网络文学研究室。文学研究所还创办多种刊物，其中《文学评论》《文学遗产》创办已逾一个甲子，《中国文学年鉴》也有近四十年的办刊历史。文学研究所还有图书馆、办公室、科研处、人事处等行政部门，以及世界华文中心（研究中国大陆之外的用汉文写作的文学）、民俗与民间文学研究中心、比较文学研究中心、马克思主义文艺理论研究中心。截止到2020年6月，文学研究所在职人员一百二十五人，离退休人员一百六十多人，主管七个国家一级学会，即：中外文艺理论学会、中国现代文学学会、中国当代文学学会、中国近代文学学会、中华文学史料学学会、中国鲁迅研究会、中国文学批评研究会。

文学研究所创办六十周年的时候，我们编纂了五部著作：一是采访集《甲子春秋——我与文学所六十年》，二是资料集《文学研究所所志》，三是《告别一个时代——樊骏先生纪念文集》，四是演讲集《翰苑易知录》，五是在纪念文学研究所成立五十周年时出版的《岁月镕金》基础上再编续集。我在《岁月镕金续编》序言中，特别强调了文学研究所的传统，认为何其芳同志在1954年建所之初提出的"谦虚的、刻苦的、实事求是的工作作风"，或许可以视为文学研究所精神的一个基本内涵。谦虚，是就为人而言，低调做人，和谐共事；刻苦，是就做事而言，焚膏继晷，钻研终身；实事求是，则是做人做事必须遵循的原则，是这种工作作风的核心所在。正是在这种精神的引导下，六十年来，文学研究所艰辛地探索出一条独特的发展道路，形成了自己的传统。就我肤浅的理解，这一传统至少包括四个方面：第一，贯彻执行党的路线、方针，发挥国家级科研机构的引领示范作用，这是文学研究所成立六十年最基本的经验，也是最重要的特色；第二，遵循学术规律，整合团队力量，夯实学科基础，这是文学研究所在学术界保持较高学术声誉的根本保障；第三，尊重学术个性，鼓励广大科研人员潜心研究，撰写传世之作，而要做到这一点，最根本的一条还是坚持实事求是的原则；第四，文学研究所成立六十年来，贯彻"双百"方针（百花齐放，百家争鸣），坚持"二为"方向（文艺为人民服务，为社会主义服务），始终把编选优秀的古今文学读本作为一项重要的学术工作。

（二）文学研究所的学科分布

1. 文学理论研究

文学的发生发展，从来就与文学批评、文学鉴赏相伴相生。从"诗言志"到"诗缘情"，从《文心雕龙》到《沧浪诗话》，中国有着悠久的文学批评传统。近代以来，传统的诗文评逐渐为新的文学理论形态所替代。

文艺理论是文学研究所成立之初就有的学科。当时的带头人是蔡仪先生。二十世纪四十年代，蔡仪就发表《新艺术论》《新美学》等论著，以"反映论"与现实主义为核心主张，倡导在文学研究中用马克思主义作为指导原则和思想方法，在马克思主义文艺学和美学理论体系建构中发挥了奠基性的作用。五十年代，文艺理论组除了对马克思主义基本文艺理论进行研究外，还研究我国当下文学运动中的重要理论问题。蔡仪的《论现实主义问题》《再论现实主义问题》等论文受到了广泛的关注。六十年代，文艺理论学科的主要成果是《文学概论》。这是中华人民共和国成立后第一批规范的高校文科教材之一，也是具有中国特色的马克思主义文艺学专著。此外，还出版了《文艺理论译丛》等刊物，产生了广泛而重要的学术影响。在蔡仪先生的影响带动下，马克思主义文艺理论研究与传播，成为文学研究所的学术传统，钱中文、王春元、杜书瀛等撰写的《文学原理·发展论》《文学原理·作品论》《文学原理·创作论》的出版，使得这方面研究依然保持优势。基本文艺理论方面，侯敏泽的《中国文学理论批评史》《中国美学思想史》等,也具有全国性的学术影响。七十年代至九十年代,美学组的研究人员除参加《美学原理》、《中国20世纪文艺学学术史》(四部)、《马克思主义美学思想史》(四部)、《华夏审美风尚史》(十一部)的写作外,先后出版了《美学论丛》《美学评林》《美学讲坛》等刊物,并编辑出版了"美学丛书"(已出版六种)和"美学知识丛书"(共十本)。

进入二十一世纪以来,全球化文化格局与中国人文建设问题成为学术界关注的热点话题。与传统学科研究对象、研究范围相对稳定不同,当代文艺理论研究日新月异,新时代中国特色社会主义文艺与文化及其理论研究,国外马克思主义文艺与文化理论研究,阐释学、触觉美学、视听文化、现实主义理论研究等,不断地拓展着这门学科的研究范围。文艺学的整体发展必然要顺应这一学术潮流,强化基础理论研究,不断拓宽研究领域,力图在全球化的视野中进行本土化的理论创新。这是文艺学未来的发展方向。

近年,文艺理论研究室又组织编译《西方经典文论导读》(两卷)、《西方文论选》(六卷),还接手编辑《外国美学》集刊。同时,一批学者还以更加开放的视野胸襟,从事多种文明的比较研究,在海内外学术界产生了积极的影响。

文艺理论研究室一直在文艺理论战线冲锋陷阵,活跃在第一线,出版了很多著作,尤其是八十年代改革开放之初影响很大。"拨乱反正"前后,在《人民日报》《光明日报》《红旗》杂志上,经常看到文学研究所的学者撰写的文章,讨论的核心问题就是"为什么人的问题"。譬如,文学作品是否应该暴露社会阴暗面,就有一个如何理解生活真实与艺术真实的问题。文学作品当然要反映现实,但是这种反映又不是对于现实作机械的翻版。作家除了要熟悉生活以外,还要对现实有着更深入的理解,并选择相应的题材、体裁,对现实生活进行提炼、概括,编织故事情节,塑造人物形象。这些问题,不仅涉及文学理论中文学真实性和现实主义、浪漫主义的问题,还涉及如何选择题材、如何塑造人物等问题,以及这些题材、人物是否能够反映某个特定时代的精神,等等。八十年代以后,关于形象思维、人性、人道主义、异化与马克思主义关系等问题的大讨论,关于科学方法论在文学研究领域的借用,关于主体性的讨论,关于文艺与意识形态关系、文艺与政治关系、文艺与经济关系等问题的论争,依然是这些讨论的延续和深入。①

2. 古代文学研究

中国古代文学研究,历史悠久,积淀丰厚,在所有科研教学系统中,科研队伍庞大,学术成果丰富,研究方法稳定,讨论的问题也相对集中。中国历代文学发展史(包括断代史、分体史、文学批评史等)、历代重要作家作品、文学思潮、文学流派等,都是这门学科重点研究的对象。

中国科学院文学研究所一级研究员(1956年评定)有四位:钱锺书、俞平伯、何其芳、郑振铎。其中三位是研究古代文学的。何其芳是诗人,后来也研究古代文学,主要从事《红楼梦》研究。郑振铎(1898年出生)是作家,但主要成就在文学研究方面。俞平伯,1900年出生,1953年文学研究所成立之时,已五十三岁,属于文学研究所的老一代。钱锺书,1910年出生,文学研究所成立之时,才四十三岁。其他如孙

---

① 参见高建平等著《当代中国文论热点研究》,中国社会科学出版社2016年版。

楷第、吴晓铃、陈友琴、范宁等,都可以算是文学研究所的通人。

在建所六十年里,文学研究所的古代文学研究始终把文学史研究作为学科发展的核心。在注重文学史研究的传统中,研究人员以敏锐的学术眼光,引领古典文学研究的现代化进程,完成了一系列具有重大影响的文学史著作。郑振铎1957年重新修订补充《中国文学研究》三册和《插图本中国文学史》,对当时的文学史编写产生了重要影响。二十世纪五十年代,古代组对《诗经》、屈原、汉魏六朝诗、白居易、元杂剧、中国古代短篇小说、《三国演义》、《红楼梦》开展深入研究。何其芳的长篇论文《论〈红楼梦〉》提出了一系列重要主张。毛星的《关于李煜的词》,也在当时产生了很大影响。六十年代,有"中国科学院文学研究所中国文学史编写组"编撰的三卷本《中国文学史》。九十年代,邓绍基、刘世德、沈玉成等组织编写了"中国文学通史系列"。除编写和研究文学通史之外,在断代文学史、分体文学史、文学编年史等领域,古代文学学科也推出了一系列重要的研究成果。断代文学史有徐公持《魏晋文学史》,曹道衡、沈玉成《南北朝文学史》,分体文学史有谭家健《中国古代散文史稿》、金宁芬《明代戏曲史》等。

重视文学史的传统,为系统而深入的专题研究奠定了坚实的基础。灵活、宽松的科研管理体制以及自主选题、深入钻研的研究模式,为发挥每一位研究人员的主动性起到了良好的促进作用。文学研究所的古代文学研究,在专题研究尤其是在用多元化的视角对以"经典"为核心的专题研究方面取得了丰硕的成绩。在先秦两汉文学研究领域,有胡念贻《先秦文学论稿》《楚辞选注与考证》,谭家健《墨子研究》,陆永品《老庄研究》,沈玉成、刘宁《春秋左传学史稿》,扬之水《诗经名物新证》，马银琴《两周诗史》，刘跃进《秦汉文学地理与文人分布》等。在魏晋南北朝文学研究领域，有曹道衡《兰陵萧氏与南朝文学》《南朝文学与北朝文学研究》、刘跃进《门阀士族与文学总集》、范子烨《悠然望南山——文化视域中的陶渊明》、吴光兴《萧纲萧绎年谱》等。在唐宋文学研究领域，有邓绍基《杜诗别解》、陈铁民《王维新论》、刘扬忠《唐宋词流派史》、蒋寅《大历诗人研究》、吴光兴《八世纪诗风》、陈才智《元白诗派研究》、郑永晓《黄庭坚年谱新编》等。在元明清文学研究领域，则有吴世昌《红楼梦探源》《红楼梦探源外编》，刘世德《〈三国志演义〉作者与版本考论》《〈红楼梦〉版本探微》《曹雪芹祖籍辨证》，蒋和森《〈红楼梦〉论稿》，杨镰《元诗史》，石昌渝《中国小说源流论》，幺书仪《元人杂剧与元代社会》，李玫《明清之际苏州作家群研究》，蒋寅《清代诗学史》（第一卷、第二卷），王达敏《姚鼐与乾嘉学派》等。

文学研究所老一辈学者十分注重古籍文献的整理与笺注，包括选本的编选，相关工作取得了突出的成就。除了享誉学界的《古本戏曲丛刊》《古本小说丛刊》《唐诗选》之外，重要的成果还有俞平伯的《红楼梦八十回校本》，余冠英的《诗经选》《汉魏六朝诗选》《乐府诗选》《三曹诗选》，王伯祥的《史记选》，钱锺书的《宋诗选注》，谭家健的《墨子今译今注》，曹道衡、沈玉成的《中古文学史料丛考》《中国文学家大辞典·先秦汉魏晋南北朝卷》，陈铁民的《王维集校注》，曹道衡、刘跃进的《先秦两汉文学史料学》，刘跃进的《中古文学文献学》，石昌渝主编的《中国古代小说总目提要》，郑永晓的《黄庭坚全集辑校编年》等，都在学术界乃至社会上产生了重要影响。

3.近代文学研究

近代文学是按照社会形态来划分的,从1840年到1911年,这七十年的文学叫近代文学,既是古典文学的终结,又是现代文学的开端。近年来,近代文学越来越引起关注,因为近代文学实际站在风口浪尖的位置上,上接清代,下连现代。反过来说,从事现代文学研究无论如何要上溯到近代文学,搞古代文学研究也要延伸到近代文学,这是一个连着古今和中外的学术领域。桐城派研究、清史馆文人群体研究、近代学人研究、来华传教士研究、民国旧体文学研究等,与传统文化的传承关联密切,更与国外文化传入息息相关,这是一门非常特殊的学科。

1978年,根据何其芳所长生前指示,在副所长陈荒煤主持下,文学研究所组建近代文学研究室(初名近代组)。这是全国第一个专门研究中国近代文学的学术机构,研究队伍大,研究方向全,研究成果多。王俊年、连燕堂、王飚先后担任近代组组长或近代室主任。

1982年,近代室首先发起举办第一届中国近代文学学术讨论会,此后每两年一届,坚持了三十余年。由近代室筹备,1988年成立了中国近代文学学会,邓绍基出任首届会长;1990年成立了中国南社与柳亚子研究会。近代室主要成员担任了这两个学会的副会长、秘书长、理事,极大地推动了近代文学研究的开展。

在文献整理与研究方面,由近代文学研究室集体编纂的《中国近代文学论文集》七卷,辑录了1919—1979年间近代文学研究方面的代表性论文,为新时期中国近代文学研究的展开奠定了坚实基础。由梁淑安主编、近代文学研究室成员主撰的《中国文学家大辞典·近代卷》,为九百五十余位近代文学家立传,系近代文学研究者必备的工具书。由近代文学研究室联合其他教学科研机构发起编纂的"中国近代文学研究资料丛书""中国近代文学作品系列",是近代文学研究领域的大型学术工程。由近代文学研究室创办的《近代文学史料》,为学界同行的研究提供了基本资料。此外,王俊年编《中国近代文学作品系列·小说》(四卷)、王卫民编《吴梅全集》、王飚校点《琴志楼诗集》《思伯子堂诗文集》、王达敏校点《张裕钊诗文集》等,以辑录完备、校勘精审而享誉学界。

在断代文学史和专题研究方面,由王飚主编、近代文学研究室成员参与撰写的《中华文学通史·近代卷》(新版改题《中国文学通史·近代文学卷》),突破了此前近代文学史的编纂框架,初步建构了以中国文学近代化转型为中心的新体系,代表了近代文学研究的最新水平。裴效维主编的《20世纪中国文学研究·近代文学研究》、王飚参与撰写的《20世纪中国文艺学学术史》第一卷、梁淑安和姚柯夫的《中国近代传奇杂剧经眼录》、梁淑安的《南社戏剧志》、连燕堂的《从古文到白话》等,分别为近代文学学术史、文论史、戏曲史、散文史研究领域的力作。此外,近代文学研究室研究人员合撰的《中国近代文学研究集》,王俊年、赵慎修和梁淑安的《建国三十年来中国近代文学研究的回顾》,王飚的《19世纪中叶至20世纪中叶中国文学断代问题》,梁淑安的《近代传奇杂剧的嬗变》,连燕堂的《简论洋务运动时期的文学变革》,裴效维的《甲午百年祭——近代中日甲午战争略论》,王卫民的《我国早期话剧流派述略》,王达敏的《张裕钊与清季文坛》,等等,均是近代文学研究领域的重要成果。

4. 古典文献学研究

根据教育部研究生办公室编《授予博士、硕士学位和培养研究生的学科、专业简介》,"中国古典文献学"归入文学一级学科"中国语言文学"下。与此相对应的是"历史文献学",属于史学一级学科"历史学"。古典文献学主要以文史古籍的整理、研究为重点,以目录学、版本学、校勘学、文字学、音韵学、训诂学等为基础,是古典文学研究的基础性学科。全国综合性重点大学都设有古典文献研究室,隶属于文学院,或与文学院并行。文学研究所成立六十年来,在古典文献学研究方面阵容强大,涌现出孙楷第、王伯祥、吴晓铃等大批杰出学者,编纂出版了《古本戏曲丛刊》《古本小说丛刊》等大型资料丛书,在国内外享有崇高声誉。改革开放四十年来,文学研究所在古典文献研究方面依然成果显著,完成了《全元诗》等文学总集。经过几十年的学科建设准备,以及根据文学研究所研究力量和学科分布,2009年2月所长办公会决定成立古典文献研究室,赵丽雅(笔名扬之水)为研究室主任。近年来,敦煌文献研究,名物与图像文献研究,佛教、道教文献研究,成为新的攻关对象,试图在中国中古三教融合和中外文学文明交流等方面有所拓展,有所成就。

5. 现代文学研究

文学研究所现代文学研究室成立于1954年,陈涌任主任。研究室以对二十世纪初以来的新文化运动和新文学史的研究为首要任务,兼及当代文学的研究。二十世纪五十年代,现代文学研究集中在鲁迅、茅盾、郭沫若、叶绍钧等著名作家,陈涌《论鲁迅小说的现实主义》《关于中国现代文学》等论文在当时产生了重要影响。六十年代,由唐弢主编的《中国现代文学史》三卷本汇集了现代文学研究领域的精英,集中呈现了中华人民共和国成立后现代文学研究的最新成果,迄今仍具有独特的学术史价值。研究室非常重视基础史料的编纂工作,参与了陈荒煤、许觉民主持的《中国现代文学史参考资料》《中国现代文学史资料汇编》的纂辑工作。随着当代文学研究逐渐发展成为一个独立的学科，1958年，研究当代文学的学者另成立中华人民共和国文学研究组。九十年代，原鲁迅研究室并入现代室。从唐弢、陈荒煤、许觉民到樊骏、林非、刘再复、张大明、袁良骏、赵园、杨义等，逐渐形成了较为完备的学术梯队。其学术视野、学术风格和学术方法或有不同，但始终将现代文学的研究与中国社会的变革结合起来，在重要作家研究、思潮流派、文体、史料等方面各有所长，形成了富有影响力的学术团队和学术传统。其研究成果，如樊骏的中国现代文学整体研究、老舍研究，林非的《鲁迅与中国文化》等鲁迅研究著作，杨义的《中国现代小说史》，卓如等编的《唐弢文集》，袁良骏主编的"鲁迅研究书系"，张梦阳的《中国鲁迅学通史》等，在学术界产生了重要影响。

现代文学学科的纵深及外围研究，如作为现代文学史学延伸的古代文化探源，理论延伸之后现代、后殖民研究，以及比较视野中的比较文学和翻译文学研究等方面亦有重要成果。譬如杨义主持的《20世纪中国翻译文学史》等即为代表。此外他还与赵园不约而同地将研究方向往前延伸，撰有《中国古典小说史论》《李杜诗学》等论著，并在涉及少数民族文学研究基础上，提出了以文学时空结构、发展动力体系以及文化精神深度三个基本问题为核心的大文学史观。赵园则撰有《明清之际士大夫研究》及其续编。

现代文学学科的基本资料建设也卓有成效，譬如刘福春的《中国当代新诗编年史（1966—1976）》《新诗纪事》《中国新诗书刊总目》等，为中国新诗的资料积累和研究奠定了坚实的基础。

我这里郑重推介樊骏先生的学术贡献。樊先生是文学研究所的第一代学者。他的生活非常简朴,却在八十年代后期把二百万人民币捐给文学研究所和现代文学学会,而且不许对外宣传。他一生的学术精华集中在《中国现代文学论集》(人民文学出版社,2006),几乎每一篇文章都是学科的奠基之作。他的学术研究有宽广的视野、严密的方法。他对材料非常熟悉,且有学科意识。樊先生去世时,文学研究所为其举办追思会,并出版了《告别一个学术时代——樊骏先生纪念集》(社会科学文献出版社,2013)。樊骏先生一生实实在在,实事求是,不论是学问还是人品,都值得我们学习和敬仰。

6. 当代文学研究

当代文学学科始建于1958年,当时称为中华人民共和国文学研究组。1964年正式命名为当代文学研究组,由朱寨主持工作。1978年改为当代文学研究室。

当代文学研究的代表人物,如郑振铎、何其芳、唐弢、蔡仪、陈荒煤等,早在二十世纪的三四十年代,就已积极投身到当时的文学批评和理论研究当中。中华人民共和国建立之初,党和国家的第一代领导人非常重视文艺工作,在一些重要会议上发表了一系列讲话,文艺界也开展了一系列围绕着文学作品和文学理论问题的讨论。文学研究所的老一代研究者,也积极参与到这些评论和论争之中,撰写了大量重要的有关文学评论、文学史和文学理论的研究论著,对《林海雪原》《红日》《红旗谱》《苦菜花》《青春之歌》等进行了比较广泛深入的研究。六十年代,由中国科学院文学研究所毛星、朱寨等人编写的《十年来的中国文学》集中反映了文学研究所对于当代文学的整体把握。作为国家级研究单位,当代文学学科着重推进四个方面的工作,即体现先进文化，关注当代现实，抓住前沿课题，发扬团队优势。改革开放之初，邓小平在全国第四次文代会上发表重要讲话，确立了"文艺为人民服务，为社会主义服务"这一社会主义时期一切文艺活动发展的根本方向和根本目的。在这一方针指引下，文学研究所当代文学研究工作者积极参与当代文学理论与文学批评活动，集体撰写了《中国当代文学思潮》（人民文学出版社，1987）、《新时期文学十年》（学苑出版社，1988）、《20世纪中国文学经验》（东方出版中心，2006）、《共和国文学60年》（人民出版社，2009）等著作，在当时产生了很大影响。

当代文学研究室历来重视文学史料的积累与整理工作，曾联合全国三十多家单位协作编辑《中国当代文学研究资料》，迄今已出版八十多种，计二千多万字。多达一千七百万字的八卷本《中国文学大辞典》，当代室承担了近四百万字的编撰。当代室还编有《中国大百科全书·中国文学卷》当代部分。此外，诸如《散文特写选》《中国新诗年编》《当代文学年编》《台湾小说选》《中国短篇小说百年精华》《中国文坛年度纪事》等编选，多出自当代室研究人员之手。李洁非的《解读延安》《典型文坛》《文学史微观察》等，以别开生面的叙述从一个侧面解读了当代文学的发展历史。

密切跟踪当代文坛近况，也是当代文学研究的一项重要工作。中国当代文学研究会编辑出版的内刊《当代文学研究资料与信息》，坚持四十年之久。由文学研究所科研人员主持的《中国文学纪事》（1999年启动）、《年度文情报告》（2003年启动）以"文情现状考察"和"中国文学经验"为两大主攻方向，以时文选辑、考察报告的方式切入当下，把握走向，成为当代文坛一份重要的年度报告，为当代文学学科的建设提供了许多有益的资料。

7. 中国台港澳和海外华文文学研究

中国台港澳和海外华文文学研究原本是现当代文学研究的重要组成部分，同时又有自己的特殊性。因此，文学研究所早在1988年就创建了台港文学研究室。早期的研究主要由现当代文学研究室的学者来承担，在台湾小说史、新诗史、文学理论发展史、两岸文学关系史和作家作品、专题研究等方面，奠定了一定基础。袁良骏的《香港小说史》、黎湘萍的《文学台湾》、赵稀方的《小说香港》等著作为开拓中国大陆起步较晚的台港澳和海外华文文学的学术研究做出了重要贡献。

2004年以后，文学研究所加大力度，积极推动工作，形成了更为专业的以台港澳和海外华人文学研究为主要学术训练的研究集体，建立了以台港澳和海外华人文学为研究对象的研究中心。由学术带头人黎湘萍主持的中国社科院重大课题"台湾文学史料编纂与研究"，为进一步梳理明末与清代台湾传统文学、日据时代文学打下了较为坚实的基础。该室研究人员在晚清以来知识分子的写作、光复之后的台湾现当代文学、台湾原住民文学、两岸民众戏剧和纪录片与社会运动的关系等研究领域取得了初步的成绩，为中国特有的不同政治空间的文学经验和文化互动的研究开辟了新的途径。黎湘萍的研究关注台港澳文学与中国大陆社会转型及文学的关系。他的《台湾的忧郁——陈映真的写作与台湾的文学精神》《文学台湾——台湾知识者的文学叙事与理论想象》等一系列专著，从个案到整体，对二十世纪台湾社会变动和文学发展的历史进行了深度阐释。黎湘萍、李娜主编的《事件与翻译——东亚视野中的台湾文学》将研究视野扩大到整个东亚地区，试图从更广阔而复杂的空间维度出发，探讨台湾文学与大陆本土文学文化的密切关联。张重岗的研究侧重于晚清以来知识者（诗人和文学家）

在不同空间（中国大陆、台港澳和海外）下的文学写作，并注意对其所提供的不同经验和价值进行理论分析和诠释，包括对台湾左翼文学者在两岸之间流动的研究。上述骨干成员的研究成就，不仅在大陆属于一流，而且受到了海峡对岸的关注。赵稀方的香港文学研究，不但起步早，而且成就斐然。他的专著《小说香港》在历史建构的意义上辨析复杂多变的香港文化身份，同时从都市出发建立起叙述香港文学的视角，对中国大陆的香港文学研究做出了重要贡献。此外，陶庆梅的海峡两岸民众剧场与社会运动研究、李晨的两岸民间纪录片研究，也取得了初步的成果。

8. 比较文学研究

文学的比较研究，是一种传统的研究方法。二十世纪初叶，随着西方文化的传入，比较的方法得到越来越多的关注。郑振铎是开创中国比较文学研究的先驱者之一（以《汤祷篇》为代表作）。钱锺书的《谈艺录》《管锥编》以及《七缀集》等，虽然没有冠以"比较文学"之名，实际上是比较文学研究的重要成果。

1985年，在原《文学研究动态》编辑部的基础上组建文艺新学科研究室，并首次把比较文学研究列为学科重点之一。研究室先后组织编纂完成"文艺新学科建设丛书"近三十种，包括《文艺新学科导论》《主体论文艺学》《系统美学》等论著十八本、《当代艺术科学新潮》《阅读行为》《女权主义文学理论》《比较文学类型研究》等译著十本。由原"国外中国学（文学）研究组"编辑的《〈楚辞〉资料（海外编）》已由湖北人民出版社出版。此外，还有内部刊物《文学研究动态》在当时也起到传播信息的重要作用。1990年，文艺新学科研究室改名为比较文学研究室，出版了"文学人类学论丛"等数种，引起广泛关注。目前，比较文学研究室成员除了参与各项院、所重大课题研究外,还联合外国文学研究所和少数民族文学研究所的新生力量,成立中国社会科学院比较文学研究中心,将文学人类学这个跨学科的研究作为中国文学比较研究的主攻方向。

近年来,学术界呈现出跨学科研究的趋势。这种跨学科与十几年前的所谓"新学科"不同,它并不以建立新学科为目的,而是通过跨民族、跨文化、跨语言、跨学科的比较研究,深入到文学关系、文学翻译、比较诗学、文学人类学以及海外汉学等不同领域,视野日益开阔。

9. 民间文学研究

文学研究所成立之初就设立民间文学研究室,当时称为"中国各民族民间文学组",组长是我国当代著名的民间文学家贾芝。此后担任过民间文学研究室主任、副主任职务的著名学者还有仁钦道尔吉、刘魁立、祁连休、程蔷、吕微等人。现任主任是安德明、副主任是施爱东。文学研究所的前任所长郑振铎以及历届领导都非常关注研究民间文学,譬如郑振铎有《中国俗文学史》,何其芳有《陕北民歌选》等。毛星、朱寨、曹道衡等也都曾先后在民间文学研究室工作过。这些前辈学者为民间文学室的发展奠定了厚重的基础。

在几十年的发展中,民间文学室先后聚集了一批在该研究领域享誉国内外的学者,在神话、史诗、民间故事、民间传说、歌谣、谚语等体裁以及民间文学发展史、民间文学基本理论等方面的研究中,取得了丰硕的成果。

"五四"以来的中国现代民间文学学科主要由田野采录(资料搜集、整理和汇编)、分体裁研究、理论研究和学术史研究等几部分组成。民间文学室自成立以来，经过几代学者的共同努力，逐步确立了自己的研究优势和特点。二十世纪九十年代以前，贾芝、毛星领导和参与的中国少数民族文学史的调查和编写工作，是中国当代民间文学研究史上的一件大事。民间文学室集体编著的三卷本《中国少数民族文学》（毛星主编，湖南人民出版社，1983）的出版，在中国文学史研究上具有重要的补白意义。

二十世纪九十年代之后，民间文学研究室适应国内外学术发展的新形势，在强化已有优势的基础上对研究重点和研究领域做了新的调整，形成了三个突出的特点。第一，充分利用民间文学室研究方向齐全的特点，将民间文学分体裁研究的优势力量纳入宏观民间文学史的写作，在国内民间文学研究界形成了以写史见长的特点。祁连休、程蔷、吕微主编的《中国民间文学史》（1999年第1版，2008年修订版）涉及神话、传说、故事、史诗、歌谣、小戏、谚语、谜语等多种民间文学研究分支，具有开拓意义，引起海内外同行的重视，受到广泛好评，被列入了高等学校文科教材，多数高校将其列入硕士、博士入学考试指定参考书。第二，针对民间文学理论研究比较薄弱的情况，民间文学室在回顾学科发展史的基础上，关注中外民间文学和民俗学研究理论与方法的前沿问题，注重对学科理念的深度反思和关键词的梳理。第三，在研究经费和技术手段都有限的情况下，注重活形态民间文学样式和民俗的田野调查，形成了民间文学及民俗的田野作业与文献研究相结合的特点。

近年来，非物质文化遗产保护工作在国内外得到了广泛重视。民间文学室成员在以不同形式参与这项活动的同时，也对这一工作的历史脉络、理论基础及其实践中的种种问题进行了较多的清理和研究，相关成果在国内学术界引起了较大反响。

10. 网络文学研究与数字化建设

为适应信息化快速发展的形势，1987年，在钱锺书的提议下，文学研究所成立了计算机室，完成了所藏图书编目检索程序，建立了"馆藏善本书目录数据库"，可以单字检索书名、著者、出版年代、出版者等各项内容。尔后，计算机室还陆续建立了"《论语》数据库""魏晋南北朝诗数据库""《全唐诗》数据库"和"《红楼梦》数据库"等。其中，"全唐诗速检系统"获得1990年国家科技进步三等奖。

2002年秋，文学研究所筹备建立数字信息中心。2004年正式成立数字信息工作室，并创办"中国文学网"（http://literature.cssn.cn），在全球范围内普及中国文学知识，推广科研成果，为文学研究所与海内外高等院校、科研院所之间进行快速而高效的学术交流搭建数字化平台。2020年又正式成立网络文学研究室。

（三）文学研究所的辉煌业绩

1. 文学史著作

文学研究所最有名的集体著作就是文学史。三卷本的《中国文学史》是在余冠英、钱锺书等当时第一流学者主持下完成的。其中"魏晋南北朝佛教的翻译和文学的价值"这一章，是过去没有写过的，具有开创性意义。十四卷本《中国文学史》是二十世纪八十年代初期策划的，先后出版了《先秦文学史》《魏晋文学史》《南北朝文学史》《唐代文学史》《宋代文学史》和《元代文学史》，《秦汉文学史》也将在近期出版。可惜由于种种原因，明代和清代文学史尚无着落。唐弢主编的《中国现代文学史》，到现在为止，依然是经典教材。张炯、樊骏、邓绍基主编的《中华文学通史》，努力做到"三通"，即贯通中华古今文学、各民族文学以及各体文学。这种尝试，筚路蓝缕，功不可没。

文学史研究是文学研究所研究规划中最重要的内容。现在各种各样的文学史教材已多达上千种，为什么还要反复去写？核心问题就是，文学史是一种话语权力，它掌握在文学史撰写人的手中。面对着丰富芜杂的文学现象，文学史家自然有他的选择，有他的判断，有他的立场。每一位文学史家都有自己心目中的文学史，但他永远不可能包打天下。每一部文学史所展现的，只是文学发展的一个侧面，有的侧重精英文学，有的关注大众文学，还有的甚至密切跟踪底层写作。哪些作品好？评判的依据是什么？哪些文学家可以写进文学史？这些看似简单的问题，其实都有一个思想方法、学术立场的问题。文学史是讲不完的，一代有一代的文学史。文学史研究，看来还远未有穷期。

2. 文学史料汇编

资料建设一直是文学研究所的重要工作。文学研究所成立之初，其中一项重要任务，就是对中国和外国从古代到现代的文学的发展及其重要作家、主要作品进行有步骤有重点的整理。1960年初，时任中宣部副部长周扬同志到文学研究所考察工作，明确提出"研究所要大搞资料，文学研究所要有从古到今最完备的资料"。1965年，周扬同志再次就文学研究所的研究工作重心提出建议，强调搞"大中型"的研究项目，认为这是关系"文学所的存在"问题。

文艺理论方面，文学研究所西方组、苏东组有计划地翻译介绍了古希腊戏剧、易卜生戏剧、莎士比亚戏剧、莫里哀戏剧以及英国、法国、俄国的小说、诗歌等作品，为中国读者认识世界打开了一扇窗。

1959年，在何其芳倡议下，由叶水夫牵头，编辑出版两辑《苏联文艺理论译丛》。1961年，又制定了"外国古典文学名著丛书""外国古典文艺理论丛书""马克思主义文艺理论丛书"三套名著丛书的编选计划，有计划、有重点地介绍世界各国的美学及文艺学理论著作。1998年和2009年，钱中文先后主持、翻译了《巴赫金全集》六卷本和七卷本。这些译著为我国文艺理论界提供了重要的参考资料。

古代文学方面，1954年郑振铎召集吴晓铃、赵万里和傅惜华等人主持编选《古本戏曲丛刊》，这是中华人民共和国成立以来最重要的古籍文献整理工程，目标是编纂一部系统完备的中国古代戏曲总集。这套丛书的编纂，跨越六十年的岁月，2020年终于圆满完成，为共和国成立七十周年献上厚礼。此外，《古本小说丛书》《中国古典小说总目》等，也是郑振铎最初策划，由文学研究所集体完成的。在中华文学史料学学会的支持下，《中国近现代稀见史料丛刊》把近现代凡是与文化有关的资料都汇为一编，包括重要作家的稿本、抄本、日记等。

现当代文学方面，由文学研究所牵头组织的《中国现代文学史资料汇编》分甲乙丙三种。甲种：中国现代文学运动、论争、思潮流派、社团资料；乙种：中国现代作家作品研究资料丛书；丙种：中国现代文学期刊、报纸副刊总目，文学总书目，作者笔名录等。这是现代文学研究领域最重要的资料丛书，受到学术界的高度重视。文学研究所还联合复旦大学、杭州大学、苏州大学等三十多家单位协作编辑《中国当代文学研究资料丛书》，凡八十余种，二千多万字。其中，"作家研究专集"选编有作家生平与自述、生活照片和手稿照片、对作家作品的评论文章以及作家创作年表；已出版的"长篇小说研究专集"则收有出版的长篇小说目录、对重要长篇小说的评论与争鸣文章等。

3. 特色学术成果

文学研究所科研成果最为丰厚的还是大量的个人具有独创性的学术论著，譬如何其芳的《论红楼梦》，俞平伯汇校的《红楼梦八十回校本》，钱锺书的《宋诗选注》《管锥编》等，在学术上均有重要影响。老一辈学者如孙楷第的《中国通俗小说书目》《日本东京所见小说书目》《大连图书馆所见小说书目》《沧州集》《沧州后集》以及吴世昌的《罗音室学术论著》、俞平伯的《红楼梦研究》《俞平伯论诗词曲杂著》、蔡仪的《新美学》、唐弢的《西方影响与民族风格》《鲁迅论集》等。第二代学人如胡念贻的《中国古典文学论丛》《先秦文学论集》《中国古代文学论稿》，曹道衡的《中古文学史论文集》、《南北朝文学史》（与沈玉成合著），樊骏的《中国现代文学论集》，陈毓罴、刘世德、邓绍基的《红楼梦论丛》，敏泽的《中国美学思想史》，钱中文的《新理性精神文学论》《文学发展论》，张炯的《新中国文学五十年》等。

附带说一句，前几年，古书收藏界出现清代著名学者、书法家钱泳的一份手抄稿——《册封琉球国记略》。书商为了提高书的市场价值，在拍卖市场上说是沈三白《浮生六记》丢失的"二记"，请中国国家图书馆、文学研究所的很多人为之论证，并希望中国国家图书馆将其列入《国家珍贵古籍名录》里。陈毓罴是沈三白《浮生六记》研究的专家，在认真搜集资料，加以比较、对勘、研究后指出，此书有很高的历史文化价值，也的确是清代的著作，但是它所提供的资料内容并没有超出现在所拥有的资料范围，更重要的是，这部著作绝非沈三白所著。陈先生在临终前的半年，坚持对学术实事求是的态度，撰写了专题论文，发表在《文学遗产》上，为沈三白辨伪。《册封琉球国记略》原本标价三百万，最终在内地和台湾都流拍了。

钱中文提出的"审美意识形态说""审美反映论""交往对话原则""新理性精神""古代文论的现代转化"等学术思想，以及他所主持的关于文艺方法论、文艺理论建设丛书等，对于当代文学理论的发展有着积极的影响。朱寨、张炯的现当代文学史研究，敏锐及时地捕获新的文学现象，并给予高屋建瓴的论述。曹道衡、陈毓罴、邓绍基、刘世德等人的古代文学研究，平实、深刻，视野开阔，具有大家风范。而敏泽数十年来潜心于古代美学思想研究，硕果累累。

杨义心目中的中国文学史，不仅要贯穿古今，而且还要包含汉族和少数民族，甚至台港澳的文学业绩。他从现代小说史的研究基点出发，广泛涉猎中国古典诗学、古典叙事学，为最终建构中国的文学理论学派铺就了宽广深厚的学术前沿阵地。以赵园为代表的一批目光敏锐、思维缜密的学者，时时探寻着文学研究的宽广途径，从更加广阔的文化背景下观照梳理中国文化的内在精神，在很大程度上引领了新世纪的研究趋势。

董乃斌、周发祥、石昌渝等学者也在各自研究领域多有开拓。他们的特点是经历坎坷，遭遇了"文革""上山下乡"等种种磨难。他们研究文学与我们最大的不同之处在于他们的学术研究充满了人生的体验，能够对古人给予最大的理解。

此后就是五十年代以后出生的一批学者。他们多成长"文革"中，都有过物质资源和精神资源极度贫乏的生活体验。恢复高考后，他们获得了系统读书的机会，特别用功，特别用心，渴望成功，渴望超越。

4. 普及工作

文学研究所的又一重要成就是文学普及工作。当年郑振铎组建文学研究所时，首先抓好文学选本工作。王伯祥做的第一件工作就是《史记选》,余冠英做《汉魏六朝诗选》《诗经选》《三曹诗选》《乐府诗选》等。工作初期,他们每隔一段时间就要拿出来在文学研究所里讨论,反复打磨交锋,最终形成了经典选本。后来的《唐诗选》《唐宋词选》《古今文学名篇》《唐宋名篇》等,也的确做得不错,但远不如前代经典细致,这也是需要文学研究所同仁不断努力的地方。

5. 核心刊物

六十多年来,文学研究所创办了很多刊物,影响最大的还是《文学评论》《文学遗产》和《中国文学年鉴》。

《文学遗产》创办于1954年,此后六十多年里,组织参与了一些重大学术问题的讨论。尤其是"拨乱反正"前后,《文学遗产》与《文学评论》一道,组织全国文学界就"实践是检验真理的唯一标准""文学中的人性、人道主义"等问题展开讨论,并且对"文革"以后的文学研究队伍、研究现状及课题进行摸底调查,重建基本作者队伍,确定科研发展方向,在促进文艺界的思想解放以及恢复文学研究生机等方面发挥了不可替代的积极作用。为纪念创刊六十周年,我们编纂了两部著作:一是《文学遗产六十年·纪念文汇》,二是《文学遗产六十年·题赞 六十年纪事初编》。我在《纪念文汇》的序言中特别强调了《文学遗产》坚持学术研究的时代性、科学性、建设性原则,新世纪以来,更在三个方面有所推进:一是更新研究理念,推陈出新,加强对传统文献学、中国文体学,尤其是对文学经典的研究;二是拓展时空维度,海纳百川,将华夏各民族文学纳入中华民族文学研究的大视野中;三是强化综合比较,旁罗参证,将物质文化、制度文化、地域文化、媒体文化乃至性别文化等不同专业知识和研究方法引进文学研究领域,将古今文学与中外文学联系起来,将文学艺术与相关学科贯通起来。通过这些努力，我们希望有助于重构中国文学史体系，并在文学理论研究方面有所突破，有所建树，为当代文学理论建设和文学创作实践提供丰富的文化资源。六十多年来，《文学遗产》积极组织发表大量的具有原创性的学术论文，阐释传统经典，关注民间文化，充分展现中国文学反映出来的不同阶层、不同地域、不同时期的民众生活和精神风貌，深度挖掘中国文学历久弥新的丰富底蕴。

《文学评论》创刊于1957年（最初叫《文学研究》），办刊方针非常鲜明：一是"中外古今，以今为主"；二是"百家争鸣，保证质量"。其选题范围包括文学理论、中外文学史上重要的作家作品研究、文学史写作的理论与实践、当代作家作品评论等。六十多年来，《文学评论》组织开展了很多引领潮流、富有价值的学术讨论，发表了一系列影响较大的关于马克思主义基本文艺理论，关于中国古代、现代、当代文学思潮和学术流派，关于中国文学经典文本重新解读的文章，评述了国内外新的文艺思潮、文艺观点和创作流派。改革开放初期，《文学评论》就一些基本理论问题和作家作品的评价，开展讨论。《文学评论》还根据"实践是检验真理的唯一标准"的原则，专门组织发表论述中华人民共和国成立以后的小说、电影、话剧和诗歌研究方面的文章，对新中国成立十年来既有的重大成就，同时又充满曲折和失误的社会主义文艺工作，实事求是地进行了总结。对新时期的文艺创作和理论，《文学评论》也给予积极关注，如对《班主任》《沉重的翅膀》《天云山传奇》《人到中年》等引起较大社会反响的小说作品，较早地组织了讨论，起到鼓励创新和开拓的作用。进入新世纪、新时代，《文学评论》继承学术传统，加强制度建设，努力开创新局面。为纪念创刊六十周年,我们编选了三部著作:一是《〈文学评论〉六十年纪念文选》,二是《〈文学评论〉六十年纪念文汇》,三是《〈文学评论〉六十年总目与编后记》。同时,我们还请王保生修订再版他的《〈文学评论〉编年史稿》(1957—2010)。

《中国文学年鉴》创办于1981年(最初叫《中国文学研究年鉴》),集学术性、文献性、资料性为一体,后来,增加创作部分,改称《中国文学年鉴》。长期以来,这份"年鉴"是国内唯一涵盖从创作、论争到批评、研究的大型文学年刊,客观地记录每年度中国文学创作与研究的进展过程和重大事件,真实地反映每年度中国文学创作与研究的基本情况和重要成果,聚焦文学热点,展示文学成就,为人们了解年度文坛情况,提供全方位信息。

6. 图书建设

文学研究所成立之初就成立了"图书管理委员会",由钱锺书负责,成员有汪蔚林、范宁、吴晓铃等专家,协商采购、进书、编目、典藏等事宜。经过六十多年的积累,迄今为止,文学研究所图书馆拥有包括中文线装图书、平装图书、港澳台图书、画册、中文期刊合订本、报纸合订本等在内的藏书四十五万册。文学图书收藏之丰富,为中国各文学研究机构之冠。2008年3月,文学研究所图书馆被国务院授予"全国古籍重点保护单位"。

文学研究所藏书突出的特点是,古籍收藏和现代善本在其中占有极大的比例。古籍收藏以1954年向宁波近代藏书家张寿镛(号约园)后人张芝联(时任北京大学教授)购买的两千余种"约园藏书"为基础,经过不断扩展,目前藏书已达十六万册。其内容除文化、历史、政治、经济和宗教方面图书之外,主要为文学类,以宋元刊本、明清小说和清代诗文集以及弹词宝卷等为四大亮点。目前馆藏宋元版书十四种，明刊本二千一百多种，另有数种稀见明版家谱。宋刊本《资治通鉴纲目》、《通鉴纪事本末》、《五代史记》（宋欧阳修撰），元延祐间刻本《新笺决科古今源流至论》（宋黄履翁撰）及元刊本《古乐府》等，可谓镇馆之宝。所藏明抄本《庄子内篇》（庄周撰，明王宠手书）、明毛氏汲古阁影宋抄本《石林奏议》（宋叶梦得撰）、宋宝祐年刊本《通鉴纪事本末》（袁枢撰）、元大德三山郡庠元明递修本《通志》（郑樵撰）、宋刻元修本《资治通鉴纲目》（朱熹撰）、元刻本《朱文公校昌黎先生集》六部古籍，被列入《国家珍贵古籍名录》。所收小说，更是多达六百余种，包括有重要版本价值的《三国志传通俗演义》《锁海春秋》《五更风》《美人书》《蕉叶帕》《凤凰池》《集咏楼》《闪电窗》等三十多种海内孤本，以及《红楼梦》（程甲本）、《儒林外史》（嘉庆二十一年艺古堂刻本）、《水浒》（容与堂刻本）等一百多种罕见珍本。诗文集方面的收藏最为丰富，例如，有陶渊明集六十种，其中善本四十余种；明代诗文集一千多种，其中善本六百多种；清人诗文集三千多种，其中善本五百多种。所藏弹词宝卷六百多种，包括明万历年间刻本《破邪显证钥匙宝卷》和康熙抄本《天仙圣母源留泰山宝卷》，就数量及版本价值而言，国内外同类收藏中似无出其右者。

现代善本主要是指1949年以前出版的图书、期刊和报纸。文学研究所图书资料室这一类的收藏也极为丰富。例如，周作人著作的早期版本、俞平伯二十年代的著作、郑振铎编印的《中国版画史》以及闻一多的佚著《古瓦集》等，均已成为海内外稀见珍本。此外，图书资料室还藏有1919年至1949年中国出版的文学期刊一千七百八十种，如首倡中国新文学的刊物《新青年》（第一卷名为《青年杂志》）、新文学第一个诗歌专刊《诗》、大型文学月刊《小说月报》《少年中国》《每周评论》、中国左翼作家联盟刊物《前哨》《北斗》等现代重要的文学刊物,在这里都有完整的保存。

文学研究所图书资料室于1958年成立之后,主要从事中国文学研究信息的搜集、整理和存贮,其基本业务是以几百种中文报纸和杂志作为信息源和加工对象,按文学学科、专题全面收集、整理和加工文献信息。历史上,资料室曾与图书馆几次分合,但资料工作始终持续进行。经过几代工作人员的不懈努力,目前图书资料室已拥有一整套较为系统的中国文学研究论文剪报资料合订本,共约五千多册。其起止日期为1949年至1999年,内容包括从全国各大型报刊及大学学报收集的有关中国文学的研究论文和学术活动资料,剪贴后按文艺理论、古代文学、近代文学、现当代文学、戏剧、电影和民间文学等不同学科加以分类,又据某一作家生平、思想、作品、研究热点与概况等类别装订成册,查阅方便。除剪报工作外,图书资料室还出版了相关的论文索引。其中《鲁迅研究论文索引》、《中国古典文学论文索引》(1949—1984年)、《中国民间文学论文索引》曾分别荣获中华人民共和国成立四十周年、中国图书馆学会成立十周年二次文献二等奖和成果奖。经过十年编辑而成的《1949—1989年中国当代作家作品评论总目》早已完成录入,只可惜时过境迁,这批资料如今已鲜有人问津。

从1977年考入大学算起,弹指之间,四十三年过去。行文至此,我突然想起辛弃疾的著名词句:"四十三年,望中犹记,烽火扬州路。"四十三年的文学研究经验告诉我,文学不仅是表现人情人性的文字载体,也是展示国情世情的重要窗口,更是反映时代变迁的广阔平台,诚可谓"八音与政通,而文章与时高下"。文学的地位或许时有升降,但我坚信,文学之树常青。

附记:过去三年,我曾以《我心目中的文学》为题,在榆林学院(2017年6月23日)、西昌学院(2017年10月13日)、中国社会科学院大学(2018年9月27日)做过三次演讲,与同学们交流文学感受,获益良多。这篇文字,就是在上述讲稿基础上修改而成的。在此,我要衷心感谢同学们的充分信任和温暖鼓励,愿文学与我们同在。2020年6月10日记于京城爱吾庐。

(原载《古代文学前沿与评论》第五辑,社会科学文献出版社2020年版)

下编

《王伯祥日记》中的俞平伯先生

> 俞平伯先生是大家还是名家,今天再来讨论这些已经不重要了。重要的是,那一代学者留给后人的穆如清风的处世态度、修辞立诚的为人风范、严谨求实的学术精神,都值得我们感念不忘,更需要我们发扬光大。

俞平伯先生诞辰120周年纪念会前夕,同事转给我两张老照片,是李希凡、蓝翎和俞平伯先生的合影。

同事说,平伯先生真有涵养,要是我,肯定转头就走了。我半开玩笑地说,老人家累了,走不动了。据当事人回忆,照片拍摄的时间是1979年5月20日。那天,《红楼梦学刊》创刊座谈会在北京绒线胡同甲七号的四川饭店举行。关于1954年开始的那场声势浩大的《红楼梦研究》批判运动,孙玉明《红学:1954》(北京图书馆出版社,2003)中有比较详细的回顾分析。二十五年之后,一切重新步入正轨,百废待兴。在这样的背景下,这次会议就显得非同一般了。这一年,俞平伯先生七十九岁,他来参会的具体情形,我们不得而知,但照片记录下的历史瞬间,给我们提供了很多联想的空间。

文学所前辈卢兴基先生多次约我到他家讨论所史问题,特别是看到张胜利撰写的论著《魂系红楼：女性研红的先行者王佩璋》(万卷出版公司，2017)后，再次表达了他的迫切愿望，希望我们组织专业力量，收集相关资料，整理文学所史。文学所古代文学学科编《古代文学前沿与评论》，每期都发表与文学所有关的文章。马靖云老师著《文人相重》，何西来老师编《九畹恩露：文研班一期回忆录》，杜书瀛老师撰《我的学术生涯》《忘不了的那些人和事》，陈骏涛老师撰《陈骏涛口述历史》，严平女士撰《潮起潮落：新中国文坛深思录》，这些著作都与文学所有密切关系。我近年也组织编写了文学所三个"六十年"(2013年，文学所建所六十周年；2014年，《文学遗产》创刊六十周年；2017年，《文学评论》创刊六十周年。三个"六十年"纪念系列丛书均由社会科学文献出版社出版)的系列丛书，自信对文学所近七十年的历史还是稍微熟悉一点，但是对于"红学"，我是外行。为了纪念文学所的红学历史，1986年，文学所特别举办了庆贺俞平伯先生从事学术活动六十五周年大会，胡绳院长到会致辞。会后编辑出版了纪念文集(巴蜀书社，1992)。近年，我还特请夏薇研究员撰写了《心之所善，九死未悔：纪念文学所红学先贤王佩璋先生》，发表在《曹雪芹研究》2018年第2期上。学术需要传承，不忘本来，才能开创未来。

2011年，《王伯祥日记》手稿影印本出版，我用了大约一年的时间，在工作之余仔细阅读，发现俞平伯先生是《日记》中出现频率最高的几个人之一。这里，我想从阅读《日记》的视度略窥两位世纪老人的交往片断，连缀成文，以此纪念俞平伯先生诞辰120周年。

一、筹备文学所

在2013年出版的《文学研究所所志》中,"俞平伯"条这样写道:俞平伯(1900—1990),名铭衡,字平伯,以字行。曾使用萍初、古槐居士等笔名。祖籍浙江省德清县,出生于苏州。曾祖父俞樾(号曲园),著名经学家、文学家、文字学家、书法家,为清代朴学发展史后期重要代表人物。其父俞陛云,在文学、书法等方面亦颇有造诣,尤精于诗词。俞平伯幼承家学,旧学基础深厚。

1915年,俞平伯考入北京大学预科,次年入北大中国文学门,在黄侃指导下研习骈文、诗词等,甚得黄氏赏识。此时新文化运动正从兴起走向蓬勃发展,受其影响,1918年5月,俞平伯在《新青年》上发表题为《春水》的新诗。10月,他加入北京大学进步学生组织新潮社,并成为《新潮》月刊主要撰稿人。在进行新诗创作的同时,他还在《新青年》《新潮》等刊物上陆续发表了《白话诗的三大条件》《社会上对于新诗的各种心理观》等文章,从理论层面为新诗的发展廓清各种障碍。"五四"运动爆发后,俞平伯走上街头散发传单,成为新文化运动的弄潮儿。1919年北大毕业后,他先后在杭州第一师范、上海大学任教,其间与热心新文学的朱自清、叶圣陶、郑振铎等结识,并于1921年经郑振铎介绍加入文学研究会。1922年3月,出版第一部诗集《冬夜》。1923年,与郑振铎、沈雁冰等十人成立朴社,集资出版进步书刊。其后,他曾长期在燕京大学、清华大学、北京大学等校任教。抗战期间,因双亲年迈未能随清华大学南迁,他拒绝到伪北京大学任教,而受聘于私立中国大学。1946年,他参加了党的外围组织"中国民主革命同盟"(简称"小民革")。中华人民共和国成立后,任北京大学教授。

从《王伯祥日记》记载看,1952年院系调整时,俞平伯与王伯祥同时参与了由郑振铎主持的北京大学文学研究所的筹备工作。1952年10月29日:"接平伯电话,约下午来家晤言。十二时归饭。下午二时,平伯至。谈文学研究所筹备情形,出组织草案及研究目录相示,谓渠认《诗经》,余认《史记》,将来彼此可以合作云。"

11月8日,两位老人电话相约到北京大学开会,讨论文学所成立之事。11月9日:"早六时起,匆匆具食。七时四十分即出,乘三轮赴西谛约,坐甫定,平伯至。八时四十分,共乘西谛汽车出西直门径赴北京大学(燕大原址)临湖轩开会,晤何其芳、钱默存、杨季康、孙子书、余冠英、卞之琳、罗彦生、罗大冈诸人及王积贤、杨君(二人俱为秘书工作者)。由西谛、其芳报告文学研究所筹备工作,并通读工作计划及组织系统研究大纲等草案。修正通过,再由积贤报告十一、十二两月经费预算及房屋建筑预计等,初步商定十二月初正式成立。余认定参加中国古典文学组及中国文学史组,初步研究对象为《史记》云。"

12月12日:"八时半,西谛来馆,出北大校长马寅初聘书见授,延聘余为文学研究所研究员,并约明日上午九时在团城社会文化事业管理局举行中国文学史组及中国古典文学组小组会议,商讨两组研究计画云。"

1953年2月22日,正月初九,星期日:"十二时半,乘三轮赴黄化门西谛家,平伯已在。盖约同附车出城也。时西谛适吃午饭,俟至一时三刻许乃返。因共载出西直门,过海甸,径赴北大临湖轩,已二时廿分矣。宾客同人到者六十余人。晤雁冰、昭抡、周扬、汤锡予、蒋荫恩、冯至、其芳、积贤、觉明、默存、杨绛、余冠英、曹靖华、罗大冈、曾昭抡等。二时四十分开会。四谛主席,雁冰、昭抡、周扬、锡予、觉明、平伯先后讲话。六时十分始毕。即在轩中聚餐,凡五席。余与平伯、觉明、其芳、冯至、靖华、大冈及两位术及请教之人同座。饮啖至七时半散,仍偕平伯附西谛车入城。"这是目前所见记载文学所成立最详细的史料,我已收进《文学研究所志》中。

那年,王伯祥六十三岁,俞平伯五十三岁。两人分别接受了研究任务,王伯祥做《史记选》,俞平伯做《诗经选》。伯祥先生用了三年多的时间完成了《史记选》的注释工作。俞平伯先生选注《诗经》工作刚刚起步,第二年就赶上了全国性的《红楼梦》研究大讨论,他深陷其中,不能自拔。最终,《诗经选》的编选工作由余冠英先生完成。

二、临渊履薄

《红楼梦》的大讨论,在1954年年初似已略现端倪。

《王伯祥日记》1954年1月30日记载:"心绪欠佳,抽架上《红楼梦》看之,尽三数回。"2月2日:"看《红楼梦》。数十年来复看,今乃不能罢手。"至2月8日看毕《红楼梦》八十回。2月9日:"看《红楼梦》后四十回,细味笔墨,确有不同。"2月13日:"看毕《红楼梦》四十回。封建家庭之崩溃,实不可背免之历史发展规律耳。昔人所谓繁华转眼,今乃知理所必至也。"

4月20日:"人民文学出版社冯雪峰书来,约参加《红楼梦》座谈会,附来王佩璋论文一篇。佩璋受平伯之教熏陶,渐成红学专家矣,可喜也。"5月20日:"接人民文学出版社函,约廿二日下午二时赴社参加《红楼梦》座谈会。"这两次座谈会有一个背景:1953年12月,作家出版社(人民文学出版社副牌)出版了所谓以程乙本为底本的《红楼梦》,并有标点注释。王佩璋女士撰文批评说,"这新版本的底本恐怕是间接的程乙本——一九二七年亚东图书馆发行的'亚东本'"。这一看法得到了学术界的重视,所以王伯祥称赞她"渐成红学专家矣,可喜也"。

那年10月以后,俞平伯先生的《红楼梦研究》成为众矢之的,文学所的批判会也因此密集起来。从此,事态开始发生重大变化。

那一年,伯祥先生因夫人重病在卧,连正常上班都不可能,常常请假。日记中多是病情的记录,很少学术内容。家中病人叫他感到痛苦,俞平伯被批一事,也对老人产生很大震动。

10月26日的日记记载:"连日报章登载李希凡、蓝翎、钟洛等批评平伯《红楼梦研究》之文字,攻击备至,颇为难堪。牵连及于三十年之前,我真不知何以酷毒至此耳。纵有其故,余终不能平怿也。"两天以后,文学所通知开会,他知道又是反复批判俞平伯,就以生病为由请假,未曾出席。最使他感到难堪的是,俞平伯的助手也撰文批评自己的老师。11月3日:"平伯《红楼梦研究》引起轩然大波,今日《人民日报》佩璋亦撰文自解,加遗一矢。余总感胸次垒然不怡久之。"此后一两个月,两位老人相互慰藉,留下感人一幕。

11月5日:"九时平伯见过长谈,写示近作《道情》及七绝各一首。十时半始去。约下星期一同访颉刚。"下星期一为8日,两位老人同访顾颉刚未遇,便一起游历北海公园,吃烤肉。日记是这样记载的:"午后二时,步往老君堂访平伯,与之偕出,同过颉刚,适他出,未得晤,即出,过访其东邻汪静之,坐有顷便出。余二人乃往北海双虹榭赏菊花,名种不少,绿牡丹乃成寻常之品矣。复渡海子出后门,徜徉十十刹海畔,循东岸到义溜河沿,登临河第一楼(烤肉季)吃烤肉,薄暮始散,乘三轮各归,老子婆娑,兴复不浅耳。到家正值晚饭,再进粥。七时半,其芳、冠英见过,谈所里改组草案,并约后日出席会议。移时乃去,知其将偕访平伯也。"何其芳、余冠英在特殊岁月不止一次看望俞平伯先生,马靖云老师《文人相重》中有一篇《〈红楼梦研究〉批判中的何其芳与俞平伯》专门谈到此事,说何其芳白天在所里参加批判会,晚上亲自看望自己的老师,了解俞先生当时的想法并征求意见,甚至作彻夜长谈。王伯祥亦深知,此时此刻,老友俞平伯"亦大须濡沫也",遂有北海赏花、吃烤肉之举。俞平伯先生非常感动,特作诗相赠:"交游零落似晨星,过客残晖又凤城。借得临河楼小坐,悠然尊酒慰平生。"这"慰平生"三字饱含深情。有道是:"人生富贵,左右咸言尽节,及遭厄难,乃知岁寒也。"

但是批判仍在进行中,王伯祥在日记中记录了自己的所见所感。

11月14日:"余展阅今日《光明日报》副刊'文学遗产'两版俱载作家协会座谈批评平伯《红楼梦研究》之辞,十时乃卧。其中各篇,以周扬所言为最得体(何其芳说系此),冠英所言最为中肯(吴组缃说系此),余多泛逞胸臆,或竟为报怨之语耳。"

11月25日:"七时四十分,所中车即来。草草早餐讫,即乘以行,先过老君堂七十九号接平伯,再过西城巡捕厅廿五号接健吾,出阜成门,驶往北京大学哲学楼。适八时半,径登楼,诣文学研究所资料室出席全所会议,讨论《红楼梦》问题。当场发言者有其芳、耀民、道衡、佩璋等及北大副校长江隆基、浦江清、钱默存、卞之琳等多人,平伯亦两次发言。至十二时半乃罢。约下星四再续开。听到诸说,以江清、默存为最中肯有力,之琳好说话而纠结不清(多不完之辞,大出意外)。散会下楼,仍与健吾、平伯同乘入城。"

11月29日:"夜饭后看今日书刊揭登之关于批判《红楼梦研究》之文字,从二十日《人民日报》所载何其芳《没有批评就没有前进》及《文艺学习》第八期《不能容忍资产阶级思想继续盘踞古典文学研究的领域——关于〈红楼梦〉问题的讨论的综合述评》为较有系统,阅读亦较久云。"

12月2日:"七时四十分所中车来接,健吾已坐上,并驰到老君堂接平伯,出城迤往北大文研所,已八时二十分。少坐,即开会,仍由其芳主持展开《红楼梦研究》讨论。首由介泉发言,后由默存、冠英、樊骏、毛星、积贤等发言。余人未及,已下午一时廿分,乃散会,约下星四再开。会上之言,以介泉为松快而多证,毛星为较全面而通畅。"

12月9日:"八时半出席第三次《红楼梦》问题讨论会,力扬、卞之琳、浦江清、蔡仪、阎简弼、周妙中先后发言。十二时十分散。"这天下午,"看报载周总理《关于〈美蒋共同防务条约〉(本月二日蒋贼甘心卖国所订)的声明》、郭沫若《三点建议》、茅盾《良好的开端》(俱在中国文学艺术界联合会主席团和中国作家协会主席团广大会议上发言,主旨为《红楼梦研究》而发)"。

12月14日:"八时半赶到哲学楼文研所开会,时力扬、佩璋批评平伯甚烈。毛星说词中对浦江清、林庚亦有波及。健吾、季康、道衡都发言。其芳作总结。一时始散。"前引《〈红楼梦研究〉批判中的何其芳与俞平伯》载,毛星对浦江清关于"色空"的发言提出异议,认为浦先生对"因空见色,由色生情,传情入色,自色悟空"十六字的解释不正确,甚至还不如俞先生。力扬则不同意毛星的看法,认为曹雪芹在他的作品中反映出三种积极的思想,即人们要求自由解放的思想、民主主义精神及人道主义精神。

12月16日:"八时二十分即到所,八时三刻开会,发言者相当多,余未及言。十二时半散。约明日八时半再继续开会。""北大转来中国作家协会邀请参加胡适思想批判讨论会。余复函愿列席'考据在历史学和古典文学研究工作中的地位和作用'小组,是组召集人为尹达,主要研究者为游国恩、余冠英、尚钺、顾颉刚、向达、周一良、白寿彝、邓广铭。尹达届开会时宜有一番精论饱我两耳也。"

12月17日:"八时四十分开会,发言者仍踊跃,至下午一时一刻始告散。余竟未及言。"

他在会上没有发言,日记却记录了他的心声……

三、携手河梁

1955年6月9日,王伯祥夫人去世。10日,伯祥撰挽联:"疾疴交缠廿一月,百药竟无灵,此日此时何能忘剧痛;形影相随卅五年,一朝成永诀,而今而后谁与共凄凉?"那年,王伯祥先生六十五岁。从7月1日起,日记题署《念逝日记》,题曰:"自先室珏人之亡,悼念不置,所谓一日思君十二时,非过论也。伊郁寡欢,饮泪强笑而已。人皆言余精神如昔,讵知我内心之痛乎?呜呼!酷矣!乙未中冬容翁志。"此后的日记,除日常起居均是为《史记》作注、编选李白诗、看戏等娱乐活动。后来，运动一个接着一个，伯祥先生常以不任久坐、不熟悉所里情况为由请假。日记中更多记录与老友往来的琐事。

此间亦有一事值得提及：1956年年底研究员分级，11月6日的日记记载："文研所勤务员来，将到密件，立待回复。启视乃最近评级名单，询有无意见。余列二级，似已忝占，当然无意可申，即于原件注'无他意见，惟余冠英同志负责一组，似应有异'云，封固，仍交原手带回葛涛。"王平凡《忆何其芳同志如何领导科研工作》（《衷心感谢他》，上海文艺出版社，1987）、马靖云老师《俞平伯评职称》等文都有记载。1956年年底，文学研究所为贯彻中央关于知识分子问题的会议精神，启动研究员分级事宜。俞平伯因为《红楼梦研究》受到全国批判，一些人认为应该评为二级。何其芳认为俞平伯先生是有真才实学的专家，不能因为受到批判就影响到评级，坚持将俞平伯先生评为一级。马靖云老师还提供了当时拟定的一份名单：一级研究员三名：钱锺书、俞平伯、何其芳（何将自己改为二级）；二级研究员九名：孙楷第、余冠英、王伯祥、卞之琳、罗大冈、李健吾、潘家洵、缪朗山、陈涌；三级研究员五名：力扬、杨季康、罗念生、毛星（原定为二级，毛星坚持改为三级）、贾芝。王伯祥被评为二级，"似已忝占，当然无意可申"。令他高兴的是，俞平伯被评为一级。我相信，这个结果对平伯先生而言，也是一种慰藉。据说，何其芳把这个结果告诉俞平伯本人，他回答："差不多，差不多。"平伯先生《红楼梦八十回本》出版时，何其芳还亲自撰写前言给予高度评价。平伯先生在《纪念何其芳先生》（载《衷心感谢他》）一文中说，"与其芳几十年的交往，他既是我的领导，又是我从事研究工作的知己。他给我的帮助很多，是我非常感谢的。"

此后，俞平伯先生很少在公开场合谈论《红楼梦》，但私下里仍不忘这部巨著。1962年壬寅，曹雪芹逝世200周年，特作诗吊之。1973年癸丑春，又录传闻中的曹雪芹诗。这些珍迹，都为伯祥先生所收藏，得以流传至今。

《王伯祥日记》（中华书局，2020）、《暮年上娱：叶圣陶、俞平伯通信集》（花山文艺出版社，2002）等私人文字，记录了苏州五老（王伯祥、俞平伯、章元善、叶圣陶、顾颉刚）等人的暮年往来，因缘遇合，有若前定。这种情感，恰如伯祥先生所说："林茂鸟自归，水深鱼知聚。"

1965年乙巳元宵后二日作诗，触目成诵，咏叹时事，说明他仍然关注社会的变化。12月22日冬至日，俞平伯戏作打油诗曰："何用卑词乞稻粱，天然清水好阳光。倘教再把真经取，请换西天辟谷方。"阅读这些书信题跋，读者自会有一种"只知事逐眼前过，不觉老从头上来"的怅结情怀。

1975年9月，王伯祥临终前三个月，口述《旧学辨》，由王湜华记录，并转抄多份，送给亲朋好友。俞平伯9月30日致叶圣陶信问及《旧学辨》是否读到，叶10月3日回信说："伯翁之《旧学辨》已获读，列举旧学所包之广，恐将令问津者却步。"10月18日叶圣陶信："前日湜华来，言兄已能起床就书桌坐，可证尊体恢复能力之强，所服药与扎针治疗之有效，深为欣喜。老年友朋此类欣喜，或非青壮年所可体会。"湜华，王伯祥公子，经常在诸老间走访。10月19日俞平伯信："日前曾以歪斜大字写信给伯翁，翁竟能自读，虽小事亦可喜，当为兄所乐闻。"叶回信："伯翁能自读尊札，实为佳讯。"12月30日伯祥先生去世，听到消息，俞平伯悲痛万分，连夜拟成挽联："记当年沪渎初逢,久荷深衷怜弱棣;喜晚节京华再叙,忍教残岁失耆英。"

张中行在《俞平伯先生》一文中把俞平伯的治学分为三层:上是治经兼考证,中是阐释诗词,下是写抒情小文兼谈宝、黛。确是杂,或说博;可是都深入,说得上能成一家之言。①广博深入,这种评价很高。俞平伯先生向以治小说、诗词著名,其经史之学,著述不多。王伯祥的收藏中有一则札记,是俞平伯先生针对杨树达《积微居读书记》中的《读左传》而发,涉及史事的解读与文字的训释,其小学功夫可见一斑。

俞平伯先生在《唐宋词选释》前言中指出:"从来论诗,有大家名家之别。所谓'大家'者,广而且深;所谓'名家'者,深而欠广。"②引申到学问领域,博大而精深是大师的境界,而杰出的学者则侧重于精深一面。事实上,不论大家也好,名家也罢,也不论他们采用什么样的方法从事研究工作,凡是能够在各自不同的学术领域取得令世人瞩目成就的,又总有一些相同或者相近的特点。显而易见的是,他们对自己关注的对象,充满探索的兴趣;他们对人生社会,充满温暖的关爱。俞平伯先生是大家还是名家,今天再来讨论这些已经不重要了。重要的是,那一代学者留给后人的穆如清风的处世态度、修辞立诚的为人风范、严谨求实的学术精神,都值得我们感念不忘,更需要我们发扬光大。

(原载《传记文学》2021年第1期)

---

① 孙玉蓉编《古槐树下的俞平伯》,四川文艺出版社1997年版,第60—68页。
② 俞平伯《唐宋词选释》,人民文学出版社2020年版,第7页。

记汪蔚林先生二三事

> 和文学所那些大家、名家相比,汪先生没有名牌学校文凭,没有显赫的家世和光辉的经历,但是他的学问、他的工作、他的成绩得到全所领导、专家、同事的认可。他是熟悉图书工作的专家,学有专长。

一、由一组诗说起

1983年3月,中国社会科学院文学研究所图书馆主任汪蔚林先生因病去世。三个月后,《羊城晚报》(1983年6月4日)刊发了文学所老人荒芜先生的《挽汪蔚林》诗,前有引言:"汪蔚林同志,中国社会科学院文学研究所图书馆主任,学识渊博,性情朴厚,不幸因病去世。我们共事将近三十年,一同坐牛棚,下干校,艰苦共尝,良友云亡,深感悲痛,爰草二律,歌以当哭。"其一曰:

原期朝夕叙家常,谁料天人各一方。
座上谈诗"双右派",馆中结伴"四人帮"。

> 清晨南亩收棉子，午后西园起菜秧。
> 傍晚偷闲瓜地坐，听君续话孔东塘。

据作者自注，"双右派"是指徐懋庸和作者荒芜。徐懋庸（1910—1977），浙江上虞人，作家，"左联"成员。鲁迅曾为其作品《打杂集》作序，对他多有肯定。后来一篇《答徐懋庸并关于抗日统一战线问题》则又表现出对他的强烈不满。徐懋庸晚年在中国社会科学院哲学研究所从事研究工作。"四人帮"是诗人自封的，当然是戏称，指文学所的四位老人：陈友琴（1902—1996）、吴晓铃（1914—1995）、汪蔚林和荒芜（1916—1995）。孔东塘，是《桃花扇》的作者孔尚任（1648—1718），字聘之，又字季重，号东塘，自称云亭山人。汪先生曾辑校《孔尚任诗文集》，是孔尚任研究的专家，故有"听君续话孔东塘"之说。

该诗第二首曰：

> 牛棚得句共推敲，偷送藏书慰寂寥。
> 事到临头装土蒜，时逢佳节啃猪骹。
> 明知歪理非真理，蔑视热嘲与冷嘲。
> 长忆达摩克利剑，愁听邻笛过松郊。

作者自注："装土蒜"，指"文革"中逼供者专讲歪理，他们都只好装蒜。汪先生说，蒜也有两种，钱锺书（1910—1998）、吴世昌（1908—1986）他们装的是洋蒜，他自己装的是土蒜。钱锺书毕业于牛津大学，吴世昌曾在牛津大学任教，1962年回国。两位都是文学所的研究员，后来一同下"干校"。"时逢佳节"是指每逢年过节，那些被集中起来的"牛鬼蛇神"们不许回家，幸好食堂尚有酱猪蹄出卖。"达摩克利剑"（The Sword of Damocles）用的是西方典故。汪先生老两口任一间小屋，屋顶上有一个破洞，承以纸板一方，以防砖瓦灰尘下坠。作者就把它叫作"达摩克利斯头上的剑"。文学所发布的《汪蔚林同志悼词》中专门提到，"汪蔚林同志一向生活俭朴，艰苦奋斗，他识大体，顾大局，体谅国家和组织的困难。七二年，文学所从干校回京。他长期身居陋室而无怨言"。"陋室"指的就是这间小屋。"松郊"指劲松地区。汪先生去世前一年，才迁居于劲松地区，这里当时还属于北京近郊，故云"松郊"。

荒芜，本名李乃仁，安徽蚌埠人，与汪先生为安徽老乡。二十世纪三十年代毕业于北京大学，参加过"一二·九"抗日救亡运动。1949年任外文出版社图书编辑部副主任。1956年入中国科学院文学研究所工作。1957年被划为"右派"，在黑龙江农场劳动改造。1961年又回到文学研究所做资料员。当时汪先生为图书室主任，他俩成为同事。1969年，整个"学部"一起下放到河南信阳罗山"五七干校"。这就是两首诗所写的背景。荒芜在中学期间就开始发表文学作品，创作了很多诗歌。他还翻译过美国赛珍珠的小说和惠特曼的诗歌，是著名的文学翻译家。下放"干校"时，这些文学家常常"牛棚得句共推敲"。悼念汪蔚林的诗歌写好后，荒芜请俞平伯（1900—1990）指正，于是引来了平伯先生的一段评议：

旧体诗历千年，敝矣。推陈出新，自是当然，方向正确，不待言。做法不妨各异，古言殊途同归。今日百花齐放，即如用典，圣陶以为密码，比喻极佳。我们是欲不用或少用。我近来作诗，用典极少，尤其避僻典。

兄意要用新旧中外之典而多作注，目的同而方法异也。作注，多则妨诗，少则不达，即如此次惠诗有云"长忆达摩克利剑"，虽注明原文，但若不知一发系千钧之义，仍不能知比喻之妙也。同诗末句"松郊"不醒豁，鄙意不妨径作"愁听邻笛劲松郊"，表词可省，即可省注。

这里讨论的是诗歌用典问题，平伯先生主张尽量不用典，而荒芜先生的诗歌喜用新旧中外之典而多作注。譬如"邻笛"，用的是竹林七贤的"古典"。嵇康被杀后，向秀路过其旧居，听到邻人的笛声，联想到嵇康当年弹琴之事，于是写下《思旧赋》，举目有山河之感。这个典故用得比较贴切，如果不用解释，也无妨。"达摩克利剑"用的是"洋典"，更多的是用"今典"，尽管非常活泼，但不加注释，读者还是不懂。最后一句"愁听邻笛过松郊"，"松郊"二字，平伯先生认为比较生硬，不如径改为"愁听邻笛劲松郊"，准确、显豁，不失典雅。

在文章的最后，平伯先生又特别加了一段话："蔚林遽逝，为之惊惋。犹忆东岳一夕，偕兄同过我茅屋，四人今余其半，而故人千古矣。牛棚陈迹，可复道哉？"东岳是指东岳镇。1970年，文学所和经济所的"五七干校"就坐落在这里。平伯先生的文字，简短意长，不胜今昔之感。

查《俞平伯全集》第十册所载1983年6月17日《致俞润民信》："我有三文寄出：一港《大公报》，二《文汇报》，三广州《羊城晚报》。"这里提到的给《羊城晚报》文章，就是这篇《致荒芜》。从书信看，作者的身体状况非常不好,萧然寒暑,心绪落寞:"自三日发病后,虽无恙,但对于一切均无甚兴味,空空洞洞不想什么。"但汪先生的去世,还是叫平伯先生深感惊愕。

在一般人看来,汪先生的名气不大,但是文学所的老人都很感念他。

二、图书资料工作的默默耕耘者

在文学所的档案文件里,简单地记述了汪先生早期的工作经历。

汪蔚林(1912—1983),字履实,原名裕麟,安徽省黟县人。中华人民共和国成立前,因家境贫寒,他长期为衣食生计奔波,大部分时间从事中小学教学工作。1936年在全国抗日爱国热潮的感召下,在生活书店杜重远同志的支持下,他与几位朋友在安庆开办了求知书店,从事抗日爱国的进步宣传活动。为此,他遭到国民党特务的迫害,曾被捕入狱。1949年4月参加革命后,他在黟县教育科工作,同年8月加入民主同盟,后任黟县中学教导主任、贵池中学教导主任。1951年,他由安徽省民盟送到华北人民革命大学学习,结业后被分配到马列学院(中央党校的前身)任教员。

1952年下半年,马列学院语文教研组组长何其芳同志(1912—1977)奉中宣部指示,组建成立文学研究所。他首先招集语文组的著名诗人力扬(1908—1964)、教员汪蔚林以及通讯员马世龙(现为文学所离休干部)等协助他做筹备工作。范宁(1916—1997)、汪蔚林负责图书室工作。郑振铎、何其芳两位领导对图书资料建设高度重视。1957年,在郑振铎的提议下,文学所成立了图书资料管理委员会,钱锺书任主任,范宁、吴晓铃、汪蔚林等任委员。当时,图书室和资料室是分开的。图书室负责图书的购买、进书、编目和典藏等事宜;资料室负责采集报刊资料,剪裁分类,装订成册。二十世纪五六十年代,文学研究所编辑出版了若干种研究论文索引的工具书,主要依据的就是这些报刊资料。这些资料类编成册,迄今尚有五六千种,现已做了数字化处理,将来可以发挥更大作用。此后一段时间,图书室与资料室分分合合,人员变动很大。只有汪先生一直在图书资料岗位上,一干就是三十年。不仅如此,1981年,《中国文学研究年鉴》创刊,汪先生还兼管《年鉴》工作,从工作班子的组建、编辑及最后定稿出版,他都花了大量的时间和精力。这些背景材料,在我主编的《文学研究所所志》一书中有比较详尽的记载。

很多人认为,从事图书资料工作既无名,又无利,一天到晚钻到资料堆里,"为他人作嫁衣裳",没有成就感。汪先生却不这样看。1980年,他在中国人民大学主持的全国资料工作科学讨论会上做了题为《范例和启发》的发言,很有针对性。他认为做好资料工作,首先,要认认真真地把它当作一项事业来做,要有一种很强的责任心和事业心,不计较自己的名誉,不计较个人的利益;其次,图书资料工作者必须端正思想,摆正位置,要有为科研服务的意识。

据老人们回忆,三十年来,汪先生在工作中事无巨细,一丝不苟,热心为研究人员提供方便,解答各种问题,因而令人记忆深刻。《王伯祥日记》1955年11月22日有这样一段记载:"余开各书,蔚林云正力求中,一俟收到,随即送来也。"可见,汪先生通常把科研人员需要的图书亲自送到家中。这样的事例,在文学所的老人中多有传颂。我在《记忆中的水木清华》一文中提到,在二十世纪二三十年代,清华大学图书馆也提供这样的服务,还是让人羡慕的。

在汪先生看来,这样的服务工作理所当然。何其芳先生明确要求他们做好图书资料工作,必须兼顾科学性、系统性和准确性,尤以准确性最为重要。汪先生在《范例和启发》中回忆,何其芳先生在撰写《论〈红楼梦〉》这篇长文时,阅读了大量资料,对清代思想家黄宗羲、顾炎武、王夫之、颜元和戴震等人的著作做了深入研究。在《论〈红楼梦〉·序》中,何其芳曾写道:"《论〈红楼梦〉》是我写议论文字以来准备最久、也写得最长的一篇。从阅读材料到写成论文,约有一年之久。"这篇论文长达十万字,何其芳先生经常引用到一些经典著作,有时对俄译本也不轻信,还会找懂德文的同志对译文进行核校。因为有坚实的资料做支撑,何其芳先生所持的论点基本上是站得住的。汪先生还举例说,何其芳先生有一篇论述农民起义历史背景的文章,说到当时农民的悲惨生活,有这样一段话:"安寨城西,有一个粪场,每天早晨都有两三个婴儿扔在那里。那些婴儿有的哭,有的叫,有喊父母的,有吃粪土的。"这条材料见于一本有关农民起义的资料书,"粪场"原来作"翼场"。何其芳先生觉得"翼场"不好理解,就和汪先生讨论起来,认为"翼场"如果不是地名,就是有讹误,叫汪先生协助找一找原始材料。很快,汪先生就在《陕西通志》卷八十六查到了马懋才《备陈灾变疏》,改正了"翼场"的错误。这是正面的例子。在《范例和启发》中,汪先生还举了一个反面的例子。几年前,人民文学出版社要出一本《红楼梦》的资料集,有一份征求意见的选目,让提意见。他马上想到一篇发表在二十世纪五十年代《大公报》上论《红楼梦》四大家族的文章,论点很新,资料来源标注很清楚,有年、有月、有报纸,按理说查找这些资料应该问题不大,但是五十年代的《大公报》

有好几个,上海有一个,重庆有一个,汉口有一个,桂林、香港也各有一个,查了数个,都没有这篇文章。如果当初在那条资料上注明是什么地方的《大公报》,问题就会简单得多。可见,收集资料不仅要全,更要准确。资料不准,就会给研究工作带来很大的困难。

图书资料工作的科学性和系统性同样重要。文学所馆藏图书之所以具有今天较为完备的规模和体制,是与汪先生的努力工作分不开的。从现存文件看,建所之初,文学所图书室藏书主要由北京大学划拨一部分副本,数量不多。现存古籍,多数都是多方采购而来的。1954年,郑振铎先生促成购买了近代重要藏书家张寿镛(1875—1945)的约园藏书,共两千余种。1957年,受所领导委托,钱锺书先生代表文学所拟函向周恩来总理求助,争取到一大批价值极高的善本古籍,其中包括2008年《国家珍贵古籍名录》收录的几部珍稀善本。此外,还有一些捐赠的古籍,如王伯祥(1890—1975)赠书,现在业已专架庋藏。

作为图书室负责人的汪先生,最初的主要工作就是四处搜购古旧书籍,走访书肆,深入民间,拜访文人墨客。河北省社科院刘月教授还记得汪先生曾提及,他去过中国戏曲学校校长萧长华(1878—1967)家看书,还去过北京师范学院教授王古鲁(1901—1958)家买书。文学所图书馆善本书库确实还保存着一部分王古鲁的藏品,主要是戏曲小说善本古籍的摄影复制本,大概是汪先生从王古鲁家征集来的。1958年,吴晓铃先生介绍了在中国书店看到的乾隆时期百廿回《红楼梦稿》抄本。根据抄本上的"兰墅阅过""兰墅太史手定红楼梦"等字样,当时专家鉴定,确认是程、高在修订《红楼梦》过程中的一个稿本,属杨继振旧藏本。但之后的研究发现,该抄本旁改、贴改和补配部分存在诸多版本问题，遂使该抄本的抄写时间和底本问题成为长期争论的焦点，而未有定论。不过可以确定的是，这是目前已知十二个《红楼梦》脂本中非常重要的抄本，极富价值。当初购回时，这部珍贵的孤本已残破不堪，没有目录，经张中兴先生修补装订，那延龄先生增写目录，吕其桐先生做好函套，至今仍完好地被文学研究所图书馆善本书库珍藏。

文学所图书馆有很多这样的古籍，购藏时已有破损，需要经过技术人员的修补才能入藏使用。遗缺的部分，汪先生还会设法抄配补齐，臻于完璧。例如，弹词宝卷是文学所图书馆的特藏之一。1957年，汪先生在上海温智书店购得清光绪年间的《荷花宝卷》，同年在杭州和合桥东首文艺斋购得清光绪甲午年间的《绣像韩湘宝卷》。1958年，他又在温州古旧书店购得清光绪三十年"温州府前街墨香簃发行"的《升仙宝卷》等，都是比较珍贵的本子。迄今为止，文学所共收藏六百多种弹词宝卷，其中不乏珍稀善本，甚至孤本。譬如明万历年间刻本《破邪显证钥匙宝卷》和康熙年间的抄本《天仙圣母源留泰山宝卷》等，都曾经历了三四百年的沧桑，弥足珍贵。

到1964年，文学研究所图书馆的藏书已达二十四万册。其中善本书就有近三千种两万多册，孤本有三十种以上。根据当时的藏书情况，汪先生和赵桂藩先生编辑了《文学研究所图书馆馆藏善本书目》。1978年，全国善本书工作会议在广州召开。会议决定编辑《全国善本书联合书目》(后更名《中国古籍善本书目》)。汪先生代表文学研究所参加了会议，文学所因此成了《全国善本书联合书目》的合作单位之一。经过四年的努力，《联合书目》初稿编成。在此工作基础上，1993年图书资料室又编出《中国社会科学院文学研究所图书馆古籍善本书目》,这是对汪先生和所有为文学所藏书做出贡献的同志们的一份纪念和志谢。

据统计,文学所图书馆收藏普通古籍一万三千余种,善本古籍四千余种,合计十六万余册。其中以明清诗文集、古典戏曲、古代小说为馆藏的古代文献三大支柱。诗文集方面,如陶渊明诗文集就有六十多种,其中善本四十余种;明代诗文集一千多种,其中善本六百多种;清人诗文集三千多种,其中善本五百多种;晚清及民国初年诗文集一千多种。馆藏小说六百多种,其中孤本三十多种,如《锁海春秋》《五更风》《美人书》《蕉叶帕》《凤凰池》《集咏楼》《闪电窗》等。此外,文学所馆藏中还有大量的不被人注意的晚清警世小说、社会小说。"五四"运动前后及"左联"、抗战时期至中华人民共和国成立前的出版物也是文学所图书馆收藏的重要文献。如鲁迅、周作人、沈从文、郭沫若等著名作家的早期印本就多达四百种,其中善本一百多种。

从版本方面看,宋元版书十四种,如宋刻本《五代史记》(宋欧阳修撰)、元延祐间刻本《新笺决科古今源流至论》(宋黄履翁撰);明刊本二千一百多种,其中一百多种为清代禁书,钞本三百余种,稿本一百多种。另有稀见明版家谱数种。2008年3月,文学所图书馆成为国务院颁布的首批51家"全国古籍重点保护单位"之一,有六部馆藏古籍入选第一批、第二批《国家珍贵古籍名录》,包括《庄子内篇》不分卷(明王宠手书抄本)、叶梦得《石林奏议》十五卷(明毛氏汲古阁影宋抄本)、袁枢《通鉴纪事本末》四十二卷(钱曾旧藏的宋宝祐年刊本)、郑樵《通志》二百卷(元大德三山郡庠元明递修本)、朱熹《资治通鉴纲目》五十九卷(宋刻元修本)、《朱文公校昌黎先生集》四十卷(元刻本)。这些善本古籍非常珍贵,就是放在中国国家图书馆,也是一级文物。

上述这些图书收藏,凝聚了江先生的心血。可以说,他把自己大半生的时间和精力都扑在文学所的图书资料工作上,并以自己的工作成果有力地支持了文学所的科研工作。

三、"听君续话孔东塘"

和文学所那些大家、名家相比,汪先生没有名牌学校文凭,没有显赫的家世和光辉的经历,但是他的学问、他的工作、他的成绩得到全所领导、专家、同事的认可。他是熟悉图书工作的专家,学有专长。《王伯祥日记》1965年1月19日有《致吴晓铃书》,作者写道:"《西谛书跋》……汪蔚林先生所签各条皆精确,似可照改,其所提总意见一纸,鄙见亦复从同。"学问渊博的王伯祥先生说汪先生的意见"各条皆精确",这样的评价是很高的。汪先生在繁忙的工作之余,潜心研究中国古典文学,对吴敬梓、孔尚任、曹雪芹等都有专门研究,并发表过论文。《红楼梦研究集刊》第五辑刊发的《红楼书话》就是其中的代表作。

汪先生原打算在离休之后全力以赴参与编辑《古本戏曲丛刊》《古本小说丛刊》的工作。随着他的遽然离去,他本人未能如愿参与这项工作,不无遗憾。可以告慰汪先生及文学所其他前辈的是,文学所同仁并未放弃理想,经过几代学者的不懈努力,并充分利用了文学所的珍贵藏书,最终完成并出版了这两套卷帙浩繁的丛书。

汪先生的孔尚任诗文研究在当时居于学界前列。1958年10月,汪先生辑校的《孔尚任诗》被列为中国科学院文学研究所"中国文学资料丛刊"第二种,由科学出版社出版(2006年又列入"文学研究所学术丛刊"第一辑,交由知识产权出版社出版)。1962年,中华书局又出版汪先生修订的《孔尚任诗文集》,增加了散文部分,并补入不少新的资料。在当时,这是一部比较完备的孔尚任诗文集。

当然,学术研究永无止境。新的资料不断涌现,新的问题也不断地被提出来。刘辉等先生从张潮《友声初集》等书札中就发现了若干《孔尚任诗文集》未收的佚文,引起了学术界的关注。我初到清华大学任教时,在图书馆里读过一本清钞《沧浪唫》,卷首有孔尚任序,汪先生编《孔尚任诗文集》未曾辑入。后来看到徐振贵先生主编的《孔尚任全集辑校注评》(齐鲁书社,2004),也没有收录。出现这种情况有两种可能,或是未见,或是认为不可靠。《沧浪唫序》如下:

> 舟来维扬,两寓萧寺。言诗之客,常满于座。所谓旧游者百不一存矣。天宁方丈,钟版屡更,偶赴主僧之斋,邂逅静庵刘公,知为内府近臣,钦其丰范,遂与久谈,和平温厚,颇露风人之趣。两次过从,渐窥蕴抱。顷于几案间得钞稿一卷,则公南来游吴之作,袖归细读,知公于此道精熟已久。凡登山临水,过都历市,遇其境之士女,交其邦之逸老大夫,莫不抒写赠答,信口披胸,如其景,如其事,如其人,词达理畅,令人玩味吟诵,有无穷之意。古人诗歌,被于乐悬,朱弦疏越,一唱三叹有遗音者,不仿佛近是乎?盖公侍从内廷,常居清穆高华之所,赓歌元音,钧天雅奏,触于耳而会于性,不待习学,较之隐流学士,已高数等,况其心

虚气下，每不自信，常就予询四始之源流，究三唐之变迁，偶得于心，即书绅不忘。杜子美云："晚节渐于诗律细。"从此引而伸之，更入妙谐，无俟予津津推许，当有自信之日矣。

康熙乙未孟夏，曲阜弟孔尚任撰于维扬客舍。

康熙乙未为康熙五十四年（1715），孔尚任六十七岁。序文下有朱文、白文印各一方，分别为"孔尚任印"和"东塘"。卷首署："静庵刘士瑶英石氏著，阙里孔尚任东塘父阅。"序中提到的"萧寺""天宁寺"等时常见诸孔尚任的笔端。提及萧寺的，如《答何蜀山》："足下作士不第，作吏不终，落魄扬州萧寺，遇亦穷甚。"《与朱天锦》："别来移居萧寺，吟诗送老。"《答黄仙裳》："别来仍居萧寺，以饿腹而陪闲话之宾，空囊而养久居之众。"《答汪柱东》："萧寺雪夜，共话穷愁。"论及天宁寺，如《与蒋玉渊》："天宁寺内，僧居也；寺外，丐居也。我两人寓馆，处僧丐之间，其孤寂饥寒相似者，居相似也。"《与黄仙裳》："仆在天宁寺，忍饥抱病，千愁万苦，皆于两月内包之。"可见这两个地方，给孔尚任留下了深刻的印象。《沧浪唫》收录了好几首作者与孔尚任的唱和之作，如《赠别孔东塘先生》《送孔东塘登舟约于淮阴再会》《送东塘先生归石门》等，多是孔尚任辞别淮扬回到故乡曲阜时，该书作者所写的送别之作。石门，是曲阜附近的名山，孔尚任有《游石门山记》记之，传为佳作。这个钞本除《沧浪唫》外，还有《竹西唫》《鲁游纪事草》等。卷尾分别有"仝里严锡璋谮评"及"康熙庚子中秋后二日夏邑曹裕嗣敬跋"。康熙庚子为康熙五十九年，即公元1720年。其时，孔尚任已去世两年。因此，这两则题跋可以暂且按下不表，还是回到孔尚任的序文上。

徐振贵先生主编《孔尚任全集辑校注评》所附《孔尚任年表》，从康熙五十一年（1712）到康熙五十七年（1718）孔尚任去世，前后七年，完全空白。其实这几年，孔尚任的行迹还是可以推知一二的。《长留集序》说，"甲午腊月，薄游江南，舟维袁浦，遇先生为淮徐观察"云云。这里交代得很清楚，康熙五十三年甲午（1714）腊月，孔尚任泛舟南下，在淮南与刘廷玑等多有交往，并在淮南过冬，直到初春，羁留时间长达三个月之久。在这期间，两人商议尽搜时贤诗稿，用存真诗。他们先从自选作品开始，分别编成《长留集》和《在园杂志》，孔尚任还为这两部集子各写了一篇序言。《长留集》题下有"孔刘合刻"四字，作者题署："曲阜孔尚任东塘著，辽海刘廷玑在园选"。《长留集》序言的落款为"康熙乙未仲春曲阜弟孔尚任撰于袁浦之云迹馆"，《在园杂志》序言落款为"康熙乙未初春，云亭山人孔尚任撰"，两序都作于康熙乙未春，《在园杂志》序在初春，《长留集》序在仲春。有意思的是，《沧浪唫序》也作于康熙五十四年乙未（1715），只不过作于孟夏。这三篇序言的写作时间正好可以衔接起来。据此推测，作者编好《长留集》后又有一次南游，或者根本就没有回到家乡，而是从淮南直接到了扬州，并与当地文人唱和。孔尚任有很多作品描写到江淮湖海的风土人情，他甚至说"生平知己，半在维扬"（《答张谐石》）。即便是在六十七八岁的高龄，依然游走于曲阜、淮南和扬州等地，可谓流连忘返。

孔尚任晚年虽罢官在家，仍不时登山临水，访亲拜友。对他来讲，这既是一种慰藉，也是写诗的需要。他在《酬渔诗序》中说："求友之道多端，惟诗为最近。诗也者，性情之音，唱予和汝，而性情各见。"他在很多诗文中都谈到读万卷书、行万里路对于诗人创作的重要性。

这篇《沧浪唫序》也表达了同样的意思。他说,静庵刘公"凡登山临水,过都历市,遇其境之士女,交其邦之逸老大夫,莫不抒写赠答,信口披胸,如其景,如其事,如其人,词达理畅,令人玩味吟诵,有无穷之意"。如果序文可靠,这两条淮南、扬州之行的材料是可以补充到《孔尚任年表》中的。

我到文学所工作时,汪先生已经去世多年,无从求教有关东塘的故事。为了求证这篇序文的真伪,我曾抄录给专家学者,请他们指点迷津,可惜至今也没有得到答复。岁月不居,一晃四十年过去了,我的学业没有多少进步,对于孔尚任这篇序文的真伪和价值还是不能甄别论析,只好借此机会,再次过录如上,以就教于专门之家。

(原载《传记文学》2022年第2期)

"小室无忧"

——记古籍版本学家魏隐儒先生

那天,阳光灿烂,朵朵白云像棉花团一样,似乎触手可及。魏老站在碧蓝的滇池边,清癯的身影、飘散的白发,还有那身不变的蓝咔叽中山装,定格成一幅难忘的画面。

一

魏隐儒先生不是文学研究圈里的人。我知道他的大名已是在清华大学工作一年以后的事。

1983年6月10日,清华大学文史教研组开会,老师们汇报近期工作。我主要谈了自己在读书上的困惑。那时,我作为图书馆联络人,几乎天天泡在书库,对那里的古籍收藏比较熟悉,可惜没有版本知识,面对着丰富的藏品,不知如何欣赏,更无从开展研究。我很诚恳地希望有老师给予指点。吕维老师当即表示说,她认识一位专家,是她过去在北京市文物局工作的同事,叫魏隐儒。吕老师还送我一本内部印刷的《古籍版本鉴定丛谈》,作者正是魏老。

回到宿舍，我一个晚上就把那本小册子读完了。书里的很多知识，令我大开眼界。我当时的感觉，就像在茫茫大海中看到了灯塔，眼前为之一亮。我发现，自己对中国古籍似乎有着一种天然的兴趣。于是，我迫不及待地给魏老去信，表达从学的愿望。我说：

> 从吕维老师处借得您的大作《古籍版本鉴定丛谈》，拜读再三，玩味不已，深为您的学识所折服，私下甚渴望从学于您。又怕您见笑，不愿意收我这个不成器的学生。昨天，吕老师转送您的这部著作，让我不胜感激之至，情难自已，读书中的很多疑团困惑，随之烟消云散。目前，我是一个"书盲"。虽然读了一些书，却对古书版本、目录、校勘之类的学问，知之甚少。我学的是文学专业，对古代文学兴趣尤深。但是，我们这一代人基础太差，就是上了大学，有四年的拼命苦读，也仅仅是粗知大概。我南开大学毕业以后，深感学殖浅薄，颇不自安，茫然不知所从。而此时，我的兴趣也越来越广，古今中外，文史哲各类知识都强烈地吸引着我，但最能叫我梦游神往的，还是古代先哲留下的文化遗产。为此，我开始有目的地针对自己的弱点，广泛吸收先辈治学的经验，先从目录、版本、校勘等文献知识入手。但这个领域太广泛了，真不知从何谈起……我现在虽然还是一个"书盲"，但我相信，如果您能给我机会，我一定会踏踏实实地按照您的指点，逐渐摘掉这个沉重的帽子，一定能够学有所得、学有所用，那将是我最大的愿望。

魏老收到我的信，当天就写了回信，对我勉励有加：

跃进同学：

前几天到吕维同志家去，（她）曾（向我）介绍您的刻苦学习（情况），（称赞您）对文史哲各类书籍颇有研究，对于古籍版本、目录、校勘等方面的论著也颇有兴趣，是一位求知心切的有志青年。

今日顷接来信，拜读之后，了解到您对文史哲方面的版本、校勘、目录学的研究，下了很大功夫，读了许多名著，有不少收获，令人钦佩！您在学习各方面，既要求广度，又要求深度，几到"学然后知不足"。这是学习过程中的必然现象。

来信中提到，读了钱基博的《版本通义》，目录、校勘都有启发，唯有版本方面的书，读后收效甚微。这个道理很简单，缺乏实践。过去一些名家论著，多是从理论到理论，广引博征。仅凭这些，遇到实际问题，是得不到解决的。

版本知识，是来自实践经验，凡钻研这门版本学的，大都有和您同样感到的问题。但仅凭工作经验，没有理论指导，有些问题就不能突破。两者是相互促进的。

拙著《古籍版本鉴定丛谈》，谈不上什么著述，只不过是在工作实践中的一点心得体会，作为学习此道的初步参考。既不系统，也不全面，提出的问题，也非常粗陋肤浅。惠赠您这本书的目的，是为了抛砖引玉，请您提意见的。我对此道也是半路出家，虽然苦攻了些年，也是收效甚微。不过，我很幸运，多年来掌管古旧书价格研究工作，工作岗位给了我很大方便，得有机会在书海中游泳，过眼善本无数，搜集了大量的资料，可以理论和实际互相验证。现在学习此道，日渐困难，因为书都藏在国家书库，清规戒律很多。私人收藏，社会流传无几，看书不易，如何实践？我因工作关系，倒是增加了条件，有些稀见的书，为要征求我的意见，倒要让我看看，作出版本决定。

凡事"有志者事竟成"，如果有志于此道，不畏艰苦，时间长了，总会学出成绩的。我虽学陋不文，但绝不保守，愿将所知"竹筒倒豆子"，与同道共同研讨，共同进步！专此奉覆。

祝您进步！

魏隐儒

83.8.8

魏老告诉我，早在二十世纪三十年代，他考入北平美术学院国画系，师从李苦禅先生，对于书法、绘画的历史以及纸张、印章等相关知识，颇有所得，为后来从事古籍版本研究，提供了莫大的助益。中华人民共和国成立后，他从中华书局调入中国图书公司。1956年北京古旧书店公私合营时，他有机会接触到大量的古旧图书，又参与了古旧图书的定价业务，遂对古籍版本产生兴趣。"文革"后期，魏老调到北京市文物局，从事文物古籍鉴定工作。由于有这样的工作和研究背景，魏老在1978年被聘为《中国古籍善本书目》编辑委员会委员兼副主任，参与《中国古籍善本书目》的编纂组织工作，主要负责集部的审核。在这期间，他到各地为古籍善本编目培训班讲授古籍版本鉴定的知识，吕维老师送我的《古籍版本鉴定丛谈》，就是1978年山西省图书馆印制的讲义。

幸运的是，与魏老结识不久，他再次受命到清华大学图书馆核对古籍版本，住在清华大学校内的静斋。那年的8月29日晚，我第一次去看望魏老，聊了一个多小时，晚上十一点多才告辞。老人家意犹未尽，又和我一起步行到文史教研组办公室，继续漫谈。他回忆起自己幼年苦读的情形，说只要永远保持一颗经久不衰的上进心，总能做出成绩。他特别强调知识面的重要性，并用了一个形象的比喻加以概括。魏老说，读书治学就像做菜，如果仅仅放香油，一定不会好吃。高明的厨子要用多种佐料调味，才能做出一道道好菜。他曾鉴定过一部手稿，印章是作者本人的，但字迹不是——魏老看过这位作者的字，因此能分辨出来。这种情况，或许有两种可能，要么是作者请人誊抄，要么是书商为了抬高书价有意作伪。这说明，古籍版本鉴定必须具备多方面的知识。

一次，魏老拿出清人梁显祖编《大呼集》八卷，告诉我说，这是康熙三十三年（1694）初印本，乾隆时期编纂《四库全书》时即遭禁毁。乾隆皇帝为什么对这部书如此忌讳？初印本可以为我们解读清代思想文化的某些细节，提供一些有趣的资料。

魏老与文学研究所的吴晓铃先生是亲戚，经常到吴先生家做客，亲眼见到吴先生手写的戏曲小说目录，积稿盈尺，殊为钦佩。他对我说，名家都是苦功夫熬出来的，没有捷径可走。

最有意思的是一次真实可感的现场教学。

清华大学藏宋人马括编《类编标注文公先生经济文衡》，前有淳祐辛亥（1251）黄昝序，继之为马括记编刻此书经过。前集总目后"时景定甲子春栞于梅谿书院"长方墨印，比较醒目。景定系南宋理宗年号（1260—1264），据此可以著录为宋刻。但魏老说，怎么看都不像是宋刻本。首先，字体是仿赵体，是赵孟頫字体盛行之后的痕迹；其次，墨印的位置很独特,不合情理;第三,该书的行款、纸张等,都与元代后期(至少是大德之后)刻书风格相类似。魏老把我们叫到一起,把钤有墨印的那页纸单独翻开,举在光线下透视,这才发现破绽。原来,书商把"泰定"的"泰"字挖改为"景"字。泰定为元代年号(1324—1328)。景定甲子(1264)与泰定甲子(1324),一属宋,一属元,相差六十年。书商在挖改处盖印,反而欲盖弥彰,露出马脚。再查《书林清话》,知道梅溪书院是大德年间才成立的。

1985年,魏老听说天津古籍书店有一批古籍要出售,替清华图书馆牵线搭桥,利用他的人脉,仅花费两万多元,就买了不少善本书。其中,有一部俞樾(号曲园)批校赵一清《水经注释》,才三千多元;还有一部鲍廷博(字以文)批校的《剑南诗稿》,用好几种颜色批校,非常精美,售归北京图书馆收藏。他为此惋惜地说:"北图控制得紧,归善本室收藏,不容易借出来。"还好,翌年2月,我在北京图书馆看到了此书缩微胶卷,总算一饱眼福。

俞樾批校赵一清《水经注释》藏在清华,我得以方便阅读。此书底本为光绪六年(1880)蛟川华雨楼张氏重锓板,凡四十卷,二十四册,每卷下有"俞樾"及"曲园叟"白文印。据周云青所撰《俞曲园先生年谱》(《民铎杂志》1927年第九卷第一号),俞樾于同治十二年(1873)在苏州马医巷西头定居,始号曲园老人,时年五十三岁。而张氏于光绪六年(1880)刊刻本书时,俞樾六十岁,则俞樾之批校此书,至少在六十岁以后,可以说是其晚年所批校者。

关于这部批校本的流传情况,魏老指示我从伦明(字哲如)《辛亥以来藏书纪事诗》、叶恭绰(字裕甫,晚年别署矩园)《矩园余墨·纪书画绝句》等文献中查询资料,知道此书于1926年由广东著名藏书家徐绍棨（字信符）重价购进，庋藏南州书楼。徐绍棨曾著有《广东藏书纪事诗》行世。其子徐承瑛（字汤殷）校补并续作《广东藏书家生卒年表》，跋语中称其父"雅好藏书，节衣缩食，广求旁搜。公余课暇，日亲蟫蠹，手自丹铅，孜孜不怠"。可惜，南州书楼的藏书后来渐渐散出，清华大学图书馆所购就是其中的一部分。根据这些材料，我撰写《俞曲园批校〈水经注释〉初读琐记》（《书品》1999年第1期），作了扼要的介绍，姑且可以看作版本学研读的一点收获。

二

1983年11月，教育部决定在部分高校开设研究生班课程，学制两年，毕业后到单位写论文，然后回来参加答辩。高校来的考生，可以带工资上学，学成后回到原单位工作。

我赶紧查询专业目录，了解到杭州大学招收中国古典文献学的研究生。知道这个消息到考试，时间只有三个月。就像时光的轮回，我当年报考大学，知道消息到考试，也是三个月。我最初很犹豫，想放弃报考。魏老不赞同放弃。在教研组各位老师的帮助下，我最终报考成功。

入学不久，我向魏老汇报学习情况。魏老回信说："到杭大古籍所学习是大好事……你们所长姜亮夫是名家学者，他的一个得意门生叫崔富章，1980年和我在北京一起搞善本目录，在浙江图书馆工作。今后如需到浙江图书馆看书借书，可以介绍几位同志，提起我来，可能给点方便。有两位负责人何槐昌、吴启寿，还有两位同志曾来京参加《中国古籍善本书目》的编审工作，和我同搞集部（我可另信介绍）。"魏老的话，让我心里有点底了。

在杭州大学古籍所的课程中，版本学是很重要的一门课。当时，古籍所计划请浙江图书馆古籍部主任崔富章讲授，由于种种原因未能成行，我就向所里推荐了魏老担任主讲老师。

1985年3月18日，魏老给我回信说："今天接到研究所的（王荣初）邀请信，明确提出为16个硕士研究生讲授版本学20课时左右，着重讲辨识版本知识技术，也要涉及雕印发展史，安排在4月12日至27日。我认为时间合适，今已复函应允。现正准备教学资料和古书残叶及复制书影等。三五日内去北大推迟他们的讲课日期……"

4月11日，魏老乘火车来到杭州，我和张涌泉、颜洽茂等同学前去接站。那些天，我们白天听课，晚上陪同魏老聊天。我的同学周崇坚擅长书画，每次见面，所谈多是这方面的话题。魏老说，练字要从魏碑开始，不拘一家；学画先从《芥子园画谱》入手，最后师法自然。清代以来，赵之谦、吴昌硕、齐白石、李苦禅四人是里程碑式的人物，叫我们特别注意他们的艺术成就。在讲学期间，魏老还为我们作画。他送了我两幅画，一是《苍鹰振臂，一击万里》，二是《众鸟欣有托，吾亦爱吾庐》。

魏老在杭州大学讲学期间，正值《中国古籍印刷史》出版，他题赠给同学们人手一本。阅读之后，我撰写了《继往始能开来》评介此书，文章后来发表在《读书》1987年第8期，记录了我那时的学习心得：

根据文献记载和现存实物来看，我国雕版印刷约创始于七八世纪之交，迄今已逾千年之久了。虽经历代天灾人祸的厄劫，所

魏隐儒先生画作:《苍鹰振臂,一击万里》

魏隐儒先生画作:《众鸟欣有托,吾亦爱吾庐》

存古籍仍复不少。若以最保守的数字来统计,当至少也在十万种左右。这是我国古代灿烂文化的渊薮。琼浆玉液,荡流无垠,令观之者目驰神往,终暮忘倦。数十年来,魏隐儒先生以极大的热情沉浸乎艺苑之源,网罗放失旧闻,荟萃珍本秘籍。其新著《中国古籍印刷史》,辨彰清浊,掎摭利病,乃是作者潜心研讨多年后的结晶。

本书作者曾在北京中国书店供职多年,饱览群籍。近年又参加《中国古籍善本书目》编委工作,所见愈广,所得日多。因此,慕湘先生在给是书作序时说:非作者这样识多见广之人,不能成其书;非中国书店这样曾大规模收购古书,客观上给作者提供深入研究的机缘,亦不能成此书;非五六十年代古书一度繁荣的特定时代环境,亦不能成此书。从这个角度看,作者是幸运的。然而,作者的勤奋也是惊人的。仅从该书所涉及的广博内容,就足以证实这一点。既然是勾稽古代雕版印刷史,当然总要讲到于敦煌发现的唐人咸通九年刻印的《金刚经》,总要讲到五代时冯道校刻《九经》以及毕昇发明的泥活字、王祯发明的木活字和明清以来盛行的铜活字。但除了讲述这些雕版与活字印刷发明与流变外,该书还上溯甲骨文、金文、竹帛、石刻等,以探寻古籍印刷的渊源。不仅条分缕析地论述了历代刻书的得失以及饾版、拱花、套印等印刷技术的发明,还广泛涉猎了目录学、校勘学、版本学乃至艺林掌故、刻书工匠和历代藏书家生平事略,等等。确实,这部书从书籍印刷史的角度,给我们展示了中国古代文化发展的一个极为光彩夺目的侧面。特别需要提及的是,如此丰富的材料绝大多数都是由作者逐一经眼过录的,因而翔实可信。作者在占有这些资料时,尽可能做到广采博收,不轻易放过任何有意义的新材料。

其次,这部书史论结合,识见精审,从中可以寻绎古代文化嬗递之迹。作者总是尽可能紧密结合每一时代的历史背景、学术源流来论述雕版印刷情况。譬如明代刻书字体的变化,就与当时历史背景息息相关。正德年间,一些文坛盟主诸如前后七子等倡导复古,一时成为风气。于是,佞古泥宋,翻刻了很多宋版书。字体也由元末明初的赵体字(孟𫖯)变为规规矩矩的宋体字。这当然是时代风尚使然。至于清代朴学的兴起,刻书之蔚然成风,这也是由特定的社会环境、学术背景决定的。在这方面,该书也有不少精到的论述。

难能可贵的是,在结合史实的基础上,作者还能以极其丰富的实践经验考镜版本,匡谬补阙。先生早年追随国画大师李苦禅先生研习书画,数十年如一日,未曾中辍,因而对历代书画源流、纸张墨迹等烂熟于心。这些扎实的功夫极有助于版本鉴定。先生每每能在"观风望气"之余,力辟众惑,使很多疑难问题涣然冰释。如元代刘廷幹刻北周卢辩撰《大戴礼记注》和元代丁思敬刻曾巩《元丰类稿》,《楹书隅录》均著录为宋版。作者根据字体、版式、纸张等"帮手",反复检讨,正确地划定了刻书时代。一九五七年中国书店访得蓝印活字本《毛诗》四卷,查《天禄琳琅书目》,据避宋讳,定为宋泥活字本。作者深不以为然,从笔墨、字体风格等多方审查,确定这部书应当是明正德嘉靖年间所排印的铜活字本。这类精审的论断在书中随处可见,足以发蒙解惑,启迪来学。作者另撰有《古籍版本鉴定丛谈》《书林掇英》等专书,于此问题论述甚详，此不赘述。

本书个别论述似有待斟酌。如介绍清代学者顾千里的校勘成就，却只字未提他的一个最著名的校雠理论"不校之校"，即只是考求正确的字句，而不主观地轻易改动古书，似有遗珠之憾。另外，本书校对也有欠精审。

我后来考虑学位论文选题时，向魏老求教。他回信说："到杭大古籍研究所学习是大好事，确实增长学问，最后取得学位。您风华正茂，又爱好文史古籍，付出点力气是值得的，也应当……关于毕业论文的两种方式，我同意选第二种，即点校古书，它实用，现正在进行古籍整理，古籍整理的大量工作是点校，写文章则是诗文评。"他不赞成写空洞的诗文评类的文章。

在那期间，魏老还介绍我与同行联系。他在1985年11月3日的信中说："前几天接上海方承（字任之）来信，提到和您取得联系，他说给您去信之后不曾接到回音，但愿和您经常联系。方承很用功，写了不少东西，现正忙于他的《中西回历对照表》（原信如此——作者注）的编写。为人很诚实，待人很热情。我这次由杭、甬去沪，一家人为我忙碌，许多事由他替我代办了。"按照我的习惯，对于所有来信，应是有信必复。方承没有接到我的复信，可能是寄丢了。这种情形在当时并非少见。

三

魏老晚年承担了大量的社会工作，参加各种书画活动，帮助出版社审阅相关书稿,还要到各地讲课。老人家每次来信,常常描述自己"近来也忙得乱了套"。

他在1984年11月1日信中说:"没有金刚钻,却揽了许多瓷器活。我有个想法:研究学问和书画,不但要读书,还要走路,到各处见识见识,大有好处。可是外出多了,就影响正常的安排。为印刷工业出版社编的《印刷词典》的古籍词条,四月作了决定,至今不曾坐下来写,总觉得一年的时间可以完成,所以就拖下来了。书画的外债又很多,我还在准备年底(或明)年初在天津举行一次画展……因能力有限,顾此失彼,只能是尽力而为。"

魏老忙,还有一项内容,就是讲学。

他在1985年9月25日信中说:"自暑假一面之后,我即忙于为上海书画出版社审阅一本书稿,至今尚未交卷……9月5日至20日举行了书画展览,本来筹备时间仓促,一切从简,万未想到有如此良好的社会效果,中央电视台于9月6日为我拍摄了会场实况,于当日晚间新闻播放;7日中午又重播一次。《北京晚报》为我刊发消息,《石家庄日报》也发表了《隐儒与苦禅》的文章,《西安铁道报》也刊载了我书写的字条,并委托《北京铁道报》记者对我进行了采访。"

在那封信中,魏老再次提到《书林掇英》一书:"下半年本想坐下来整理我历年积累的资料,成为《书林掇英》一书,但还要去北大图书馆系为几个硕士研究生授课,图书馆同志们列席旁听,将安排在10—12月。"同年11月13日,魏老又来信说:"北大郑如斯教授也来邀请,最后决定去北大图书馆系,为研究生讲授版本学,暂安排一个月,由十一月第一周开始,每星期一、三、五上午去北大讲课。北京市文史馆也送来聘书,聘为特约研究员,希望每周去一次。这些社会活动把我的时间占去不少,弄得每天很紧张。"

每次参加活动回来,魏老还要回复大量的来信,也占去很多时间。有一次我去看他,见书桌上有一摞信件,至少二三十封,他说都必须一一回复。他曾对我说:"我有一个原则,来信必复,而且争取及时回复。如果对方有事,总愿及时得到答复,这是一般常情。即便是无事,仅仅是问候,也是为了了解近况。我常对人说,我有个处世原则:有言必信,无欲则刚,和似春风(待人),肃若秋霜(对己)。给人办事,受人之托,要有始有终。办不成的要有个交待。几十年来如此。所以朋友们都待我很好,我有了问题,也都帮助我。"

四

最叫魏老念念不忘的,还是那部凝聚他多年心血的《书林掇英》的整理工作。

数十年来,魏老到各地访书,随身总带着笔记本,随时记录一些有用的资料,包括序跋、刻工人名、藏书主人、款式、装订等相关信息,积累了数十本笔记。我到魏老家求教,有些问题记不确切,他就翻出这些笔记,给我具体解答。我多次听他说正在整理这些笔记,书名也想好了,就叫《书林掇英》。

可是魏老总是忙,停不下脚步。在昆明,我们还有一次不期而遇。

1986年3月28日,我应清华大学赵立生老师的邀请,直接从杭州飞到昆明,在昆明工学院参加《中国文学简史》及《中国古代文学作品选》统稿会。高等教育出版社为高校理工农医类专业的学生组织编写一套教材,由赵立生老师主编。他请老同学廖仲安主审《中国古代文学作品选》，请刘世德主审《中国文学简史》。会后，赵立生、廖仲安、李思永等一起参观大观楼、筇竹寺等地，后来在海埂公园，居然遇到魏老，叫我喜出望外。原来，他正和另外一位书画家代表首都美术界在云南慰问边防战士。

那天，阳光灿烂，朵朵白云像棉花团一样，似乎触手可及。魏老站在碧蓝的滇池边，清癯的身影、飘散的白发，还有那身不变的蓝咔叽中山装，定格成一幅难忘的画面。

但是魏老依然步履匆匆。

从云南回来后，他给我回信说："时光匆匆，昆明一别，弹指间，又是一个多月。我于4月12日飞返北京。回来后，积压信件待复，琐事繁扰，一连串开了几个会，还要重看上海科技出版社为我改订了的《出版史话》书稿，为几个单位和学校作慰问老山前线边防战士的报告。5月15日到清华大学附小作报告，便中去看望吕维同志，赵立生老师将我们在昆明的合影转送给我，我已函谢……我将于6月9日去济南，参加李苦禅先生纪念馆开幕典礼。又接青海图书馆馆长来信，邀去为之审定馆藏书画，约于6月下旬前往，去半月至廿天。8月份要去承德为河北省图书馆举办的培训班讲课，我的生活仍在忙乱中度过。因此，'不用扬鞭自奋蹄'。虽然退休，从无寂寞之感。"

那年8月初，去魏老家看望他，见书房悬挂着"小室无忧"的字幅，我表达了羡慕之情。魏老于9月4日复信给我，还随信寄来一幅字。他说：

那天来舍下，天气正闷热，匆匆即去。顷接印刷工业出版社给我一张复印件，一看是北大图书馆系（留校硕士研究生）姚伯岳同学写的评《中国古籍印刷史》的文章，复印一份寄您作参考。嘱写"小室无忧"寄上补壁。

　　前几天有两位记者到舍下采访，不约而同地分别在8月26日的《冶金报》《中国旅游报》发表文章。《冶金报》题为《苦禅门人魏隐儒》（撰文郭学文），《中国旅游报》为记者刘江，题为《小室无忧笔意新：魏隐儒其书其画其人》，同时刊出画作《幽篁清韵》（竹子麻雀），还报导了《古籍版本鉴定丛谈》。我为台湾《中外杂志》写了一篇《吾师李苦禅其人其画》，他们用括弧注（大陆著名书画家、古籍版本学家）标题，影响很大。这些，为我作了有益的宣传。收到信后，告知我，免挂记。祝

　　近好。

魏隐儒
1989.9.4

　　这是我和魏老的最后一次通信。魏老的豁达、通透，充分体现在这四个字中。

　　此后，我曾多次到魏老家看望他。那时，电话不普及，没有办法事先约定，除非提前写信。我也没有什么特别重要的事，不好意思写信约定时间，往往随意前往，结果常常不遇。魏老的忙，是显而易见的。

　　最后一次到魏老家，大约是在1993年7月。

　　记得是魏老的女儿给我开门，我说明了来意，她含糊地说："他走了。"

　　那一瞬间，我还以为他又一次外出了。魏老的身体很棒，很少听他说有什么头疼脑热的事，总是风尘仆仆，精力旺盛，怎么会说走就真的"走了"呢？

魏隐儒先生手书"小室无忧"

我知道他还有很多研究计划没有完成，那些凝聚了他半生心血的数十本笔记更需要整理。于是，我赶紧追问他的那些笔记的下落。她女儿说，前些日子，有一家河南出版社的编辑把笔记拿走了，说是要整理成书。我当时心里一惊，觉得这批宝贵资料，很可能会散佚。很多文化名人的资料，就是这样消失的。

此后很长一段时间，果然没有任何相关消息。我心想，这批资料很难问世了。

直到2010年春夏之交，我到琉璃厂逛书店，意外看到了熟悉的书名《书林掇英——魏隐儒古籍版本知见录》，由李雄飞整理，八十多万字，大开本印刷。我喜出望外，赶紧买下来，回到家就迫不及待地展读开来。

书前有著名学者黄裳和杨殿珣的序。杨序作于1993年9月3日，黄序作于1993年12月15日。看来，当年已有整理出版此书的计划。两序后，是魏老信中提到的那位"姚伯岳同学"的序，题作《丹青凝风骨，绝学傲书林》。

杨殿珣先生的序言说，《书林掇英》所记录的古籍善本，除明清之外，有宋刻本一百四十种、辽刻本五种、金刻本四种、元刻本一百一十种、明饾版印本一种、清磁版印本二种、清钤印本一种、太平天国刻本一种、高丽刻本四种、日本刻本二种。这些版本，放在大图书馆中也许算不上镇馆之宝，但是，《书林掇英》的著录仍有其不可替代的价值。版本叙录，写法不同。藏书家的写法，通常著录刊刻时代、行格版式、刻工姓名、刻书牌记、纸质印章等，经眼实录，确然可据；学问家的叙录，多是历代著录，辗转征引，纸上谈兵，难以落实。魏老的著录，有藏书家的特点，都亲自目验，且关注的范围更宽，注意到一些藏书家忽略的细节，再查阅相关资料，推断作者的生活年代，考察书籍的流传经过以及相关的掌故，意味隽永，兼有藏书家和学问家叙录之长，避免了匠气和空疏。

从贾文忠的跋和李雄飞的后记中知道，此稿命运多舛，辗转各处，屡遭弃用。国家图书馆出版社廖生训先生慧眼识珠，2007年与魏老家人联系，确定了出版意向，并约请李雄飞先生整理此稿。李先生虽未见过魏老，但出于对古籍整理事业的热爱，放下手头工作，悉心整理。又是三年过去，在魏老谢世十七年后，此书终于得以问世。2013年，国家图书馆出版社又出版了《书林掇英：魏隐儒近现代文献资料所见录》，与上书合为姊妹篇。作为魏老的追随者和一个普通读者，我要向国家图书馆出版社、向李雄飞先生表达诚挚的谢意。

当然，这是一部未经作者系统整理的笔记，体例尚不统一，文字长短各异。有些内容，魏老可能还没有来得及整理记录。例如，我曾亲自陪同魏老查阅清华大学图书馆的藏书，曾查阅郑若曾《筹海图编》，前有胡宗宪的序，后来很多著录将胡宗宪误成作者。这本书有嘉靖版、隆庆版、天启版。清华大学图书馆藏本是隆庆本的唯一全本，魏老因此非常推崇；还有前面提到的俞曲园批校本《水经注释》等，也未曾著录。

  1983年，我第一次拜见魏老时，他六十八岁。在他生命的最后十年里，我从一个侧面，见证了这位古稀老人忙碌的身影。我想，如果不是那样奔波，凭他老人家的身体条件，加之琴棋书画的颐养，他在家里安享晚年，健康长寿是可以期待的，《书林掇英》的整理工作也一定会做得更加圆满。可惜，这一切美好的愿望，都在1993年6月2日那天戛然而止了。

  魏老1916年生，1993年因突发心脏病去世，享年七十八岁。

（原载《传记文学》2021年第7期）

来谕惓惓，亲如促叙

—— 记复旦大学王继权老师

> 我脑海里瞬间划过1977年10月第一次见面的场景。那时，他不过四十五六岁的样子。岁月不居，人生易老，一晃二十四年过去了。离开上海前的那个晚上，我独自漫步在四平路街头，追寻故迹，凭吊旧情，不禁感慨万千。

王继权先生是复旦大学中文系教现代文学的老师，我没有听过他的课，只是一个偶然的机会与他相识，后来见过三四次面。我还保留着他寄给我的二十多封信，留下了难忘的记忆。从师承关系上说，我不是他的学生，却得到过他的很多帮助，令我感念不忘。

一、1977年，高考前后

我第一次见到王继权老师，是在1977年的夏秋时节。

那年，我正在密云山区插队。在田间地头，听人们议论，说是要恢复高考，高中毕业生也可以报名，不再需要群众推荐、领导批准。我在《"我在这战斗的一年里"》一文中回忆了这段往事,说到自己之所以积极要求"上山下乡",除了实现自己的作家梦外,还有一个重要的理由,就是想在农村好好表现自己,能像张铁生那样上大学。可是,能否上大学,掌控权不在自己手里,所以,那也只是一个虚无缥缈的念想。恢复高考的消息,对于迷惘中的我们来说,无异于春天的惊雷。

我们这一代人在时代的浪潮中漂泊得太久了。

下乡前的那一年,国家正处在巨大变革的前夜,暗流涌动。我们基本上处于停课状态,茫然无绪。我的高中同学周文奇从小随父亲学习木工,手艺不错,我就想从他那儿学点木工的技巧,艺多不压身,在农村也许用得着。我尝试着使用刨子,学会了凿榫,反复练习拉锯,居然找到一点感觉。一天,我突发奇想,要自己做沙发。那时,沙发是奢侈物,谁家能有一对儿,是让人羡慕的事。学会一点木工,不妨实践一番。于是,我买来两个扁担,锯成把手,拆了一个旧床板做沙发框架,又买了十多条拴门的弹簧,用麻绳拴紧。东拼西凑,因陋就简,不日之间竟真的做好一对儿沙发。最后还自己上漆,做了布套,看起来有模有样,用了好几年。我下乡用的木箱子,也是自己做的。中学十年,这是我获得的能够看得见的成果。

劳动生活让我获得简单的快乐,但心中仍不时有空虚之感。我真正的梦想是抓住机会上大学、当作家,成为有知识的人。那年,我们居住的大楼集中装修,一位刷墙的工人师傅是"老三届"的,聊天说到高考,他讲了一道古文断句题:"下雨天留客天留我不留。"不同的断句,就有不同的解释,很有趣。这几乎是我当时对于高考的全部理解，神秘而遥远。

不久，恢复高考的信息得到确认。我在乡下写信给父亲，请求帮我弄点资料。父亲来信说，有两位复旦大学的老师，正在中国青年出版社修改稿件，如有可能，回城拜访一下。

这两位老师就是王继权先生和潘旭澜先生。

在我的印象中，两位老师看起来都四十多岁。王老师长脸，个子不高，说话平和，总是面带微笑，让人感到亲近。潘老师细高个，削瘦脸，说话快，动作敏捷，看起来很有才华。两位老师很热情，给我介绍了不少高考知识，还说了很多鼓励的话。那年年底的高考还算顺利，我考入南开大学中文系。入学后不久，我写信向两位老师汇报。1978年5月20日，王老师给我回信，还寄来《鲁迅杂文选集》《鲁迅语录》，这些著作也有他们的心血。

王老师在回信中说：

跃进同学：

三月来信早已收到，那时我正出差去安徽，回来后才见到你的信。因为最近忙于上课，把复信的事拖下了，请原谅。

祝贺你考取南开。南开是个老学校，各方面都很好。在那里，你一定能够学到很多东西。

一般说来，综合性大学中文系的培养目标、课程设置，各校基本相同。我们是把文学、语言分成两个专业的；你们不分，估计到了高年级会分专门的，即分成文学组和语言组，一二年级主要是上基础课，各门课都应学，即使兴趣在文学，语言课程也要学一点，不懂是不行的。当然，自己在安排学习时，可以有所侧重。一二年级基础要打好,文艺理论课、现代文学史、古典文学史等课,一定要学好。平时自己还应加强写作练习,要学会分析作品,评论作品。学文科,自学很重要,教师讲课只能是引路,指点后要靠自己努力。你的基础好,又用功,是一定能够学好的。学习时,面还应稍为广一点,文、史、哲都要学一点,当然以文学为重点。

《现代文学作品选》,我系去年编过一本,只有原文,无分析,此书已发完,弄不到了,要等下次再版。寄去最近刚出版的《鲁迅语录》一本,供你参考。此书是我系所编,印刷时,漏印了单位名称,特此说明。

你们最近是否在上文学概论课?有教材没有?如果没有,我可向我系文艺理论组联系一下,代你要一套他们编的教材。

有什么事需要我们协助办理,可来信,当尽力为之。

祝

好!

王继权
1978.5.20

潘旭澜同志向你问好。

我刚上大学,一无所知。王老师说"有什么事需要我们协助办理,可来信,当尽力为之",我当时以为只是师长的客气,没想到,此后十多年,他每信必回,我深感爱厚。

那时,我的全部注意力都集中在学习现代文学方面,想在鲁迅研究上有所突破。不久，又接到王老师寄来的《文学概论》，我去信表示感谢。王老师复信说：

  前后两信均悉，未复，歉甚。过誉之处，不敢当。知你学得很好，甚为高兴。祝你在学习上取得更大收获。
  看来打基础还是重要的，当然也要扩大知识面。学文学（其他文科也如此），主要是理论、历史、现状；再加写作锻炼。这几方面应兼顾，不应偏废。
  现代文学我也正在学习，懂得不多，虽在讲课，离应有的要求相距甚远。怎么学，我也说不全。我的粗浅看法是：学习中国现代文学史应与中国现代革命史、文化史结合起来，要明确中国现代文学的性质。学习现代文学史重点是要有史的概念（不是作家加作品），要掌握史的发展线索，要了解各个时期的文艺思想斗争、社团流派、创作倾向、主要的作家作品，要了解各个时期有些什么新的东西、新的特色。关于作家作品，要放在史中去了解，要放在当时的历史条件下去了解，这些作家作品，当时起过什么作用。作家作品很多，要分主次，重点作家要多花时间（二三十年代的如鲁、郭、茅、巴、老、曹），一般作家也要了解其代表作。有的次要的，只要有一点知识就行了。学习方法上，可采取以一本文学史为主，看二遍或三遍，先有一个基本的了解，再看各家著作，进行比较。还可以分段研究，看一段史，抓几个问题，再看些专题论文和专著（可查索引）。作品要看，重点作家可多读一点，一般作家可读选集和代表作。读作品不能用初中里的办法，只看故事情节，要分析，要上升到理论，看后思考一番,再读些评论文章。文学史(包括古代与现代)在我们的专业中是一门主课,要学好它。它即是论、史、现状中的史(就文学范围说,当然从广义说,"史"包括整个历史、文化史、思想史)。

现代文学作品选,我系已无存书,现代文学史教材正在修订,八月可付印,估计年内可印好,届时当设法寄一本给你。

祝

好。

王继权
1978.8.10

王老师信中所指示的读书门径,与罗宗强先生教导我的基本一致。学习文学史,不论古代文学、现代文学,都要有史的观念,把作家作品放在历史的场景中去理解,分析他们到底为特定的时代提供了哪些新的东西。这是其一。学海无涯,我们不可能把所有的书读完;世间万象,我们也不可能把历史完全看透。老师们告诉我,重要的是要抓住根本,即抓住重要作家作品,进行深入的比较研究,这样才能纲举目张。什么是根本?研究中国文化,最根本就是读经典,回到经典。现代文学史上的"鲁(迅)、郭(沫若)、茅(盾)、巴(金)、老(舍)、曹(禺)",这是重点,是主线。这是其二。王老师特别提到研究文学,最终要上升到理论层面。理论是什么?理论不像名牌衣服上的标签,而是融化在我们血液中的一种综合素养,左右着我们的日常思考,这需要长期的锻炼、培养。不是说读了两三本理论书,就掌握了理论。理论思考要有深度,理论视野要有高度。理论的深度需要逻辑的梳理,思想的高度要有历史的支撑。在如此纷繁复杂的现实世界,在浩瀚无际的知识海洋，如果没有清晰的理论思考，就可能掉进去出不来。一个人能够把感受到的东西，用缜密的逻辑方式表达出来，这就需要理论的素养。这是其二。

这些道理，看似简单，真正成为我们的一种思维素养，并非易事。1979年1月19日，王老师来信鼓励我说：

> 收到你的信已经很久了，因为忙和病，到今天才给你写信，请原谅。郎保东同志来上海时，我见到了，他说已经认识你。他原来是复旦的，以后你学习上有什么问题，可以找找他，我已拜托过。
>
> 从你来信所谈的情况看，学得不错，盼继续努力，学得更好一点。学习，我认为既要按教学计划，又不要被计划所束缚；既要重视老师的讲课，又不要被讲课所束缚。教学计划，课堂讲授是最基本的要求，这一要求一定要达到，但如有余力，可冲破这一框框，学得更主动一些，多学一些。还是老生常谈：理论、历史、现状及写作等几方面不可偏废。不要只懂点知识，要注意应用，更注意实际的工作能力。有时间可练习写评论文章。开始练习时，可写点小的，不要一开始写大文章，以后逐渐扩大。
>
> 下学年开什么课，有空时盼告知。如我们这里有材料，争取给你寄一点。《现代文学史》上册已付印，下学期初可寄给你。下册，要等下半年才印。天津人民出版社出了一本《鲁迅早期五篇论文注释》（王士菁编注），是否还买得到？如买得到，盼代我买一本，此书在上海书店不供应，只好托你了。

这里，王老师教导我如何按照大纲学习，又如何突破大纲，学会自学。他再一次强调了理论、历史、现状及写作几个方面的重要性。理论和历史容易理解，王老师所强调的现状，就是学术研究的状况，希望我注意学术史的学习。我后来基本上按照王老师的指点，注意理论、历史以及学术史的学习研究，受益无穷。

二十世纪八十年代以后，我的学习兴趣转到了中国文学批评史上。1980年5月，王老师请复旦大学中文系一位从事古代文学批评史的老师给我开了一张书单，叫我按照书单自学：

1.《中国文学批评史》（上册，复旦大学古典文学教研组编）

2.《中国文学批评史》（郭绍虞著）

3.《中国历代文论选》（一至四册，已出版二册，其余今年内出版）

4.《中国文学论集》（朱东润）

5.《中国文学批评》（方孝岳）

（此二书分量不大，可作参考，以启发自己）

6.《文心雕龙注》（范文澜）（黄侃《札记》，范注大部分已用）

7.《文心雕龙译注》（上册，陆侃如、牟世金）

8.《诗品注》（陈延杰）

9.《司空图二十四诗品讲解》（祖保泉，安徽出版）

10.《沧浪诗话校释》（郭绍虞）

11.《诗品集解》（郭绍虞）

12.《杜甫戏为六绝句·元遗山论诗三十首注》（郭绍虞）

13.《原诗注》（霍松林）

14.《艺概》（刘熙载）

15.《人间词话》（王国维）。

明清部分，可参考一般的文学批评史所提供的篇目线索，以及参考《文论选》正文及附录部分，略略多读一点，并从中对某些文学运动、文艺思潮及某些流派的文学思想，提出自己的见解。如明代前、后七子的复古运动，公安派三袁及李贽、金圣叹、李渔、神韵派及王渔洋、袁枚及性灵说……。近代部分，可参考《文论选》，再阅读《中国近代文论选》（上下册）。

这份参考书目不知是哪位老师提供的，我很感谢他。这些著作，我都在第一时间购买，或者借阅，帮助极大。譬如《中国历代文论选》第一册，几乎被我翻烂，其中一些篇章，我背得很熟。

二、1984年，报考研究生

我上大学二年级时，就立志报考研究生。在《从师记》中写到过，我曾向父亲的老同事苏醒阿姨寻求帮助，给我提供一份文学所招收科研人员的现代文学试题。那时，我对文艺思想史的研究也开始有兴趣，王老师非常赞同我的选择。1979年11月25日，他写信给我说：

你说今后想考研究生，这很好。国家需要人才，青年同志更应积极努力。你在你们班上年龄较小，学习也不错，应争取机会进一步深造。因此，除学好当前教学计划中规定的课程外，可以有些侧重，在某一方面多注意一些。作为基础课，文艺理论当然要学好，但今后考研究生是否就考理论，值得考虑。除非你对理论特别有兴趣，对哲学特别有基础，否则，就不必选这一研究方向，因单搞理论不一定能搞出什么名堂（至于考美学或西方美学那是另外一回事）。我是倾向你考古典文学或现代文学的，搞史较踏实。如果考古典文学，还得确定考哪一段。你说想考古代文艺批评，这当然也好，但要有较扎实的古典文学史基础和古汉语基础。这一专业搞的人不多，但难度大一些。复旦在这方面基础较好，有好些中、老年教师研究这一专题的。你如有兴趣，今后可托有关同志给你开点书目，弄点资料。要考研究生，外文一定要好，好些考生常常因外文不好而落选。希望你坚持学外文，而且把它学好。当前要集中抓好一门，不必搞两门。以后当研究生时再选读第二外语。

1980年年底，王老师又来信提醒我报考研究生时的注意事项。他说："按时间推算，你现在是大学三年级（下），再过一年就可毕业，明年夏天高校无毕业生，按规定，你们这一班可提前考研究生。你打算考吗？如有这打算，望及早来信说说你的想法，我可为你出出主意。此事要抓紧，机不可失，时不再来。"

我后来决定报考古典文学或古代文学批评史专业的研究生，遂向王老师打听复旦大学的招生情况。1981年6月，王老师又来信说：

研究生招考往年都是五六月份，今年推迟了。我向研究生办公室打听了一下，兹把有关古典（包括批评）、现代文学方面的专业方向、收招名额及指导教师姓名开列于下（也只是部分），供你参考。文艺理论和语言的未抄。这次招的基本上都是硕士研究生和博士研究生。

中国文学批评史，2人，王运熙教授、顾易生副教授。

唐宋文学，1人，刘季高教授。

唐宋文学，1人，王水照副教授。

传记文学，2人，朱东润教授。

当代文学，3人，潘旭澜副教授。

比较文学，2人，贾植芳教授。

可惜我没有很好地照王老师的建议去做，外语学习成效甚微，文艺理论学习也有放松，结果第一次考研究生就名落孙山，情绪非常低落。王老师来信安慰我，还把落选原因归结到自己身上，说："这次你未考取研究生，应该说我也有责任，我没有事先关照你，除抓主课外，还应注意公共课，因为录取时，要看总分，要看各科成绩。这些，你没有经验，我是知道的，少说了一句，加以很长一段时间没有联系，未能告诉你，事情已经结束了，安下心来工作，重新安排计划，好好努力，争取尽快做出成绩。"王老师的话给了我很大的慰藉。

考试的失利，让我反而奋起。我暗下决心，全面准备，终于在1984年考上了杭州大学古籍所的硕士研究生。那年5月，我去杭州参加面试，专程到上海复旦大学向王老师汇报学习情况，当天晚上就住在他家。那时，他刚刚搬进校内第二宿舍，三室一厅，另有厨房和浴室。在当时，这样的居住条件还是不错的。印象最深的，是那间独立的书房，不大，却充满书香。第二天早上，王老师给我准备了一碗香喷喷的大排面，那是我第一次吃到江南大排面，余香绕口，回味至今。

1985年，我在考虑学位论文选题时遇到了困难。王老师建议我结合专业学习，从事古籍点校工作。为此，他专门写信给黄山书社的胡士莹先生，希望能给我一些帮助。我先从清华大学图书馆中选取若干种明清皖籍作家作品目录，又到首图查阅《首都图书馆藏中国小说书目初编》（"五四"以前部分）、《安徽文献书目》等，整理出一份皖籍作家作品的简目。王老师看过后给我回信说："书目看了，都很好。"又说："在收到你来信的同一天，收到了黄山书社副总编胡士莹同志的来信，他对我们拟整理古籍表示欢迎，还谈了一些有关情况。本来，我们商量一下，就可给他回信，因地处两地，无法商量，兹把胡信寄上，请一阅，并请提个初步意见，我再写信给他。"随信所附胡士莹先生的信是这样写的：

你和你的朋友愿意参加安徽古籍的整理工作，我们表示热烈欢迎。安徽古籍甚多，但整理工作起步很晚，目前面临着很多困难。一个是经费问题，省里至今尚未给予专款补助；一个是印刷问题，缺少繁体字。这些问题都亟待解决，否则工作将很难展开。来信中提出的一些选题，有些已有约，如施闰章、戴名世、姚莹、吕祖谦、姚范等的集子；有些尚未约人，如张潮、方岳等人的集子。另外，有些大家，如方东树，中华书局是否已有约，我尚不清楚；像程瑶田的《通艺录》听说中华已有约了，不知是否可靠。说到张潮的《虞初新志》，记得此书五十或六十年代出版过了（不知记忆是否有误），如果你们想搞，不知如何搞法？盼告（此书我未读过，不知内容质量如何，读者面怎样）。方岳的集子，我们未约稿。不过此人不太知名。吴汝纶的著作不少,也不知中华是否已约人。如果没有,倒是值得搞的。鉴于上述情况,请你们商量一下,把范围缩小一些,先搞个一二种,其余的项目以后陆续再搞。你意如何? 士萼。85.9.7

王老师说:"我同意他的意见,即把范围缩小些,可能性不大的不提,提些他们能接受的题目,可提二至四个,供他们选择。我搞的总得限在近代(至多是清),你则可宽一些。最好是资料稀有的(但清华、复旦有藏)。部头大小,我大点无所谓,反正时间长,你则先选卷数少一点的,以应付毕业,以后再搞多卷的。有些事要向北京中华(书局)打听,我无熟人。你有否? 但打听这种事,务必关系较好,否则会成为给人提供选题。"

　　按照王老师的提示,我托周振甫先生、柴剑虹先生向古籍整理规划领导小组了解相关情况。两位老师都很认真地给予解答。柴先生回信说:"所询《通艺录》等著作是否列入出版计划一事,我了解了一下,知道《毛诗传笺通释》一书我们早有成稿。至于吕本中、方回二人著作,不知是指别集还是某一方面的专著? 如吕本中的集子,北京师大中文系已有人在搞。方东树、吴汝纶的著作,是有出版计划的。但具体如何组稿,或是否有成稿,因我局语言编辑室的负责人不在局里(外出了),所以不清楚。我的想法,目前整理古籍的规划从上到下层次很多,有些东西重复也难免。关键是整理者要先与出版社取得联系,否则就比较麻烦。只要出版社接受,同一书出两种也可以。"周先生说:"这几天我不去中华(书局),迟复为歉。今天去中华(书局),找古籍规划目录来看,方以智《通雅》有,马瑞辰《毛诗传笺通释》有,程瑶田《通艺录》未找到。方回的《瀛奎律髓》未见。吕本中、方东树、吴汝纶的著作也未见。复旦的老师倘有意整理以上各家书，最好先与古籍整理规划小组联系，可写信给中华书局，比较妥当。承告你在学习各科科目，极好。祝你进步。振甫。十月五日。"

安徽省对古籍整理有"双效益"的要求，我们提出的选题，落实比较困难，就没有继续进行下去。尽管如此，我与黄山书社一直保持着密切联系。他们整理出版的《安徽古籍丛书》《历代曲话汇编》《全宋诗辑补》等，我多有收藏，不断翻阅。在学习过程中，特别注意清华大学图书馆所藏皖籍文人著述，并与《皖人书录》的作者蒋元卿联系，撰写了关于戴名世《忧庵集》的文章，发表在《江淮论坛》上。

为了让我更好地拓宽学习途径，王老师还介绍我与复旦大学章培恒先生取得联系，让我得到章先生的帮助。

1985年10月7日，王老师在信中说："我校古籍所在整理《全明诗》，规模很大，是全国的重点项目之一。负责这一工作的是我的老师章培恒教授。他是国务院古籍整理出版规划小组的成员，也是我校古籍研究所的负责人。昨天，我同他说起你，也谈起清华的藏书。他说，复旦古籍所正拟去清华看书。如有熟人（如你）协助一下，就方便多了。他还说，如果你或文史教研组的老师愿意承担些整理任务，也欢迎。我想这是很好的。我可把你介绍给章老师，他是专家，也是名家。你可向他学点东西，也可得到他的关照。去清华查书，可安排在寒假或明年暑假，那时，你是在北京的。由于查书较多，清华图书馆方面，得有人帮帮忙，麻烦之处，所里是会酬谢的。"

杭州大学古籍所的部分老师也参与了《全明诗》的整理工作，我就协助平慧善老师整理了《赵考古先生遗集》（赵谦），还受平老师之托，与卢敦基同学专程到福建等地查阅明代别集的收藏情况。毕业后，我回到清华大学工作，又邀请图书馆的苏应海同志一起整理清华大学所藏《周钝轩先生文集》二卷、《东武山人集》七卷、《灌园吟》一卷以及《西楂集》《还朴心声》等稀见珍本明人别集。

可惜，这些成果迄今尚未问世，而王老师、章老师归道山久矣。

三、2001 年，最后一次见面

与王老师有限的接触中，我最大的感触是，他虚怀若谷，踏实做事，至于虚名，他看得很淡。

我分配到清华大学工作，王老师特别高兴，认为很好。1982 年 3 月，他给我回信说："分配在清华工作，是非常好的，虽不是文科学校，但藏书丰富，工作条件好，这是十分难得的。有了好的客观环境，再加主观努力，一定会做出成就。可惜清华在北京，如在上海，有这么多的藏书，我也愿意去。"

他还为我指明了学习的方向："①先把基础打好；②把当前的教学工作搞好；③在完成教学工作的前提下，搞点东西；④写论文、编选、选注的工作都可做；先小一点，再搞大的；⑤从你目前的工作看，不宜单搞古典文论、古典批评，应朝史、作家、作品方面转，因为单搞文论和批评，不易见成效；⑥搞任务，不一定一个人搞，开始可与人合作，这样可取长补短，而且速度快。"

他认为，只要工作环境好，照样可以做学问，是否有研究生名分，这不重要。他说："研究生未考取，无妨。有现在这样的工作条件，只要努力，一定会做出成绩。我看，以后你也不一定再考，就在现在的岗位上努力学好了。如想考学位，在职的也是可以考的。"

我在杭州大学取得硕士学位之后，又得陇望蜀，想继续报考博士研究生。1987年年底，王老师来信说："你是否考博士的问题，要根据具体情况决定。如估计在近一二年、二三年内，在科研上有较大成果及在同辈中又走在比较前面，则不考也无妨；否则，读博士也有好处。总之，得具体分析一下。"

我考取博士研究生后，考虑今后的工作去向。王老师的态度很明确，建议我回到清华大学任教。1989年8月13日来信说："得悉您已在读博士学位，很高兴。今后的工作去向，我觉得还是回清华好。大学比较稳定，清华又是名牌，图书资料比社科院丰富，同样可以从事研究。所'不利'者，无非要上几节课，其实也花不了多少时间。"在那个特殊的时期，他的意见是对的。

我在清华大学教书多年，每周只有一次课，任务其实不重，但课比天大。我那时初出茅庐，全身心扑在教学上，日子久了，感觉研究工作相对来说做得不够，很想专心致志地从事研究工作。所以，博士毕业后，我没有遵循王老师的意愿，而是留在了中国社会科学院文学研究所。

王老师对我留所工作，没有说过什么，但我想，他应当还是希望我到高校工作。在教学一线，教书育人，可以取得看得见、摸得着的成绩。在我们的通信中，他每信都会谈到他的教书情况。如他在1979年11月25日的信中说："这学期我在给二年级上现代文学史，每周三节课，上一年。还参加研究生指导小组，与其他二位同志一起共同带几个研究生。这是这学期的主要工作。此外，还联系辅导几位兄弟院校的进修教师和做一些研究工作。头绪多，事情忙一点，身体尚可，还能坚持。"他是把教学当作头等大事。他的研究，都放在教学之余。

对于最初从事现代文学研究，他在1982年3月的信中说：

> 我这二三年一直在教中国现代文学史课，上学期刚教完，这学期轮空，在准备专题选修课，今年秋天要开，教学之余搞了一些东西。①去年与一位同志合作搞了一本《郭沫若年谱》，共80万字，交江苏出版社出版，上册已看过校样，不日可出书，下册已发排。②与二位老同学一起搞了一本《郭沫若旧体诗词系年注释》，也是80万字。上册已排印，一、二校已完成，还在等三校样，估计六七月份可出书，下册尚未完成。③和几位老同学一起编了一套《现代世界短篇小说选》，共四册，140万字，由安徽人民出版社出版，已出全。④和上海电影制片厂同志一起编了几本电影故事和电影小说，有的已出版，有的还在排印。目前还在搞《外国电影辞典》的作品部分，这是应辞书出版社之约编写的，初稿已完成，年底或明年初可出版。此外，手头也有些其他的东西在搞，这些东西，质量不高，今后争取向高深一点发展。目前，出书很难，出版界不熟，联系颇困难。可做的事是很多的，主要是时间不够，出版条件困难。
>
> 这几年因埋头教学、研究，很少外出，很想有机会再去北京，看望你爸爸和其他同志。

二十世纪八十年代中后期，王老师把工作重心转移到近代文学史研究。

1987年11月，他来信说："近年来，我主要在搞近代文学，除教学外,正在修订《中国近代文学史稿》,还在编《中国近代小说大系》,还想做点其他的事。明年要招研究生,招生计划已公布,正在为此事忙碌。"为此,我还协助王老师查阅清华大学图书馆的相关资料,主要查阅近代小说(1840年以后)方面的资料,并作记录,包括书名、作者、出版年月(包括版次)、出版单位、卷数、字体、版式、总字数等内容,也借此机会学习近代文学的知识。

1989年9月21日至24日,他来北京参加江西人民出版社召开的《中国近代小说大系》出版座谈会,这是他那个时期的重要收获。第一辑十一卷,已出版;第二辑十四卷,业已交稿。开会那天,我去北京国际展览中心拜见他,并躬逢盛会,见到了久负盛名的贾植芳、王瑶、章培恒、倪其心、白化文、程毅中、邓绍基、安平秋、孙钦善等专家。王老师还送我《大系》第一辑中的《二十年目睹之怪现状》。

最后一次拜见王老师,已是十二年后的2001年11月14日,我到上海参加章培恒先生主持的"中国文学古今演变研究国际学术研讨会",参加会议的有王元化、罗宗强、邓绍基、陈伯海、项楚等先生,王老师没来参会。利用会议间歇,我到王老师家中探望,乍一见面,有点惊讶,十二年不见,他怎么忽然就变老了呢?头发稀疏,行动也有所不便了。我脑海里瞬间划过1977年10月第一次见面的场景。那时,他不过四十五六岁的样子。岁月不居,人生易老,一晃二十四年过去了。离开上海前的那个晚上,我独自漫步在四平路街头,追寻故迹,凭吊旧情,不禁感慨万千。

之后,我曾多次到上海,来去匆匆,没有再去看他。我总觉得,时间还长着呢,还有很多见面的机会。直到多年后,我才知道他去世的消息。回首前尘,无任怅惘。我们连一张合影都未曾留下,以致在我的记忆中，他的相貌都有些模糊起来。为写这篇文章，我上网去查询王老师的生平信息，所获极少，只好请老同学傅杰兄代为查询。这才知道，王老师1932年6月5日出生，2009年5月2日去世，享年七十八岁。

　　按照世俗的说法，王老师没有任何帽子、头衔，只是一位普通的"教书匠"，编写了一些有用的教材。他在复旦大学教书育人的成绩，我无从知晓。从我的角度看，他确实是一位循循善诱的好老师。最初相识的时候，我只是一个下乡知青，正在农村"修理"地球。我后来读本科，读硕士，读博士，从讲师到教授，他一直在远远地关注着我。他就像辛勤的园丁，在不同时期，针对不同情况，默默地为我补给养分。小子何德何能，竟能得到王老师常年的垂青，实属不易。我想，王老师这样做，只是出于一个老师的本能。他希望把自己的所知所得，毫无保留地告诉后学，让他茁壮成长。如今，我也是一名老师，也要像王老师那样，努力工作，培养学生，多出成果，这也许是对王老师的最好回报。

（原载《传记文学》2021年第8期）

斯人已逝,德音未远

——傅璇琮先生印象

这些地方,傅先生早有游历,但他还是不辞辛苦,陪同我们前往。桃花潭就在桃花古镇前,当年,李白在这里与汪伦话别,留下千古绝句:"李白乘舟将欲行,忽闻岸上踏歌声。桃花潭水深千尺,不及汪伦送我情。"11月的江南,潮湿阴冷。傅先生送我们上船游弋桃花潭,在瑟瑟秋意中,频频向我们招手,构成一幅诗意的画面。

一

在古典文学研究界,傅璇琮先生的名字几乎无人不晓。

凡是与他有过交往的人,都会留下这样的印象:个头不高,额头很大,有点像梁启超先生那样,一看就知道是极聪明的人。在我的印象中,他一年四季总是穿着简朴的夹克衫,有浅灰色的,也有米黄色的,多数情况下,米黄色夹克是他的标配,年深日久,看起来有点发白。傅先生长期患类风湿病,关节变形,走路一颠一跛,总好像要摔倒似的。旁人看着紧张,要去扶他,他会悄然快走几步,似乎有意躲开,有一股不服老的劲儿,其实是不愿意给人添麻烦。

傅先生有着传统文人的风范,对前辈极为尊重,与平辈倾心相交,于后学则提携不倦。二十世纪九十年代初,罗宗强先生为《唐诗论学丛稿》作序称:"傅璇琮先生年来以极大的学术热情,提倡一种求实的学风,我觉得这于学术的发展是大有助益的。他也以极大的学术热情,奖掖后进,激励同志;在唐文学的研究中做了广泛的组织工作,这同样于学术的发展大有助益。"傅先生似有意照应前序,在《唐诗论学丛稿》后记中说:"近十年来,我有两个收获,一是写了几本书,二是结识了不少学术上的朋友;在某种意义上说,第二个收获比第一个更宝贵,更值得忆念。"

惟其如此,傅先生获得了很好的人缘。傅明善著《傅璇琮学术评传》(2007年),徐季子主编《傅璇琮学术评论》(2007年),卢燕新等编《傅璇琮先生学术研究文集》(2012年),中华书局编《傅璇琮先生八十寿庆论文集》,都有很详细的记载。傅先生去世后,关于他的纪念文章很多,中华书局还出版了《傅璇琮先生纪念集》(2017年)。可以说,傅先生以他厚重的学术成果和杰出的组织才能,赢得了学术界的广泛尊重。

二

2011年6月,我陪同傅先生到河北大学参加博士论文答辩会。晚上,学院安排学术讲座,请傅先生讲治学经验。那天,傅先生兴致极高,很少见他这样侃侃而谈,从到中华书局工作说起,讲述他的治学体会。

傅先生1933年生于宁波，1951年秋考入清华大学中文系。翌年院系调整，转到北京大学中文系，1955年毕业，留校担任浦江清先生的助教。不久，调入商务印书馆工作。后来商务印书馆和中华书局各有专业分工，古籍整理出版归属中华书局，傅先生又转到中华书局，在编辑岗位，一做就是五十多年。退休以后，他不忘所来，回到曾经读书的清华大学，担任中国古典文献研究中心主任。

二十世纪六十年代初，陈友琴编《白居易资料汇编》，原来由科学出版社出版，后转到中华书局修订再版。徐调孚责成傅先生做责编。当时，傅先生还不到三十岁，提出编辑系列资料汇编的设想，于是便有了"古典文学研究资料汇编"丛书，现已出版数十种，成为古典文学研究的重要参考书目。编辑工作，"其事至委琐，大雅所不屑道"（叶圣陶语）。傅先生在编辑《杨万里范成大资料汇编》（署名湛之）、《黄庭坚和江西诗派卷》等资料过程中，对此深有感悟。

在为《陆游研究资料汇编》做责编时，傅先生注意到高则诚（《琵琶记》作者高明，字则诚）和他的朋友写的有关纪念陆游的文字。高则诚朋友的文字中还注明了写作时间，提到写作此文之后，高则诚就去世了。这一年是元惠帝至正十九年（1359），还在元末，再过九年，元代才灭亡。过去，一般都认为高则诚生活在元末明初，朱元璋建立明朝后，还邀请他出来编纂《元史》。根据新发现的资料，傅先生撰写了《高明的卒年》一文，认为高则诚没有进入明代。这篇文章发表在1962年出版的《文史》第一辑上。后来，中山大学黄仕忠先生的《〈琵琶记〉研究》又补充了新的资料，赞成此说。现在，这个观点已为多数学者认可。都说教学相长，其实编研亦相辅相成，

"为他人作嫁衣裳"的同时,也可以把自己"嫁"出去。

二

二十世纪七十年代初,傅先生从法国哲学家丹纳的《艺术哲学》一书中获得灵感,注意到一个时代文人群体的作用,由此入手,开始撰写《唐代诗人丛考》,系统研究唐代文人的生活与创作。此书出版于1980年,为他赢得了巨大的学术声誉,被视为改革开放之初最具有代表性的学术专著之一。

随着研究的深入,傅先生又发现了很多问题。譬如大家耳熟能详的王勃《滕王阁序》中有"家君作宰,路出名区;童子何知,躬逢胜饯"数句,过去多认为是王勃前往交趾省亲,路过南昌而作。傅先生根据罗振玉披露的日本所藏王勃《过淮阴谒汉高祖庙祭文》抄本,发现是王勃和他的父亲一起路过南昌时所作,于是又撰写《〈滕王阁诗序〉一句解——王勃事迹辨》,纠正了《旧唐书》以来相承已久的讹误。

他由此想扩大开来,对唐代文学家作全面的考察,于是决定从元代西域文人辛文房的《唐才子传》整理入手。《唐才子传》分为十卷,记述了二百七十八人,附见一百二十人,总共三百九十八家。辛文房广泛收集史传、文集、笔记、小说中的资料,给每位文人写了传记,少则几十字,多则上百字,为后人留下了宝贵的资料。清代学者徐松作《登科记考》曾引用此书,鲁迅也很推崇这部书。傅先生凭借特殊的学术地位,组织全国二十多位学者,经过数年努力,完成了一百八十多万字的《唐才子传校笺》。他约请的都是专家,如请周勋初作高适传笺注,请郁贤皓作李白传笺注。后来,陈尚君、陶敏又补充了三十多万字，作为第五册修订出版。傅先生又亲自撰写了王勃等条目。这项工作，无异于对唐五代诗人作全面的生平考证，是一项承前启后的庞大工程。

二十世纪九十年代，傅先生在《唐才子传》的基础上，又组织编纂《宋才子传》，难度更大。《唐才子传》是元代辛文房所作，成书较早，资料珍贵，而宋代才子的小传则需要今人整理撰写。"聪明之所贵，莫贵乎知人。"傅先生发凡起例，并邀请宋代文学专家祝尚书、张剑、辛更儒、程章灿、王兆鹏等分头负责，全面铺陈，取精用宏，最终包罗三百多位文人，亦分为五卷，展现出我们这个时代的学术贡献。此外，他还出任《全宋诗》第一主编，在唐宋文学研究领域统摄熔铸，谋划布局，成为学科的一名设计师。

四

在长期的学术研究实践中，傅先生逐渐形成了这样一种学术理念，即学术研究起码要实用，还要体现时代特色，倡导综合研究。

他认为，古典文学研究就像建筑工程一样，可以分为基础设施和上层结构两个部分。基础设施包括基本资料的整理、工具书的编纂等。譬如他和许逸民、张忱石合编的《唐五代人物传记资料综合索引》，还有他提议编纂的"古典文学研究资料汇编""中国古典文学史料研究丛书""中国文学家大辞典"等，大约就是这样比较实用的著作。他在《古典文学研究资料汇编·黄庭坚和江西诗派卷》重印后记中说：

每一种书，凡作家生平事迹的记述，作品的评论，作品本事的考证，版本流传的著录，文字、典故的诠释，包括各种甚至互有争议的意见，都尽可能加以辑集。这样做，一方面可以省却研究者翻检之劳；另一方面，更为重要的是，为作家作品的研究提供系统的材料。这是一种高水平的古籍整理，也是文学研究的基础性工作。

这项工作看似容易，其实繁难。更何况，学术研究犹如积薪，必须后来居上。没有扎实的基础工作，何来居上？傅先生说，学术著作，包括社会科学和自然科学，应该似一级一级的楼梯，要扎实，便于扶着向上，使人能"更上一层楼"，以便"欲穷千里目"，而绝不能是用花纸包扎的虚阶，看起来颇能目迷五色，但一踏上，就会使人跌下，害人不浅。这就要求我们在实事求是的基础上，站在学术前沿，承前启后，继往开来，构筑我们这个时代的学术大厦。他在"中国古典文学史料研究丛书"前言中写道："（出版这套丛书）将是古典文学研究可持续发展的基本工程，也是我们这一代学人对于本世纪学术的回顾和总结，对于21世纪学术的迎候和奉献。"

五

傅先生每每有一种意趣，就是很想从不同的角度，探讨唐代知识分子的生活道路、心理状态、创作背景，进而探索唐代文学的历史文化风貌。他与陶敏、李一飞、吴在庆、贾晋华合著的《唐五代文学编年史》共二百多万字，全方位地展现了唐代文学发展的整体风貌。他的《李德裕年谱》以及与周建国合著的《李德裕文集校笺》等，围绕着

"牛李党争"揭示出中晚唐政治走向以及文人在其中所扮演的角色。这样的研究，已远远超出一般谱录和文集校订的范畴，是可以当作一部"牛李党争"的专史来读的。这些著作，不仅实用，而且有着强烈的史家意识。

唐代科举制度与文学的关系，是傅先生长期关注的焦点问题之一。《唐代科举与文学》《唐翰林学士传论》主要围绕着两个问题而展开：一是唐代士人是怎样在地方节镇内做幕府的，二是唐代的翰林和翰林学士情况。在傅先生的引导下，戴伟华兄继续探讨，完成了《唐方镇文职僚佐考》《唐代使府与文学研究》等，得到傅先生的高度赞赏，并为之作序延誉。

《唐代科举与文学》的前言中有这样一段常常为人提及的话：

> 车过河西走廊，在晨曦中远望嘉峪关的雄姿，一种深沉、博大的历史感使我陷于沉思之中，我似乎朦胧地感觉到，我们伟大民族的根应该就在这片土地上。在通往敦煌的路上，四周是一片沙碛，灼热的阳光直射于沙石上，使人眼睛也睁不开来。但就在一大片沙砾中间，竟生长着一株株直径仅有几厘米的小草，虽然矮小，却顽强地生长着，经历了大风、酷热、严寒以及沙漠上可怕的干旱。这也许就是生命的奇迹，同时也象征一个古老民族的历史道路吧。

傅先生用诗一般的语言表达出对中国古老文化的眷恋与深情。他的研究，不仅仅是为了还原一段历史，还蕴含着更深沉的历史思索和现实关怀；历史和现实紧紧相联，给人一种震撼的力量。

傅先生长期担任全国古籍整理出版规划领导小组的组织工作，主持制定了《中国古籍整理出版十年规划和"八五"计划》等文件，还组织完成了很多大型文献整理项目和普及工作，如《中国古籍总目》《中国古代诗文名著提要》等，在学术出版界享有盛誉。

傅先生是宁波人，少小离家，乡音未改，始终关心着家乡的文化事业。就任清华大学古典文献研究中心主任之后，他负责《宁波通史》《中国藏书通史》等史书的撰写工作，主持《王应麟著作集成》的整理研究项目。

《四库全书总目》评价王应麟的《困学纪闻》说："盖学问既深，意气自平，能知汉、唐诸儒，本本原原，具有根柢，未可妄诋以空言；又能知洛、闽诸儒，亦非全无心得，未可概视为弇陋。故能兼收并取，绝无党同伐异之私，所考率切实可据，良有由也。"傅先生追随乡贤，"学问既深，意气自平"，隐然具有王应麟的风范。

六

傅先生《唐代诗人丛考》出版的时候，我正在南开大学中文系读大三，尽管囊中羞涩，还是在第一时间购买了此书。当然，由于学识所限，我并不能完全读懂，但可以读出学术的厚重与学者的尊严，那是我向往的境界。

我到清华大学文史教研组工作不久，经周振甫先生介绍，专程到中华书局拜访傅先生。我已记不得当时说了什么，只记得他和程毅中先生同一个办公室，两位副总编相对而坐，望之俨然，即之也温。

八十年代中期，清华大学筹备恢复文科，傅先生、罗宗强先生、曹道衡先生等都有意到清华工作。我尽管人微言轻，还是极力促成其事，向领导反复申明，如果三位先生能来工作，三驾马车，清华中文系必将焕然一新。当时的领导似乎并不以为然，可能担心外人介入过多，老清华人就没有自主的地位。傅先生是老清华的学生，有着天然的优势，被聘为兼职教授。这样，我便有了较多的求教机会。

1986年，我从杭州大学古籍所毕业后，求学心切，还想继续深造，听说中国社会科学院文学研究所招收博士生，就通过傅先生介绍，专程到文学所拜访了曹道衡、沈玉成两位先生。2005年春，曹道衡先生在病榻前跟我说，他无意中翻到当年傅先生给他写的推荐信，出院后会找来送我留作纪念。可惜，这个愿望没有实现，曹先生就离开了。

七

2007年11月，我和首都师大的邓小军教授陪同傅先生去安徽师大参加中国诗学研究中心学术委员会会议，从北京飞到南京，丁放兄在机场接待我们，驱车前往芜湖。快到当涂时，我悄悄地跟丁放说，没有去过采石矶，不知可否顺路拜谒一下。我知道傅先生去过多次，叫老人家陪同，真有点不好意思。傅先生知道我的想法，没有任何犹豫，又陪我走了一遭。

三十五年前，我读白居易《李白墓》诗，印象特别深刻："采石江边李白坟，绕田无限草连云。可怜荒垄穷泉骨，曾有惊天动地文。但是诗人多薄命，就中沦落不过君。"站在采石矶上，望着湍急的江水，历史的沧桑感不禁涌上心头。"不知江月照何人,但见长江送流水。"此前一个月,我到四川江油参观李白故里,又到重庆万县寻访古迹,那是李白出川的地方。一个月内,我走过李白的一生,实在是拜傅先生所赐。

在那次学术委员会的会议上,傅先生说自己年事已高,推荐我当诗学中心学术委员会主任,令我诚惶诚恐,不知所措。余恕诚、莫砺锋、钟振振、邓小军、胡传志、丁放等先生给了我最充分的信任,我感念至今。

会后,余恕诚先生专门安排到泾县水西寺、桃花古镇等地参观。这些地方,傅先生早有游历,但他还是不辞辛苦,陪同我们前往。桃花潭就在桃花古镇前,当年,李白在这里与汪伦话别,留下千古绝句:"李白乘舟将欲行,忽闻岸上踏歌声。桃花潭水深千尺,不及汪伦送我情。"11月的江南,潮湿阴冷。傅先生送我们上船游弋桃花潭,在瑟瑟秋意中,频频向我们招手,构成一幅诗意的画面。

那天夜里,傅先生只身一人坐火车到杭州开会。他还是那身简朴的装束:灰色的夹克衫,外面套着米黄色的风衣,手中拎着布袋子,在火车上颠簸四五个小时。本来,余恕诚先生早已安排学生陪同前往,但傅先生执意不允,还是那股不服老的劲儿,不愿意麻烦别人。那一年,他已经七十四岁高龄。

2008年春,清华大学成立中国古典文献研究中心,傅先生担任中心主任,他提名聘请我做兼职研究员。对我来讲,这是至高的荣誉,毕竟我在清华大学工作了十个年头。这份荣誉,我十分珍惜。

中国古典文献研究中心成立大会很隆重,田余庆、冯其庸、徐苹芳、李学勤、陈祖武等著名学者参会,并发表了热情洋溢的讲话。我

2008年4月24日，清华大学中国古典文献研究中心成立仪式，与会专家合影。前排左六为傅璇琮先生，后排左二为作者

也准备好发言稿，只是来客较多，没有轮上我发言，但我依然感到荣耀。置身在这些著名学者中间，在傅先生仁慈的目光里，我获得了一种精神能量，也仿佛接过一份责任。

八

俞国林《士唯不可俗——对傅先生的点滴之忆》(《中华读书报》2017年1月25日)记载，2012年年底，傅先生八十大寿临近的时候，中华书局想为他举办一个祝寿会议。傅先生非常谦逊，对俞国林说，年长于他的几位不请，同龄且身体欠佳者不请，领导不请。

这些年，我参加过不少为前辈学者举行的祝寿活动，旧雨新知，群贤毕至，气氛热烈，其乐融融。傅先生常年服务于出版界，登堂入室的弟子虽有限，但学术界的朋友很多，稍微组织，来宾绝不会少。而事实是，12月4日的祝寿会，就来了屈指可数的几个人，场面冷清，出乎意料。程毅中先生事先知道，坚持要来；其他几位都是年轻的学者，包括蒋寅、刘宁、吴相洲、卢盛江等，我也忝列其中。会议由俞国林主持，徐俊总编讲话。他特别介绍说，本来想隆重筹备纪念活动，但是傅先生约法三章，有那么多的"不请"，只能搞一个小型座谈会。与会者都知道，傅先生向来不愿意打扰别人，这是他一贯的态度。

我即兴发言，表达了三点感念之情：一是傅先生在当代学术史上的意义，二是傅先生在学术研究方面的贡献，三是傅先生在学术组织方面的作用。国林兄的文章，还专门拈出我发言的第三个要点，他是这样记录的：

> 傅先生不只是一个学者，更是学术界的组织者和引导者，以敏锐的眼光，提携后进，组织年轻学者参与活动、出版书籍，让许多年轻学者脱颖而出，尝到学术研究的"甜头"，从此进入这个行当。对于年轻学者，这不是一件事，而是一生的事。

我现在依然持这样的看法，一个年轻学者，能够得到前辈的扶持，确实会影响其一生。从回忆文章中知道，与傅先生有过交往的学者，或多或少都曾有过令他们难忘的经历。就说写序这件事，就叫人感念不忘。这些年，傅先生甘愿牺牲自己的时间，为学术同行的著作作序，所作序言竟达一百余篇，编成《濡沫集》《书林清话》和《学林清话》

等专书。傅先生在《唐诗论学丛稿》后记中说：

近些年来，一些朋友在出版他们的著作之际，承蒙他们不弃，要我为他们的书写序。本来，我是服膺于"人相忘于道术，鱼相忘于江湖"这两句话的，但在目前我们这样的文化环境里，为友朋的成就稍作一些鼓吹，我觉得不但是义不容辞，而且也实在是一种相濡以沫。

傅先生在学术出版领域的一大功绩，就是热衷扶持青年学者，为他们的论著作序、写书评。有些内容并不都是很熟悉的，傅先生就反复阅读，深入思考，总能提出独到的见解，聪明、博学、睿智。

九

傅先生手足变形，行走不便，写字也不便。他不能像正常人那样夹着笔写字，而是握着笔写，看起来很吃力，但他走路不慢，写字也很快。他一直把写信当作最便捷的交流方式。他写给朋友的信，如果汇集起来，一定很多。重要的事情，他通常先打电话说明情况，然后还要正式写信，确保落实。他的信或长或短，没有任何客套，都是直接谈问题，没有尊长的架子，只有平等的交流。

这些年，我参加了不少傅先生策划的选题，多与先生通信。2003年，傅先生和我讨论《魏晋南北朝文学通论》撰写过程中的一些细节问题，他写道：

《魏晋南北朝文学通论》卷，今日大致通读一遍，写得很扎实，也富新意。从实际工作着眼，这方面不多谈，现主要谈一下意见。

　　一、"绪论"标为"转型时期"，日前电话中也承告是因为隋唐五代的导论标为辉煌时期，故标为"转型"。我想如仅以这两个分卷来说，是可以的，但如照此体例，则宋、辽金元、明、清如何定位？之前的先秦两汉，虽为一卷，但跨时较长，也很难标出什么时期。这涉及前后体例问题，请便中与蒋寅同志，以及宋代卷的刘扬忠同志面商一下，如何？又，本卷绪论虽标出"转型"，但正文（即绪论）未阐释转型的内容，是否请补充一些。

　　二、隋唐五代卷于绪论后标为章，现魏晋南北朝卷标为编（上中下）。我曾与蒋寅同志通电话，赞同用编，编下分章，这对撰写者的心理也较好，否则他只写某一节，说起来也不好。此事也请与刘扬忠、蒋寅同志商议。

　　三、中编（即隋唐五代卷的第二章）标为"基本问题"，我近日给蒋寅同志信中也说及，认为"基本问题"与前面的"基本内容"并不分得很清，其本身概念也不太明确。就现所确定的内容安排来说，我建议将"基本问题"改为"社会文化背景"，似较醒目些，也容易引起注意。

　　四、魏晋南北朝卷的中编，我建议增加两个内容，一是佛教与文学，二是北方社会环境与民族文化对文人与文学的影响（章名再拟）。鄙意这两点在南北朝时期是应注意的，鲁迅曾以佛、女来概括南朝风气，曹道衡先生曾有几篇文章谈及北方情况。我想如可以，佛教方面似可请蒋述卓写（文中已引及其著作），北方一章可请曹先生写，文一二万字即可，当不难。南朝宫廷及女性生活，是否补写，请酌，我没有意见。

　　五、中编第二章标为"魏晋玄学与文学"，第三章标为"玄言诗与山水诗"，但正文中却未标出"第三章"等字，文字直接与前一章相连，且也只有两页，内容较单薄，不知何故，请核。

　　六、这一编，你花了不少精力，好在你过去已有成果，故这次可以充分融入。不过我有一个想法，上编第一、二、三章，你和曹道衡先生合署，其他好几章由你署名，同时，这一卷也由你主编，是否会太集中？因此我有一建议，上编前三章，你和曹先生是否可分署，如第一章、第三章署曹，第二章署你。至于以后稿酬，你们两位可内部协议，不发生影响。这一点，我可能出于多事，不一定对，只是从外界观感出发，谈谈个人的想法，最后仍由你定。此事，如必要，也可与蒋寅同志谈谈（不谈也可）。

　　另有一页（页八），文意似不大清楚，随函附上，或请补充几句。

傅璇琮
2003.6.30

　　这一卷，是否仍送还，请示知。

　　傅先生考虑问题很深、很细，有的从总体框架上调整，有的从章节目录上着眼，甚至还考虑到具体的署名，乃至稿费的分配等问题。

　　2007年，顾廷龙先生和傅先生主持《续修四库全书》编纂工作，傅先生来信邀请我参与提要撰写工作。他写道：

　　　　关于《续修四库全书》提要撰写事，前在电话中曾奉告，烦请撰写汉魏六朝之总集部分。今寄上目录二纸，我用红笔划出者，即请阁下撰写的。这方面难度大，找不到人，故特邀请。上海古籍出版社要求于明年（2008）第二季度内写就，每篇500—1000字即可。今又附寄凡例、样稿，供参考。

  有事我们可在电话中商议。

  谨谢，并候

近祺。

傅璇琮

2007.10.17

  傅先生的信和曹道衡先生的信，在形式上还有一个共同的特点，即都讲究礼数。譬如，抬头称对方总是顶格写；信的正文，左侧都是空一格，表示尊重对方。有时，说到自己，常称"弟"，且比别的字都要小，表示谦卑。在一些人看来，这些都是陈规旧矩，没有实际意义，所以越来越不讲究。在我看来，正是这些微不足道的细节，让我们感受到传统文化的细腻和丰富。可惜，很多优秀的传统文化成分，已经在悄无声息中一点一滴地流逝了。

十

  2015年夏天，我听说傅先生患病，便在俞国林的陪同下，专程到他家中看望。平时，傅先生很少请人到家里做客。他家离他工作的中华书局仅有一步之遥，因此，他都是在单位接待来客。半年前，一次意外事故，傅先生摔了一跤。回家以后，没有及时处理，晚上发现膝盖有血，把裤子都黏上了，但他还是不肯去医院，就这样糗在家里，肌肉越来越萎缩，病情越来越严重，以至于躺在床上动弹不得。

幸亏有俞国林兄的事先陈请，我第一次来到傅先生家。想象中，像傅先生这样的大学者，家中一定是书架壁立，窗明几净，充满书香气息。而眼前的情形，叫人不敢相信。屋里到处堆放着大包小包的东西，凌乱不堪，几乎无从落脚。傅先生的夫人徐敏霞女士也是中华书局的老编辑，也是一次意外世故，造成颈椎和脊椎伤残，直不起腰。她与人说话，只能侧面扭头，异常艰难。傅先生更是无助，躺在床上，身边缺少人手，那场景令人酸楚。

我俩快步走到床边，拉着傅先生的手，本想安慰他几句，没想到傅先生根本就不多提自己的病，话题还是有关学术著作的出版事宜。那天，他老人家的情绪不错，告别时，还送给我们新出的著作。

没有想到，2016年1月23日，傅先生因病去世了。27日，我们到八宝山送别傅先生。来了很多人，告别大厅外门悬挂着中华书局送的挽幛：

> 为浙东学术嫡脉，贯通唐宋，迈越乾嘉，吏部文章高北斗；
> 是中华古籍功臣，领袖群英，提撕后进，神州风雪闇奎光。

多位党和国家领导人对傅先生的病逝表达慰问，各界人士数百人前来送行。应当说，傅先生也算是极尽哀荣了。

一代学人就这样落幕了。

（原载《传记文学》2021年第5期）

致辞一束

积厚流光，触类旁通

—— 纪念王伯祥先生诞辰130周年

> 伯祥老人辞世三十年之后，他的藏书依然泽被来者，而他的藏书志依然有其独特的学术价值。不仅如此，通过这部风格迥异的藏书志，我们还可以鲜明地把握住作者狷介的性格，同时也可以深刻地体会到作者晚年的心境。

王伯祥先生，本名锺麒，字伯祥，五十岁后以字行。1890年2月27日生于苏州，1975年12月30日病逝于北京。伯祥先生1920年任北京大学中文系预科国文讲师。1921年至1932年经胡适介绍供职于商务印书馆，任史地部编辑，其间加入文学研究会。1932年到开明书店任职。这个时期，他最重要的学术工作是编纂《二十五史补编》。该书汇集宋、清和近代学者的续补考订正史表志著作二百四十五种，其中包括六十多种堪称"海内孤本"的稿本、写本。在这二百多种书中，关于东汉以迄隋代的考订续补专著就达一百四十余种，占全书一半以上，其中像章宗源、姚振宗各自撰写的《隋书经籍志考证》等，尤为举世公认的力作。这些都已成为研究魏晋南北朝历史与文学的学术名著,是案头必备之书,经常要翻检的。此外,作为一位经验丰富的学者型出版家,他所撰写的《春秋左传读本》,以及后来编写的《史记选》,充分考虑读者的需求,平易中隐含着精湛的学术见解。

1950年,为协商开明书店与中国青年出版社合并事,伯祥先生专程到京,任开明书店秘书长。1952年,伯祥先生辞去开明书店工作,应郑振铎之邀,到北京大学文学研究所任研究员。1953年初,中国科学院文学研究所成立,转入该所工作,直至去世。在文学所二十三年间,他最重要的学术成果就是《史记选》,还为编选《唐诗选》而点读《全唐诗》,选注李白诗,后又编撰了《增订李太白年谱》。《史记选》1957年出版后,迄今印行三十余万册,经久不衰。

伯祥先生嗜书如命,省吃俭用,用于购书,可惜早期藏书大部分毁于"一·二八"日寇轰炸上海的战火中。此后,他又陆续庋藏,"如鹊运枝,如燕衔泥"(叶圣陶先生语),日渐丰富。每有会心,常有题记。晚年,在陈乃乾先生的建议下,伯祥先生亲自抄汇成册,署曰《庋榕偶识》。伯祥先生去世后,其家人遵照遗嘱,将藏书捐给文学研究所。他的《庋榕偶识》也在他去世三十多年后由中华书局出版。我在第一时间购买并拜读,初读觉得一般,既乏珍本秘籍,也无生花妙笔。后来却越读越觉得有味道,并在日记里记下读书心得。

第一,文笔老到。与一般的藏书志不同,《庋榕偶识》不讲求版本优劣异同,而是更重视收录此书的心境和场景,时有沧桑之感。譬如怀念与顾颉刚、郑振铎、叶圣陶、夏丏尊等人的交往,就比较感人。如卷二所记"《十国春秋》一百十六卷,乾隆刻本,二十册",此书乃西谛所赠,作者原文抄录其题跋,并按曰:"其为人天真直率,口无择言,朋侪中多目为大孩子(亡友夏丏尊年长于予四岁,亦率真无城府,蠲除世故,称心而谈,人亦以孩子目之,为见别于西谛,遂呼之为老孩子云)。嗜书如命,每见可欲,百方营求,以期必得。其买书之勇,世罕其匹,虽典质举债不恤也。每得一好书,必挟以示了,名为赏析,实自矜其得意耳。冷书孤本,尤所癖好。予喜泛览,不尚珍秘,所见每与相左,辄以细故,争辩不屈,卒仍各持己见而后已。其交游甚广,南北名流之过沪者,无不接。而于文人之无行者则疾之如仇,每一道及,必申申焉谥之为流氓、为无赖,甚且啮唇示怒,座客每多愕然,而予则弥觉其妩媚,诚不啻金圣叹之赞许黑旋风焉。然亦以此见妒于人,人以其译著之富,削稿盈屋也,每以多产作家讥之(讥其率尔操觚耳)。"我此前作《西谛书话的启迪》一文,很遗憾当时未见此文,否则一定写入。另外,这则过录西谛跋语落款时间是"三十二年"。吴晓铃编《西谛书跋》(文物出版社,1998)第49页从王伯祥题跋过录作"二十三",疑误。

第二,作者治学精神感人。《续编》卷二《湘管斋寓赏编》跋语说:"老去送日,一寄于钞书,为乐正不减寻水玩山也。老友圣陶至形诸咏歌,书以相贻,盖同声之应有不期然而然者。"(142页)七八十岁的老翁,常常手自抄录,如摘抄《四库全书总目》而成《书林蠡酌》,凡六册。又如《续编》常常著录其手抄本,多为年过八旬后的抄录。作者不仅抄录《脉望馆古今杂剧》目录等,还曾两遍点读《四库全书总目》。《再跋重装湘本輶轩语书目答问》称:"奔走傭书之暇,曾两度点阅《四库提要》,且以其断句之本由中华书局影印出版,以是益嗜流略之学。"作者认为:"读书施用标点,即章句之学,贵在节解分明,助人理会。语气抑扬,固须传神,引用它著,尤宜提清。而主要关节,仍在句读。若句读不明,必致舛讹。"(《羯鼓录》跋)作者从目录学入手,强调读书治学要有基本功训练,这是通人之论。

第三,作者的治学路数较为新奇,对于历史、掌故、诗词、戏曲以及书画之类的文献很感兴趣,提出了很多值得注意的问题。譬如我过去对于《四部丛刊》与《四部备要》的优劣几乎没有疑问,以为前者大大优于后者。卷二《又扫叶山房石印书目答问》曰:"中华书局之出《四部备要》,直欲与商务印书馆所出《四部丛刊》竞爽。实皆以《书目答问》植之基,为商战争胜计,各炫所长。《丛刊》以广收古刻名椠,影印传真为号召;《备要》则多采注释名本,全用仿宋体聚珍版排印,以清晰悦目为标帜。两者互有短长,而《备要》较资实用。"(59页)看来,两书也各有所长,未可一概而论。该条又记载《古今图书集成》曰:"书虽庞碎,实裒《类聚》《御览》《册府》《玉海》诸大类书而囊括之,且多整篇录存,分类互见者检览既易,若触类而引申之,诚无愧于群书之橐钥矣。抑有进者,其中采存之籍,每多当世触讳被禁之作,乾隆修四库书而秘不列入者,阳为尊其祖祢,不便径废,阴实不欲他人见之,转碍执行禁毁也。"(60页)又譬如《鸣野山房书目》条,谓:"此目即清初祁理荪《奕庆楼藏书目》,向无传本,民初湖州人沈韵斋从藏家钞出,伪署沈复粲鸣野山房之名,经由来青阁杨寿祺之手售出。当时簿录之学,风行一时,稍僻稍稀之籍,各大图书馆争致之,于是类此钞本,颇易售欺。沈钞亦不止一本,北京图书馆及燕京大学图书馆皆有之。此目即据燕大藏本排版校印,潘景郑号为知书者,亦堕其套中,为之录校,古典社遂印以行世。乃乾洞悉原委,为发其覆,事以大白。否则真书伪署,张冠李戴,祁、沈两伤,不且冤沉千古乎?"(105页)。这里所说的古典社,即古典文学出版社,该社二十世纪五十年代末出版中国历代书目题跋丛书二十余种,包括署名沈复粲的

《鸣野山房书目》。这套书,上海古籍出版社2005年再版时,仍承袭前误。辽宁教育出版社出版的潘景郑《著砚楼读书记》,收录了潘先生1957年为《鸣野山房书目》撰写的前言,关于沈复粲的讹误仍未订正。

后来,我根据读书笔记撰写了《寂寥的文化老人和他的书》(《中华读书报》2008年10月8日)一文,文章最后说:"伯祥老人辞世三十年之后,他的藏书依然泽被来者,而他的藏书志依然有其独特的学术价值。不仅如此,通过这部风格迥异的藏书志,我们还可以鲜明地把握住作者狷介的性格,同时也可以深刻地体会到作者晚年的心境。与他生前交往的很多顶尖级人物相比,伯祥老人可能显得寂寞,但是他所主持编纂的《二十五史补编》,几乎是从事先唐文史研究者案头最重要的参考书之一;而他选注的《史记选》,自1957年出版以来,迄今已经印行三十多万册,拥有大量读者。当年,年过八旬的伯祥老人,时赋《采薇》之歌,频问灵均之卜,愤然而著《旧学辨》,苦苦期待着国人对于自己传统文化的高度重视。而今,随着现代中国对于社会主义核心价值观的追寻,人们正在迅速地改变着对于旧学的认识。我坚信,伯祥老人和他的书,不会总是这样寂寥下去的。"

文章发表后,得到了伯祥先生家人的注意。2011年3月的一天,王湜华、王绪芳二位先生专程来文学所,将《王伯祥日记》影印本捐赠给所里,还题赠其家人所编《追思录》、王伯祥批校本《书目答问补正》及王湜华著《王伯祥传》。

伯祥先生有记日记的习惯。现存日记一百四十一册又五本附册,以年为卷,始于1924年1月1日。此前的日记毁于1932年的"一·二八"大火。1941年太平洋战起,日汪占据租界,伯祥先生有五十天没有记日记。1949年10月1日以后日记破例行新卷,称"更新日记"。1966年8月以后又有六年半时间没有记录。1973年大病初愈又恢复日记,称"复初日记"。前有一序,回顾平生日记始末,称:"其间最令人兴奋者有三事:一辛亥革命,二北伐成功,三全国解放。其时记事较多,颇能发抒所见。而最令人痛愤者亦有两事:一倭寇初犯淞沪,予闸北寓所全部被燹,书物而外十余年日记当然随殉;二倭寇全面入侵,予所居沦为异域,摇手触禁,自动辍记,中断者若干年。及倭寇行成,事态略定,遂稍理旧业,赓为日记。由是二十余年,未尝一日辍笔,亦既积有数十巨册矣。乃丙午之秋,世事蜩螗,狂药中人,鱼烂鼎沸。于时老妻弃世已十三年(乙未),块然一鳏,枯寂无告,遂乃终日昏昏似入冥途。"1973年癸丑元旦复作日记,以农历纪年,标注对应的阳历日期,自称"八十四老人,所持多久,亦不顾及之。书此聊志始末云尔。"至去世前半年,即1975年8月,因目力所限,自称"雾里捉花",遂停止记日记。

伯祥先生1938年以前的日记均用商务印书馆出版的洋装本日记册记写。这个本子有一个最大的好处是,每年的最后,有姓名录、收信表、发信表以及收支一览表,据此可以考见作者的交往及当年收入和日常开销,是非常宝贵的资料。

伯祥先生去世后,他的后人将日记稿本捐赠给中国国家图书馆。2011年,国家图书馆出版社将其全部影印出版,全四十四册。2020年,在伯祥先生诞辰130周年之际,中华书局出版了张廷银、刘应梅整理的《王伯祥日记》标点本,并附有主要人名索引,极便阅读。伯祥先生哲嗣王湜华在《音谷谈往录》(中华书局,2007)前言中说:"我的父执辈中,就多知名学者,都是在文学界、史学界占有很高地位的一代学人。"该书记录了作者与六十位文化名人相交往的往事。而《王伯祥日记》的出版，更是提供了丰富的原始资料，具有极高的史料价值。

《追思录》是伯祥先生诞辰100周年的时候，伯祥先生家人所编，分为五个专题。一是"纪念王伯祥先生"，主要是家人怀念文章，还有周振甫先生写的《王伯祥先生刊行〈二十五史〉》、叶至诚先生的《几如兄弟的交情》、李固阳先生的《关于伯祥先生的一封信》。二是"在追悼会上"，有何其芳先生所做的悼词和王湜华先生代表家属的答词。三是"在纪念座谈会上"，有雷洁琼先生给王湜华的复信等十二篇文章报道。四是"王伯祥先生著述选录"，其中最引起我注意的是作者临终前所作《旧学辨》。五是"缅怀秦珏人夫人"（秦珏人为伯祥先生夫人）。

《书目答问》为张之洞所编，他认为："读书不知要领，劳而无功；知某书宜读，而不得其精校精注本，事倍功半。"此书问世后，影响极大。范希曾又有《书目答问补正》。伯祥先生据江苏图书馆刊行本批校，积年累月，朱墨灿然，将平生所见版本一一补录于书目之下，类似于邵懿辰撰、邵章续录《增订四库简明目录标注》。不仅如此，在书眉处，伯祥先生还辑录了方东树、刘毓崧、朱一新、伦明、钱泰吉、俞樾、李慈铭、周星诒、陆心源、丁国钧、刘师培、杨树达、孙人和、余嘉锡、陈垣等人的评语。该书由国家图书馆出版社2008年影印出版。

也是那次见面，我得以从电脑上欣赏到王湜华先生收藏的《翩若惊鸿集》。这部集子为伯祥先生亲自编订，收录了郑振铎、叶圣陶、俞平伯、钱锺书、贺昌群、陈友琴、谢国桢、周振甫、陈乃乾、宋云彬、周予同、章元善、何其芳、向达、王芸孙、乔象锺、丰子恺、范烟桥、夏承焘、袁行云、吴文祺等人从1949年至1975年间的信件，叶圣陶题签，有作者自序和顾颉刚序。顾序称："伯祥学长集近年所得友朋书札为《惊鸿集》命题，即写二绝句以应。盖我与君有同癖，自幼年以来即好保存书札,数逾万通,将待选取装池为《栎园藏弄》之续,不虑日寇鼙鼓突来,竟至片纸不存。每一思及,辄为当代史料兴叹。见君此举,颇有收诸桑榆之思也。一九七五年一月,顾颉刚。"所录二绝句,其一曰:"七十年来推大哥,我狂君狷久相和。那堪寇盗侵凌下,同叹鳞鸿付逝波。"

《王伯祥传》是王湜华先生为纪念伯祥先生诞辰110周年所著。而今,又过去了二十年,时逢伯祥先生130周年诞辰,我辈自当缅怀老一代学者热爱祖国文化的情怀,努力学习继承他们的学术业绩,为中华文化的复兴,贡献我们这一代人的力量。

(原载《中华读书报》2020年12月16日)

专精与宏通的境界

—— 纪念吴世昌先生

> 通过这些纪念活动，我们不仅要缅怀前辈的光辉业绩，总结他们的成功经验，更要继续沿着他们开创的事业，在经典中寻找方向，在传统中汲取力量，在创新中积累经验，在回归中实现超越，努力建构中国化的学术体系。

2008年9月16日，文学研究所与海宁市政府隆重举行研讨会，纪念吴世昌先生诞辰一百周年。又十年，2018年，依然是"有三秋桂子，十里荷花"的美好季节，我们故地重游，又在海宁纪念文学所前辈吴世昌先生诞辰一百一十周年。

吴世昌（1908—1986），字子臧，浙江海宁人。1932年北平燕京大学英文系毕业后，进入哈佛燕京学社国学研究所攻读硕士研究生。毕业后，他应顾颉刚先生之聘，到北平研究院史学研究所任编辑，走上了专攻文史的道路。北平沦陷后，他转到南方，历任广东中山大学、湖南国立师院教授，桂林师院国文系教授兼系主任，重庆中央大学教授。1947年底，吴世昌应聘赴英国牛津大学讲学，讲授中国文学史、中国诗、《红楼梦》及甲骨文等多门课程。

人们通常认为吴世昌先生是著名的红学家,确实他在红学研究方面影响最大。吴先生在牛津大学授课之余,用英文撰写并出版了《红楼梦探源》,在海外汉学界产生重要影响。人们还认为吴先生是著名的词学家、诗学家,这不仅仅是因为他的全部论著中,词学和诗学研究占有很大比重,还有一个重要原因,就是他培养出来的学生也多在词学和诗学研究方面卓有成就,蜚声中外。

其实,吴先生的研究领域远不止于此。他本来就读于燕京大学英文系,而治学兴趣却在文史研究方面,涉猎广泛,见解精湛。譬如经学,他在本科二年级就在《燕京学报》上发表《释〈书〉〈诗〉之"诞"》,引起学术界的关注,胡适撰文加以赞扬,并把吴世昌和杨树达、丁声树一起列为当代研究古代经书有成就的三人。譬如考古学,他在陕西汉中城固县西北联合大学任国文系讲师时,积极参与对汉代凿空西域的文化大使张骞茔墓的修缮保护工作,并应国文系主任黎锦熙教授之命,撰写了后来国际国内都知晓的《增修汉博望侯张公墓道碑记》。

吴世昌先生的学术,还不仅仅限于专门之学,他对中国文化也有着深刻的思考,有《中国文化与现代化问题》等论著。这些著作,都已收录在河北教育出版社出版的《吴世昌全集》十二卷中,树立了一座学术丰碑。1962年秋,在国家困难时期,吴先生放弃牛津大学教职,带领全家回国参加社会主义建设,先后担任第六届全国人大教育科学文化卫生委员会副主任委员,国务院学位委员会第一届学科评议组成员,第六届全国人大常委,第四、五届全国政协委员等。

从吴世昌先生等前辈学者的治学经历中,我们至少可以获得三个方面的重要启迪。

第一是爱国热情与治学精神的完美统一。"五卅"运动爆发时，吴世昌先生在燕京大学被推举为学生抗日会第一届主席。"九·一八"事变后，吴先生主编抗日刊物，发表大量有关时事的政论文章，还与哥哥吴其昌教授一起，为逼蒋抗日而奔走呼号。吴先生那一代学者，有很多人视学术为生命，把自己一腔的爱国之情，融汇到对祖国文化的深邃探索中。也许，他们的学术见解会有偏颇，甚至讹误，但是他们这种矢志于祖国学术文化的探索精神，永远为我们所景仰。

第二是宽广视野与精深研究的和谐一致。他们研究文学，但又不拘泥于文学；他们研究中国文学，却从不限于中国范围，而是有着国际化的弘通视野。专精不易，弘通更难。他们却把专精与弘通合二为一，互为表里。显然，这种弘通，就不仅仅限于知识层面的渊博，更是一种融汇中西、贯通古今的博大精深的境界。

第三是创新求变、与时俱进的优秀品格。以吴世昌先生为代表的老一代优秀学者，他们自幼就受到良好的学术训练，根柢深厚；又都经历了"五四"时代精神的洗礼，有追求科学与民主的精神；建国以后，又广泛深入地接受了马克思主义的思想方法。因此，在他们身上显示出多重优势，极其出色地完成了那个时代所赋予的历史使命。

改革开放四十年的学术实践证明，一个时代有一个时代的学术，自有其不可复制、不可替代的价值。

今天，我们在这里隆重纪念吴世昌先生诞辰一百一十周年，是一个很好的纪念开端。今年，文学研究所还将举行系列活动，纪念郑振铎先生、孙楷第先生诞辰一百二十周年。不仅如此，我们还通过各种形式纪念我国改革开放四十周年。明年，还要举办大型学术会议，总结建国七十年来中国文学研究的辉煌成就，回顾"五四"运动一百年来走过的历程。通过这些纪念活动，我们不仅要缅怀前辈的光辉业绩，总结他们的成功经验，更要继续沿着他们开创的事业，在经典中寻找方向，在传统中汲取力量，在创新中积累经验，在回归中实现超越，努力建构中国化的学术体系。这是我们举办这次学术研讨会的意义所在。

（2018年9月15日在文学所与海宁市政府联合举办的纪念吴世昌先生诞辰一百一十周年学术研讨会上的致辞）

双楣书房的学术天地

—— 纪念吴晓铃先生

> 他居住的小院种了两株绒花树,其叶抵昏即合,俗名夜合,又作合昏。他便请李苦禅先生为他的书房题字曰"双楣书房"。在这里,他撰写了《吴晓铃集》收录的多数文字,校订《西厢记》《关汉卿戏曲集》,整理《西谛书跋》《马连良演出剧本选》《郝寿臣脸谱集》等。

吴晓铃先生是古代室老一代著名学者,治学广泛,影响深远。我们今天纪念他,一方面表示我们的怀念,更重要的是弘扬他的学术精神。

吴晓铃(1914—1995),辽宁绥中人。1937年毕业于北京大学中国语言文学系,曾在北京大学、北京神学院、燕京大学、昆明西南联大等大学任教。1942年至1946年期间,执教于印度豪拉和平乡泰戈尔国际大学中国学院,担任教授。1947年起,曾任法国巴黎大学北京汉学中心通检组主任,还兼任北京大学、清华大学、辅仁大学、中央戏剧学院教授。中华人民共和国成立后,在中国科学院哲学社会科学学部(中国社会科学院的前身)语言研究所工作,后调至文学研究所任研究员。

九十年代初，我刚到文学研究所工作，吴晓铃先生还时常到古代室一坐，穿着黑色呢子大衣，皓发红颜，声音宏亮。有一次，他与室里老先生聊天，说有位名人讲《赠白马王彪》诗，大意是说，这是赠白马给一个叫王彪的人。随后话锋一转，说这位名人就是现在大名鼎鼎的某文化官员。臧否人物，口无遮拦，不像是经过"文革"的人，依然保留着真率的风格。

其实在认识吴先生之前，我就多次听他的熟人、目录版本学家魏隐儒先生谈起他，特别是他亲眼看到吴先生自己编纂的戏曲小说目录，积稿盈尺，印象深刻。因此，去年十一长假逛书店，看到《吴晓铃集》，当即买下，迫不及待地翻看目录，希望能够看到这样一份戏曲小说目录，可惜目前看到的《吴晓铃集》，有各种各样的题跋，还有书目，散见各处，未曾见到比较完整系统的戏曲小说目录，不免叫人遗憾。

《吴晓铃集》所收文章，涉猎的范围十分广泛，有印度文学与中国文学的比较，如《〈西游记〉和〈罗摩延书〉》《介绍古代印度舞蹈名著〈姿态镜铨〉》《中国武剧·印度卡塔卡利舞剧·有所思》《印度舞剧与印度神话》《手势——印度舞蹈艺术的语言》等，还翻译过印度梵剧戒日王喜增的《龙喜记》(1956年)和首陀罗迦的《小泥车》(1957年)等。张中行《吴晓铃集》总序说："广交游，多助人，是吴先生性格的一种表现。"他所交往的人物，文化名流如胡适、郑振铎、朱自清、梅兰芳、马连良、老舍、罗庸等自不必说，还有海内外各行各业的人物，三教九流，无所不包。因此，他的研究，多是活的学问，充满魅力。

吴先生还是著名的藏书家，收藏了大量的地方戏剧本、相声底本、民歌唱本、地方曲艺唱本、弹词、时调等，撰写了内容丰富的目录学著作，还有丰富的杂文，涉及文坛掌故、市井风情等。在《我研究戏曲的方法》一文中，吴晓铃先生总结了三种基本方法，一是编目录，二是写提要，三是辑曲论。在古典小说研究方面，他不仅收藏了丰富的古代小说，还对《金瓶梅》《红楼梦》有着精深的研究。关于《金瓶梅》的作者，他较早提出李开先的观点。吴晓铃先生去世后，家属遵照其遗愿，将二千二百七十二部六千三百六十二册（件）古籍赠予首都图书馆庋藏，其中明刊本七十三种，乾隆以前刊本七十多种，清中后期的刻印本一千余部，另有梵文和孟加拉文图书五百余册。

文物出版社1998出版的《西谛书跋》是我案头常翻的一部重要著作。出版说明："本书编者吴晓铃先生在编纂整理书稿过程中，付出了大量的辛勤劳动，做了许多卓有成效的工作。全书收录郑振铎先生的题跋六百四十多则，其中大部分系录自作者手书和手稿。"读罢这段文字，我眼前马上就浮现出一位白发苍苍的老人不辞辛苦四处收集、过录、校订先师题跋的身影。当然，这也只是想象。今年春节，我有幸读到王湜华《音谷谈往录》，其中有一篇专谈吴晓铃先生不辞辛苦编辑《西谛书跋》的故事。四十年代郑振铎先生节衣缩食，抢救古籍。郑先生不像过去很多藏书家那样秘不示人。他知道王伯祥先生很需要《十国春秋》和《水道提纲》，就题字送给了伯祥先生。吴晓铃先生正编辑书目，知道此事后，坚持要抄录原题。为慎重起见，还要亲见原稿校正。翻阅《西谛书跋》，两则书跋赫然收录其中，还在谨案中把王伯祥的题记也收录进去。这更加印证了我的推想，敬佩之情更深一层。

最叫人难忘的是吴先生接续郑振铎先生未竟的事业，主持编纂《古本戏曲丛刊》第九集和第五集的工作。1958年，郑振铎先生因公殉职后，吴晓铃先生接续主持工作，与赵万里、傅惜华、阿英、周贻白、周妙中等学者组成新的编委会，主持编印第九集。1962年，编委会将较易结集的宫廷大戏十种编为《古本戏曲丛刊九集》，交由中华书局上海编辑部付印，1964年出齐。《古本戏曲丛刊》第九集之后，吴晓铃先生又与邓绍基、刘世德、吕薇芬、幺书仪等学者合作，编纂第五集，交由上海古籍出版社1986年出版。该集收录明后期及清顺治、康熙时期的戏曲作品八十五种，另附二种，包括数种日本、法国等海外收藏而国内已未见的戏曲版本。在第五集序言中，吴晓铃先生深情地回顾了郑振铎先生为抢救文化遗产所付出的巨大牺牲以及作者发奋将《丛刊》继续编纂下去的艰辛历程。虽然年老体衰，精力日颓，他依然案牍劳神，尽到"有事，弟子服其劳"的义务。这种精神，何其感人！

正是在先生的感召下，我也鼓其余勇，在学术界前辈和同仁的协助下，主持完成了《古本戏曲丛刊》最后四集的编纂，并将《古本戏曲丛刊》十集的编纂资料汇编而成《箫韶九成》，记述这部大书成稿出版的艰苦历程。

他居住的小院种了两株绒花树，其叶抵昏即合，俗名夜合，又作合昏。他便请李苦禅先生为他的书房题字曰"双楂书房"。在这里，他撰写了《吴晓铃集》收录的多数文字，校订《西厢记》《关汉卿戏曲集》，整理《西谛书跋》《马连良演出剧本选》《郝寿臣脸谱集》等。

双楂书房的主人远去了，他留下的学术成果和为人风范，至今仍启迪智慧，温暖人心。

（2014年5月29日在文学所和首都图书馆联合举办的
吴晓铃先生百年诞辰纪念会上的致辞）

裴斐先生的傲骨与逸情

> 我们纪念裴斐先生，深深感觉到在他的身上有着浓郁的李白气质，有着中国知识分子的傲骨。李白的气质是什么？平凡而伟大。说他伟大，恰似余光中《寻李白》所咏："绣口一吐，就半个盛唐。"说他平凡，正如白居易《李白墓》所云："采石江边李白坟，绕田无限草连云。可怜荒垄穷泉骨，曾有惊天动地文。但是诗人多薄命，就中沦落不过君。"而今的李白，依然静静地躺在采石江边，任凭后人评说。

今天，我能代表中国社会科学院文学研究所参加"纪念裴斐先生80周年诞辰暨《裴斐文集》发行仪式"及李白研究会第十六届年会暨李白国际学术研讨会，非常荣幸。

裴斐与李白，相距千载，但正如薛天纬先生代表李白研究会为裴斐先生撰写的挽幛所说，裴斐先生"得太白三分傲骨、三分逸情、三分才气；留文章一品风标、一品人望、一品文章"。他们的精神气质确有其相同之处。

在风起云涌的八十年代，在众多的李白研究论著中，裴斐先生的《李白十论》以及后来出版的《诗缘情辨》，独树一帜，引人瞩目，赢得了学术界的高度关注,也因此获得了《文学遗产》编委的要职。这一情况,当时的主编徐公持先生已经有了详尽的介绍。

九十年代,我有几次机会见到裴斐先生,那时我还是小字辈,没有更多的机会与他交谈。从他的发言中,我总感觉他胸中颇有不平之气。这种不平之气,我还时常从我的老师沈玉成先生那里感觉到,这是时代的悲剧在他们身上的反映。他是老北大的高材生,才华横溢,学识渊博,但是几十年被迫从事繁重的体力劳动,与学术无缘。后来他回到学术圈,所在单位又不是学术中心,他常常戏称是"学术界的第三世界"。惟其如此,他就更加努力。最终,他不仅让自己站在了学术阵地的制高点,也带领着他的团队冲上学术的前沿。今天,中央民族大学举办这样的盛会,规格之高、影响之大,就是明证。

我们纪念裴斐先生,深深感觉到在他身上有着浓郁的李白气质,有着中国知识分子的傲骨。李白的气质是什么? 平凡而伟大。说他伟大,恰似余光中《寻李白》所咏:"绣口一吐,就半个盛唐。"说他平凡,正如白居易《李白墓》所云:"采石江边李白坟,绕田无限草连云。可怜荒垄穷泉骨,曾有惊天动地文。但是诗人多薄命,就中沦落不过君。"而今的李白,依然静静地躺在采石江边,任凭后人评说。

怎样走近李白? 走近经典? 这还是一个问题。

现在有一种消解经典的倾向,或者躲避经典,以为历史上的《诗》、《骚》、李、杜、元、白、韩、柳,现代文学史上的鲁、郭、茅、巴、老、曹,都已说尽,于是另辟蹊径。在选题上,或抓住二三流作家;或走出文学,为其他学科打工。在方法上,因循守旧,为论文而论文,为学位而学位,缺乏学术个性,更缺乏活的灵魂。在态度上,仰慕洋人，唯洋人马首是瞻，洋腔洋调。在结果上，书是越来越多，垃圾也越来越多。大家都很少有耐心读书，写出来的书，只是为那些准备要写这类书的人参考。古代文学研究越来越边缘化，已是不争的事实。

  我们纪念裴斐先生《文集》的出版，讨论李白的精神气质，就是要学习他们关注现实的当代意识，根植于民众的人文情怀。重回经典，重回主流，这是我们举办这次学术活动的最大意义。

（原载《中国李白研究》2013年集，黄山书社2014年2月版）

附录

求其友声三十年
——由一场学术讲演说起

当我写下这段文字的时候,距我第一次学术讲座已经过去了三十个年头。回首前尘,一次学术讲座、一段学术缘分,绵延三十载,友生在身边,备感温馨,值得记忆。

学术研究本是一个寂寞的行当,而学术交流则叫人愉悦。研究成果问世后,作者总是希望得到同行的关注,"人之好我,示我周行",或揄扬,或批评,所有这一切,都很值得期待,于是学界就有了各种各样的沟通方式。志同道合者的私下探讨、学术会议上的对面商榷,还有学术评论、学术讲座等,都是常见的学术交流活动。

我刚步入学术领域,就体会到这种学术交流的意义。

1992年的春天,曹道衡先生和沈玉成先生应邀到曲阜师范大学做学科评估。那时,我留在文学所工作不久,很想借这个机会到曲阜去朝拜孔圣人。1987年离开杭州以后,我就没有出过北京。曹先生知道了我的心思,又征得沈先生的同意,我们便一起于4月27日晚上十一点乘坐绿皮火车,咣当了一夜,第二天上午十点多才抵达曲阜。此后两天,诸位老先生在中文系做评审,我则利用这个机会参观了"三孔"等名胜古迹。游览快要结束的时候,中文系系主任张稔穰老师提议说,希望我能给本科生做一次学术讲座。我那时还不到三十四岁,刚刚博士毕业,学识浅薄,哪有资格讲座呢?但张老师还是很客气,再三要求。说实话,我能来曲阜参观,确实得到了额外的照顾,真没有理由拒绝了。讲座安排在一个很大的教室,齐刷刷地坐满了学生,一双双青春的眼睛充满着期待。那天讲了什么内容,我已全然记不得了。讲座结束时,现场掌声十分热烈,那场面我至今记忆犹新。这便是我第一次做的所谓学术讲座。

又过了六年,1998年秋冬时节,扬州大学人文学院中国文化研究所所长王小盾兄来京开会,我们见面时谈到了有关六朝声律的话题,我顺便介绍了在美国康奈尔大学图书馆看到的《敦煌吐鲁番出土梵文文献》丛书,小盾兄很兴奋,说他有一个学生正在做这方面的研究,希望我到他们学校讲一讲。就这样,那年的11月20日,我乘车前往南京,转道抵达扬州。三天的时间里,我做了三场讲座,一是"我看魏晋南北朝文学研究",二是"美国汉学研究机构、藏书、期刊及近五年研究成果一瞥",三是"别求新声于异邦——近年永明声病理论研究的重要进展介绍"。讲课之余,周广荣、何剑平两位同学陪我参观了瘦西湖、大明寺、西园、平山堂、个园、何园等扬州名胜古迹。广荣对我说,六年前,我在曲阜讲座时,他正在读本科,当时就坐在下面。他说我的讲座,主要介绍了自己研究永明文学的心得,让他印象深刻,后来他跟随小盾先生读博士研究生,也想做这方面的研究。我这才特别注意到了广荣:他个头不高,圆圆的脸庞,充满朝气,眼神中透着智慧，让人想到长眠在他家乡的曹植。扬州的那次讲座，广荣的同学马银琴也是一员听众，不过当时学生很多，对她，我确实没有留下印象。她后来跟我说，那次讲座，她也获得了感动。正是从那时起，中国社会科学院文学研究所学者的气质以及专心治学的学术氛围给她留下了很深的印象，并由此心生向往之情。

李昌集兄年长我近十岁，热情好客，那次专门腾出时间陪我参观江苏广陵古籍刻印社，还购买了一套《古逸丛书》赠我，并亲笔题字："公元一九九八年冬，刘跃进先生来扬讲学。时扬州大学文化研究所群贤毕集，而中外游学者亦至，可谓盛况空前。刘君临别之际，无以相赠，乃奉此书以表谢意。扬州大学人文学院中国文化研究所一九九八年十一月二十三。昌集执笔。"在"昌集执笔"的下方有一枚"小盾"闲章，出自徐州学院邱明皋先生公子之手。原来那套书是小盾委托购买，请书法家昌集兄题字。昌集的字刚劲有力，让人震撼。那天正值我四十岁生日，内心莫名感动。那是我收到的最重要的生日礼物。回京以后，小盾兄来信说："这次你在扬州讲学三天，给大家留下了极好的印象。中国古代文学研究的深厚博大，其尊严及其生机，都由你谦和地表达出来。我们很感谢你。你目前从事的学术工作是极有意义的，我们很愿意向你学习，向你靠拢。"

扬州之行，给我注入了强大的学术信心。一段时间，我甚至下决心在西域文化方面下功夫，只是由于相关专业知识储备不足，很难有深入研究，从美国带回来的一大包资料，至今还放在角落里。没想到，过了几年，周广荣拿出了博士论文《梵语〈悉昙章〉在中国的传播与影响》，做得非常精深。凭借这份厚重的成果，广荣进入北京大学东语系博士后流动站深造。2002年春天，广荣出站后又进入中国社会科学

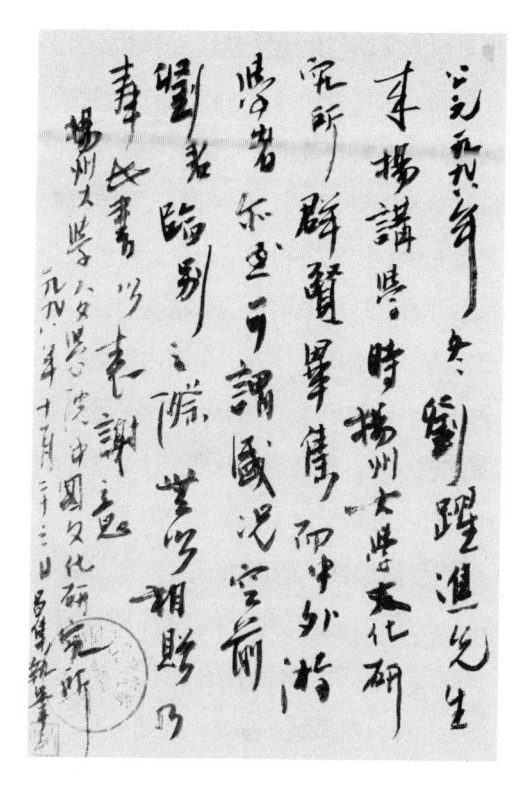

李昌集先生题字

院世界宗教研究所，成为专职研究人员。那年年底，已成为广荣夫人的马银琴也来到文学所工作。就这样，我们成为了同事，经常在一起讨论学问。广荣一直坚守在佛教文化研究领域，参加了由我院外国文学研究所黄宝生先生主持的梵文读书班，打下了坚实的文献基础；还参与了《世界佛教通史》的撰写工作，视野越发开阔。银琴有文学理论研究的基础，因此她的先秦文学研究往往别开生面。近年，她又作为人才被引进到清华大学工作，那也是我最初工作的地方。有的时候，人生际遇真是不可思议。

2021年7月，我从行政岗位上卸下重任，终于可以全神贯注地投入到学术研究工作中。我向来对西域文明与出土文献这两个重要的学术领域深感兴趣，只是其高深莫测，常常望洋兴叹。广荣了解到我的情况，慷慨地赠送了很多相关资料，尤其是黄宝生先生主持翻译的佛教经典和《梵语诗学论著汇编》，令我喜出望外。广荣说，三十年前，曲阜师范大学考研之风极盛，曹先生、沈先生和我的报告，对班上的同学鼓舞很大。曹、沈二位先生讲的都是读书治学的方法与门径，对于在读的本科生来讲，还有点距离。我刚博士毕业，讲座内容主要是介绍自己的求学经历以及对学术的热爱和追求，对于年轻学子尤具有感染力和"诱惑力"，引起了更大的反响。他还说，从曹先生、沈先生慈爱的目光中，可以感受到他们对我也是引以为傲、寄予厚望的，这对于同学们来讲有很大的示范性与启发性。他们班三十人，前后有二十多人考上了研究生。而今，广荣也做了老师，有了自己的学生。事实上，在佛教和西域文明研究方面，广荣也真是我的老师。常言道："人之为学，不日进则日退；独学无友，则孤陋而难成。久处一方，则习染而不自觉。""闻道有先后，术业有专攻"，我和广荣的学术经历就是最好的诠释。

当我写下这段文字的时候，距我第一次学术讲座已经过去了三十个年头。回首前尘，一次学术讲座、一段学术缘分，绵延三十载，友生在身边，备感温馨，值得记忆。

(原载《传记文学》2022年第1期)